講談社文庫

地検のＳ

伊兼源太郎

講談社

目次

地検のS

置き土産

1

崩れ落ちるように椅子の背もたれに寄り掛かると、沢村慎吾《さわむらしんご》は首根をきつめに揉んだ。いつにない疲労が心身を深く蝕《むしば》んでいる。まだ午後二時過ぎだというのに、いっそこのままひと思いに倒れ込んでしまいたい。

湊川《みなとがわ》地裁一階、三十帖ほどの記者室は今日、空気がどんより沈んでいた。

湊川司法記者クラブ加盟の報道十二社は、奥行きのある記者室の壁際に統一規格の小さなブースを構えている。両脇を薄いパネルで、出入り口を厚手のカーテンで簡単に仕切っただけの代物《しろもの》だ。沢村は二時間前から、その東洋《とうよう》新聞ブースにいた。ただでさえ二人並べば肩がぶつかり合う狭さなのに、右に過去十年分のスクラップ、左には歴代の担当記者が買い込んだ法律関係書が山と積まれ、貴重なスペースは減っている。だが、平日午前九時から夕方まで裁判取材を行う拠点としては何の問題もない。幸いというべきなのか、現在、東洋新聞湊川支局の司法担当は自分だけだ。

息を殺し、沢村は各ブースに籠《こ》もる他社の気配を窺《うかが》った。咳払いも、衣擦れの音も、新聞や資料を捲《めく》る音すらもしない。誰もがぐったりし、しばし何もする気が起きないのだ。虚脱感と敗北感がごちゃまぜになった重たい体で早朝から駆け回り、夕刊用の原稿を仕立てたばかりなのだから。

……いや。報日《ほうにち》新聞だけは違う。今日は、ほくそ笑んでいるはずだ。

机の隅に転がる栄養ドリンクの瓶に手を無意識に伸ばしかけて、止めた。いつ買ったのか定かじゃない。下手すると、二年近く机に放っていた気がする。沢村は引き出しから賞味期限ぎりぎりのチョコバーを半ば義務的につまみ出した。表面が溶けて形の崩れたチョコバーを、生ぬるいペットボトルのウーロン茶でおざなりに流し込む。これで今日の昼食は終了だ。

ジリリリリ。机の左隅に置かれた、四十年モノの黒電話が甲高く鳴った。森閑とした記者室に鳴り響くこの古めかしい音を微笑《ほほえ》ましく感じる時もあるが、今日は耳障りでしかない。

「東洋新聞司法ブースです」

隣のブースにはっきり聞こえぬよう、沢村はぼそぼそと応じた。

「俺だ。今、いいか」

高圧的な声を返してきたのは、支局長だった。これまで一度たりともブースに電話してきたことがない。もっと言えば、携帯にかかってきた憶えもない。沢村は嫌な予感がした。

「何でしょう」

「この時期に抜かれるのは致命的だな」

唇を強く嚙んだ。そんな現実は言われずとも理解している。新卒入社から六年、あと三ヵ月もすれば地方勤務が終わり、本社に上がる。ちょうど人事部が希望部に配属するか否かを検討している時期なのに、そこで抜かれた。なおかつ、報日は社会面アタマを張ってきた。

昨日、ここ湊川地裁でひったくりの被告人が無罪となった。防犯カメラに頼りすぎた捜査だったとして、証拠不十分だと公判で断ぜられたのだ。起訴すなわち有罪という日本の司法常識では異例の判決で、防犯カメラという現代性が反映された点も報日が大扱いした要因だろう。

今頃、起訴した湊川地検も空気がぴんと張りつめているはずだ。次席検事のコメントを取りに官舎マンションに行った朝の光景がある。官舎から登庁していく検事たちの顔は、一様に引《ひ》き攣《つ》っていた。

無罪判決を抜かれたのは痛すぎる。しかし、湊川地裁では一日に百件近くの刑事裁判があり、一人で全公判を把握するのは不可能だ。殺人や子ども絡みの犯罪など、初報で大きく扱った事件のフォローに追われ、日常的に発生する今回みたいな犯罪まではとても目が届かない。……言い訳か。争点が物珍しい公判や問題になりそうなネタをいつも探しているのは、どこの誰だ？

「いいか、沢村。一週間以内に抜き返せ。そうすりゃ、負けても速やかにやり返す記者って評価に繋《つな》がる。挽回できなきゃ、政治部は諦めろ。俺は推薦しない。以上だ」

いきなり電話が切れた。沢村は数秒不通音を聞くと、受話器を投げ捨てそうな己を律し、殊更《ことさら》丁寧に置いた。一週間……。余りにも短い。この六年の我慢と積み上げた実績は何だったのか。

新人記者として湊川支局に赴任してから、やりたくもないサツ回りを四年、さらに司法回りを二年務めた。これは典型的な事件記者のコースだった。

湊川市は十の行政区を抱える政令指定都市で、人口は百五十万人を超え、事件事故の発生件数も膨大だ。社会的に大きな反響を呼ぶ事件も多く、沢村は捜査の進展を逐一追わねばならない懸案を年中抱えてきた。しかも大都市であるがゆえ、各社「できる記者」が集まっており、一瞬たりとも気は抜けなかった。

初めのうちは激戦区で戦える淡い誇りを胸に抱いた。だが、トウモロコシを「どうも殺し」と聞き間違えるほど神経を尖らせる毎日で、そんな誇りはあえなく吹き飛んだ。全国版に何本原稿を送るかという同僚や他県にいる同期との競争も厳しく、六年間で丸一日休めたのも一度あるかどうかだ。大学卒業時、友人たちに「いい街に赴任するなあ」と口々に羨ましがられたほど、この港街には観光スポットが点在するが、足を運ぶ時間は皆無で、市東部に建ち並ぶ室町《むろまち》時代から続く酒蔵の銘酒も堪能《たんのう》できていない。飲む場面は多くても、いつネタを耳にできるかわからず、自分を殺して飲んできた。

特にこの二年は常に気を張っていた。新聞の事件取材では、司法回り記者が要となる。地方検察庁――地検の動きを追っているためだ。汚職や殺人などの重大犯罪であればあるほど、警察は動きが慎重になり、逮捕前には地検と相談を重ねる。きっちり裁判で有罪に持ち込むべく、大きな事件では起訴前から担当検事がつくのだ。したがって検事の動きを嗅ぎ取れれば、当該事件が日の目を見るか否かを、立件される場合はその時期などを他社に先駆けて報じられる確率が高くなる。もっとも、検事の動向なんて一般の新聞読者には皆目見当もつかない世界の話だろう。かつては沢村自身もそうだった。

地検は全国の県庁所在地などに五十あり、所属検事が十人に満たない場所も多い。その中で湊川地検は、札幌《さっぽろ》地検や福岡《ふくおか》地検などと並ぶ大規模な「A庁」の一つで、検事は約四十人いる。ただ規模がどうあれ、市民にとっては縁遠い存在だ。地検が容疑者を取り調べ、裁判で刑事責任を追及する機関だと知っていても、普通は一生触れる機会もない。市民が地検と聞いて連想できるのは、特捜——東京地検特捜部の名前くらいではないだろうか。

司法記者にとっても地検の壁は分厚い。広報役である地検ナンバーツーの次席検事以外への取材は固く禁じられ、他の検事と接触しただけでも次席への取材が一ヵ月間差し止めとなる。また、毎週火曜に開かれる次席レクを除けば、地検の庁舎には一歩たりとも足を踏み入れられない。同期の記者に聞くと、全国どの地検でもこれは同じらしい。地検は社会と隔絶した聖域で生きる組織だと言える。

その上、湊川地検では次席検事の本上博史《ほんじょうひろし》がネタも持たない記者の夜回り朝駆けを極度なまでに嫌悪している。あの事件の見通しは？　そんな具体性のない質問をすれば、しばらく何も答えてくれなくなるのだ。だから各社、容疑者や被告人の弁護人関係から必死に情報の断片を集めては次席にぶつけている。

沢村はこの司法回りから外れたかった。きついからではない。

政治部志望だからだ。入社時から希望を言い続けてきた。所詮、検察庁も裁判所も犯罪という非日常の出来事に対し、法を機械的に運用する機関でしかない。一方、政治家や行政機関は市民の日常に大きな影響を与える。誰にとっても身近な問題である政治や行政を取材し、報じたいのだ。湊川市は現厚生労働大臣で、先日来、与党「民《みん》自《じ》党《とう》」の次期総裁候補と報道機関が報じ始めた衆院議員の地元でもある。しかし沢村は、県政担当はおろか市政担当にも配属されなかった。歴代の支局長やデスクの言い草はいつも同じだった。

――事件に強い記者の方が政治部も使いやすいんだよ。どんどん独材を出しまくれ。

独材。いわゆる特ダネだ。上司の得点稼ぎに利用されているのは承知していたが、他に自分をアピールする手段もなく、政治部への近道だと信じ、三ヵ月に一度は独材を出した。一面だって何度も獲った。それが他社にたった一度抜かれただけで、政治部への路が断たれるだと？　冗談じゃねえッ、こんなふざけた仕打ちがあるかよッ。

……何もない空間に向かって力任せに拳を振った気分だった。いくら毒づいたところで、状況は変わらない。言われた通り抜き返す、結果を出すしかないのだ。支局長の意見が、人事部の配属検討を左右する点だけが理由じゃない。なにより。

政治部に負け犬は不要、エリートだけいればいい——。

この本社上層部の意向は、入社一年目の記者にまで知れ渡っている。

それだけに、一週間という期限は絶望的だ。明日から地裁の第一、第三刑事部が二十日間の長い夏休みとなる。残る第二刑事部の公判予定は、ありふれた軽い案件ばかりだった。その全公判を確認しても、報日が抜いたようなニュース性の高い無罪判決が都合よく出るとは思えない。悪い状況は重なるもので、明日から本上も一週間の夏休みに入ってしまう。独材に仕立てられる手持ちのネタもない。……だからどうした、このまま終わってたまるか。沢村は静かに立ち上がり、厚いカーテン戸を捲ってブースを離れ、記者室から出た。

天井の高い廊下には、屋内でもセミの大合唱が響いていた。力強い鳴き声は窓や壁を楽々と突き抜けてくる。ひとまず気分を変えようと、階段に足をかけた。五階の窓から街を眺めると、心が穏やかになるのだ。地裁は八階建てで高台にある。この辺りは市の中心から地下鉄で十分ほど離れており、周囲に高い建物もなく、五階まで上ると窓から海と街が一望できる。沢村はその景色が好きだった。とはいえ、大法廷や記者室がある一階から調停室などが並ぶ五階まで一般用エレベーターがないのは頂けない。裁判官や事務職用の六階以上には専用エレベーターがあるというのに。

のろのろと二階に上がった。小さな法廷が並び、裁判官も一人という軽い刑事事件を扱うフロアだ。沢村は今までほとんど足を踏み入れていない。話題性の高い、大きな事件事故の公判ばかりを記事にしてきたからだ。そのまま三階へと向かいかけた時、沢村はフロアの奥に視線を止めた。

伊勢《いせ》雅行《まさゆき》がいた。法廷の後部扉にある小窓から中を窺っている。湊川地検の総務課長で、記者にとっては週に一度、次席レクの窓口になる男だ。

伊勢の仕事は多岐《たき》に亘《わた》る。地検職員約三百人の健康管理、各種調査、備品管理、そして人事の取り仕切り。司法記者は検事同様、地検職員ともほとんど接しない。それもあって、どこか伊勢も得体が知れない。

伊勢の平坦な声は、その漠とした印象に拍車をかけている。

——今週も定刻通りに次席レクを行います。

湊川司法記者クラブでは、記者室に配達される新聞各紙の購読費徴収などを行う幹事社を二ヵ月単位で持ち回っている。幹事社には毎週月曜の夕刻に伊勢から次席レクの連絡があり、沢村も何度も受けた。ほかに会話をした記憶もない。……いや、もう一つあった。

——次、東洋の沢村さんどうぞ。

次席レク後に行われる、個別取材の案内だ。これもまた事務的な会話になる。

ただし、伊勢が湊川地検内で歴代次席検事の 懐 刀《ふところがたな》と称されているのは知っている。常に次席の相談を受け、意を汲《く》んだ行動をとっているというのだ。異動する検事への餞別《せんべつ》品の選定、地元弁護士会や名士との会合設定といった雑事全般はもちろん、県警との連絡役や、検事の素行調査などでも動いているらしい。時には量刑の決裁にまで関わる噂もある。懇意の弁護士や警官から耳にするだけでなく、先代の司法担当記者からもそう引き継ぎを受けた。

誰が言い出したのか四十代半ばにして真っ白な髪から、伊勢は記者の間では『白い主』という意味で、シロヌシと呼ばれている。最近ではさらに略し、単に『S』とも呼ぶ。中肉中背の体格は主のイメージには程遠いが、獲物を狙う爬虫類《はちゆうるい》を彷彿《ほうふつ》させる眼と抑揚のない声が生む不気味さは、あだ名に相応《ふさわ》しい。

シロヌシ——Sをネタ元にしたい。湊川の司法記者なら一度は願うが、これまで誰も近づけないでいる。記者が容易に当たれる相手ではないのだ。地裁近くの蕎麦《そば》店で昼食をとっていて、伊勢が入ってきた時がある。沢村から最も離れた席に座ったため声をかけられずに様子を眺めていると、伊勢は記者対応時の姿と変わらず、平たい声と冷たい目で店員と接していた。後日、話好きの店員に聞いた。

――二十年来の常連サンだけど、いつも一人だし、世間話もしたことねえなあ。そういや出前に行った時、検事さんが十人近くいた部屋に通されたんだけどさ、伊勢さんが入ってくるなり、室内がピリッとしてな。誰にとっても近寄りがたい人なんだなあと思ったよ。

伊勢は検事すらも緊張させる特異な存在なのだ。

その伊勢が不意にこちらを向いた。何の感情も汲み取れない無機質な視線だ。扉を離れ、滑るように歩いてくる。自《おの》ずと沢村の足も動いた。並ぶ小法廷のドアの前を過ぎ、無人の廊下を進んでいく。すれ違う直前、目が合った。

「伊勢さん、何か気になる点が?」

いえ、と頭を心持ち下げた伊勢が、傍《かたわ》らを粛然《しゆくぜん》と抜けていく。後ろ姿を目で追うと、きびきびと規則正しい足取りで階段を下っていった。地裁を出て二分もかからずに、ミラーガラスで覆《おお》われた七階建ての地検庁舎に辿《たど》り着く。伊勢の行動パターンは知らないが、あと二時間弱で始まる次席レクの準備のため、地検に戻るのだろう。

沢村は伊勢が覗《のぞ》いていた法廷が気になり、向かった。

二〇二号法廷。扉脇には、今日八月十一日火曜の公判予定表が貼られている。この時間は窃盗《せっとう》事件の第一回公判とあった。小窓の蓋《ふた》を持ち上げ、法廷を覗いた途端、朝から体内に生じていた凝りが解《ほぐ》れていった。

……平田《ひらた》さんだ。傍聴席に浅く座っている。

地黒の肌、エラが張った顎に小ぶりで引き締まった口、金壺眼《かなつぼまなこ》、愛嬌のある団子鼻。一時は毎日顔を合わせていたというのに、あの顔を見るのは久しぶりだ。

平田仁吉《じんきち》は県警の名物男だった。県警有数の腕利き刑事として多くの事件を解決し、幹部からも後輩からも信頼されていた。記者嫌いでも有名だった。そんな評判も知らない一年生記者の時、受け持ち署の刑事課に平田がいた。

あれは五月の連休前だった。他に誰もいない夕方の刑事部屋で初めて交わした会話は、今でもはっきりと心に残っている。その時は取材すべき事件もなく、手持ちの話題も年齢差からすぐに尽きてしまったが、少しでも食い込もうと必死に話を継いだのだ。

「刑務所とか拘置所ってどんな所なんですか」

「悪くないぜ。三食、冷暖房付きで医療費も基本無料だ。体調を崩したら入ろうとする常習犯もいる。普段は物証がなけりゃ絶対に余罪を言わないくせに、そういう時だけはほいほい吐くんだ。沢村も入りたいんなら、逮捕してやんぞ」

「これでも善良な市民ですよ」

「罪なんて、探せば誰にだってあるもんさ」平田がにっと微笑《ほほえ》んだ。「なんつってな」

それから煙草臭い刑事部屋に通い続けるうちに挨拶だけでなく会話も交わす間柄になり、政治部へ進むにはどんな結果が必要かを話したり、刑事の考え方などを教えてもらったりした。他の記者は相手にしないのに、なぜ自分とは話してくれるのかを恐々《こわごわ》聞いた時もある。

「俺が記者を嫌うのはな、恥知らずだからだよ。その点、沢村は恥を知っている。銀行員殺しがあったろ？　あの時、お前は異質だった。葬儀場前で申し訳なさそうに遺族を撮影していたんだ。他の連中が鉄面皮《てつめんぴ》にフラッシュを浴びせ続ける中でな。いくら普段は正義の味方でございって顔をしてても、ああいう現場で人間の本性ってのは出る」

配属されて間もない四月、中央区《ちゅうおう》で発生した殺人事件だった。苦痛に苛《さいな》まれる遺族を他社と取り囲みながらも、本当に撮影していいのかと戸惑ったのを沢村は憶えている。最後には仕事なんだと心中で謝罪し、撮影した。記者の行動まで見ている平田に驚くと同時に、嬉しさもあった。

「恥知らずだけにはなりたくないんです。金を払ったからって店で横柄《おうへい》な態度をとったり、自分じゃ何も出来ないくせに口先だけ達者だったりする連中が嫌いなので」

「いい心がけだ。その気持ちを忘れんなよ。地位が高かろうが、人より秀でた才能があろうが、人間の根本はそこだ。必ず報われる時がくる」

初めて自分の原稿が全国面を飾ったのも平田のおかげだった。

毎朝署に顔を出すと、いつも平田は新聞各紙をくまなく読んでいた。それも他の警官とはまるで違う真剣な眼差しで。

「新聞記者としては嬉しいんですけど、なんでそんな熱心に読んでるんですか」

「逮捕した奴が再犯してねえかをチェックしてんだ。責任を果たしたか、毎朝びくびくさ」

「再犯？　それって平田さんの責任なんですか」

「別にそんな規則も不文律《ふぶんりつ》もねえよ。けどさ、刑事ってのは誰かを逮捕したら、そいつの親代わりになんだと俺は思ってんだ。だから連中の不始末は俺の責任でもあんだよ。最後まで世話してやんねえとな」

本人は口にしなかったが、平田が刑期を終えた者の仕事を世話し、彼らから感謝の手紙がよく署に届くことも周囲から聞いた。この一連のエピソードを原稿に仕立てると、全国版の夕刊社会面を飾ったのだ。その記事が出て以来、不思議と独材を重ねられた。沢村にとって平田は恩人であり、福の神とも言える。先月に定年を迎え、退官したのは知っている。他県警の多くは『定年に達した後の最初に迎える三月三十一日』を定年退職日にしているが、湊川では違う。誕生日月の末日が定年退職日となる。日々に追われてまだ挨拶もできていない。いい機会だ。沢村は扉を引き開けた。

すると一瞬、公判が止まった。裁判官や検事、弁護士の目が自分に向けられている。部外者が何をしに？　誰もがそんな目つきをしている。記者は小さな裁判をまったくと言っていいほど傍聴しないからだろう。こちらが向こうを知らなくても司法記者を二年も務めれば、彼らの大半には顔を憶えられてしまう。

当の平田だけはひたすら痩せた被告人の背中を見据え続けていた。傍聴席は二列五席並びで、平田はその前列中央に座っている。

沢村が後列の出入り口に近い席にそっと座ると、公判は再開した。ほどなく、初めて見る若い検事が被告人に懲役《ちょうえき》二年を求刑した。一回目の公判で論告求刑まで進むのなら、簡単な自白事件なのだ。来週火曜に判決公判が開かれると決まり、ひどく顔色の悪い被告人が力ない足取りで退廷していった。いくらか体が不調なのかもしれない。沢村は前屈みになり、平田に声をかけた。やおら振り返ってきた平田はこちらの顔を見るなり、険しかった目を柔らかく緩めた。

一緒に法廷を出て、壁際に並ぶ木製の長椅子に座った。平田の白い半袖シャツには皺《しわ》が目立っている。いつも奥さんがアイロンを利かせたシャツを着ていたが、退官後、その習慣が終わったのだろう。

「平田さん、こんな場所でなんですけど、長年お疲れ様でした」

「ありがとよ。でも、もうひと踏ん張りなんだ」

「今日はプレッシャーを？」

——刑事が法廷にいる時はな、てめえで手錠をかけた被告人が自白を覆《くつがえ》さないよう、傍聴席から重圧をかけるためなのさ。

かつて平田自身からそう聞いている。平田がごま塩頭をぼりぼりと掻《か》いた。

「そんなとこだ。退官して暇だし、こいつは俺の最後の事件でよ。見届けないとな」

そのまま思い出話をしていると、五分足らずで平田が、どっこいしょ、と立ち上がった。

「悪いけど、野暮《やぼ》用があるから失礼するぜ」

「近いうちに飲みましょう。俺も、もうじき異動なんです」

平田はかなりの酒好きだ。やや間があいた。

「そうか、そうだな。またな」

階段に向かう平田の背中を見送った。……と、壁の向こうからぬっと人影が現れた。

伊勢が階段の前で平田に声をかけている。二人は連れ立って階下に消えた。

胸騒ぎがした。思えば、ありふれた自白事件なのに、なぜ平田は傍聴席から重圧をかけ、伊勢が覗き込んでいたのか。平田は退官して暇だと言いながら、早々に野暮用があると切り上げてもいる。沢村は素早く立ち上がり、廊下を大股で歩いた。自分の足音が気持ちを急き立ててくる。階段を駆け足で降りるも、すでに一階に二人の姿はなく、沢村は宙を睨《にら》んだ。

伊勢が動いている以上、次席の本上が関心を抱く公判なのだろう。こんな取るに足らない公判を、報日新聞が抜いた無罪判決の後始末に忙しい時に本上が気にする理由とは……。

アッ、と小さな声が出た。このタイミングだからこそ、推測できる事態がある。

連続無罪判決――。

その疑いがあるのなら、どんなに小さな公判でも次席が気にかけるはずだ。起訴案件の九割九分が有罪となる日本では、連続無罪判決の発生確率は限りなくゼロに近い。もしそれが起きれば、湊川地検を指揮監督する本上の責任問題にもなる。日本の検察が築き上げてきた権威を崩す問題にも発展しかねない。異様なまでの有罪確率の高さがあるからこそ、検察は新聞記者ですらアンタッチャブルな聖域を全国で築けているのだ。

だが、逮捕した人間への「責任」を日頃から口にしていた平田が携わる事件で、無罪判決が出るだろうか。……迷っている時ではない。ただの深読みだろうが、今の自分にはこの線しかないし、新聞読者が司法に馴染みがないにしても、連続無罪判決なら最低限全国面を飾る。原因や被害者の人となり次第では社会面アタマ、あるいは一面を獲れる望みだってある。あの伊勢が絡んでいるのだ。たとえ恩人が相手でも、見込みがあるのなら調べるべきだろう。さもなくば、自分は。

抜き返せ——。支局長のものとも自分のものともつかない声が、沢村の頭の中で響いていた。

2

次席検事レクは今日も定刻の午後四時、厚い臙脂《えんじ》色の絨毯《じゅうたん》が敷かれた湊川地検五階の応接室で始まった。本上は窓を背に黒革張りの椅子に座り、半円状に座る記者陣と向き合っている。記者は次々に質問を繰り出した。

――裁判所が「不十分だ」と指摘した捜査手法について、地検は現在も「十分だった」という認識ですか。

――判決不服で高裁に控訴しますか。

――担当検事はどんな説明をし、それについて次席のご見解は？

本上はいずれも、これから詳細に検討して適切に対応する、と淡々と答えるだけだった。無罪判決を食らい、腹の底では苛ついているだろうに感情を一切見せない。

何も情報が得られぬまま囲み取材は終わり、五分間の個別取材に入った。同じ応接室で行われ、自分の番が来るまでは廊下でめいめい待つ流れになる。

薄暗い廊下は静かだった。それでいて広い応接室からのやり取りは何も聞こえてこない。壁には湖畔の風景画が飾られている。もうすぐあの絵ともお別れだ。ここではいつも風景画を視界に入れつつ、何を質問すべきかを一心に練ってきた。

横目で左手にいる伊勢をちらりと見た。応接室の重厚な観音《かんのん》開きの木製ドアを無表情に眺めている。二〇二号法廷の件について聞きたいが、他社がいる。

黙って順番を待つ間、沢村は一時間ほど前に足を運んだ地裁総務課の様子を反芻《はんすう》した。起訴状などの写しを請求したのだ。地検に入れない以上、起訴状や冒頭陳述、判決文といった書類が欲しければ、地裁に請求する仕組みとなっている。地検と地裁は別組織だが、「湊川司法ムラ」の住人同士だ。連続無罪判決の予兆があれば、普段と雰囲気が違っても不思議ではない。が、地裁職員にもフロアにも特に変わった点はなかった……。

ドアが開き、報日新聞の男性記者が出ていくと、伊勢がこちらを向いた。

「次、東洋の沢村さんどうぞ」

いつも通りに平板な声だった。

沢村は応接室に入り、パイプ椅子に腰掛けた。どっかり座る本上と正対する。こけた頬に、細く鋭い目。加えて、今日も本上の身なりには隙がない。開襟《かいきん》の半袖シャツ姿なのに、ネクタイをしっかり締め、皺ひとつないスーツを着ているみたいだ。髪も櫛目正しく整えられている。

本上の前任は東京地検特捜部の副部長で、当時世間を騒がせたＩＴ企業の巨額脱税事件の捜査指揮を取り、見事に立件した。検事は年功序列で出世していくが、ある程度まで進むと一般企業同様に実力、実績、指導力が問われる。本上がその三要素を満たしているのは巨額脱税事案の一件でも明らかだ。実際、これまで順調にステップアップを繰り返して同期検事の出世頭となっている。湊川地検の後は、東京地検の次席検事や法務省の刑事局長という出世コースを狙っているだろうから、無罪判決が続く懸念があれば、心安らかではないはずだ。自身の人事にも大きく響く。

「次席、今日、二〇二号法廷であった窃盗事件について気がかりな面があるんですね」

「あ？」

「伊勢課長が覗いていたのを見たので」

本上の怜悧《れいり》な表情は変わらない。

「沢村はなんで二階に行ったんだ？」

身なりに似合わないざっくばらんな口調は、今日も摑《つか》みどころがない。

「気分転換です」

「じゃあ、伊勢もそうなんだろうよ。最近は色々と忙しい」

肯定も否定もない。警官ならイエスの反応だが、本上は読み切れない。もう一発、当ててみるか。

「確かに忙しいですよね。なにしろ無罪判決ですから」

「囲みでも言った通りだ。原因は詳細に分析する」

「その分析は間に合いますか」

二〇二号法廷の窃盗事件の判決は来週火曜に出る。時間はない。

「何が言いたい？」

「無罪判決は続きませんよね」

「一つ一つの事件に、きちんと対応していく。検察に出来るのはそれだけだ」

ガードは下がらず、教科書通りの答えは崩れそうになかった。

「次席、明日からのご予定は？」

「久しぶりに県外に出る」

夏休みの変更はないらしい。それから沢村はいくつか質問を投げたが、何の感触も得られず、持ち時間が尽きてしまった。

「さすが平田さんだよなあ。間接証拠もほとんどなかったんだぜ。任意で引っ張ってくるなり、あっさり落としたんだから」

嬉々として語る馴染《なじ》みの刑事の顔を見つつ、沢村は、次席レク後に支局で目を通した県警広報文を頭の中でざっとなぞった。二〇二号法廷の窃盗事件について、逮捕時の概略が書かれている。

逮捕されたのは湊川市北区《きた》に住む名取次郎《なとりじろう》、五十五歳。日雇いの現場作業員で、六月二十六日午後十一時過ぎに中央区内の駅前ベンチで酔って寝ていた会社員から、八万円入りの財布を奪った容疑だった。七月二日に逮捕されている。

この事件は無罪判決に繋がりうるのか。次の判決までに捜査経緯を洗う必要があるが、具体的な情報を握っていない現段階で次席の携帯には電話できない。周辺から探るべく、平田が最後にいた所轄の中堅刑事の家に夜回りをかけ、午後九時半近くに帰宅したところをつかまえた。サツ回り時代、この刑事は同僚の話には口が軽かった。

「沢村、なんで本人に聞かないんだ？」

「最後にぶつけて驚かせたいんです。平田さんには内密にお願いしますよ」

生ぬるい風が吹き、その湿気が肌にまとわりついてきた。心まで湿っていく気がする。……考えるな、徹しろ。

「間接証拠は何だったんですか」

「まずは靴跡だな。大量生産で新品の革靴だったから、あってなきに等しいもんだけどよ。自白があったから逮捕できたってわけさ」

自白は証拠の王様だ。裁判所も伝統的に重視している。自白さえあれば、他に申し訳程度の状況証拠しかなくても警察は容疑者を逮捕し、検察も起訴する事例が多い。

「あと、自白翌日に犯人の家にガサをかけて押収した間接証拠もある」

「どんなブツですか」

「自白通りにビニール袋が見つかったんだ。別に特別な代物じゃない。スーパーで肉とか魚を買った時に包む薄いやつがあるだろ？　犯人はあのビニールを切り取って指先に張って指紋を消し、介抱を装って泥酔《でいすい》した会社員から財布を抜き取っていたんだ。犯行時には、近づいても怪しまれないためにスーツを着ていたらしい」

面倒な方法は、百戦錬磨のプロらしい手口だと示しているが……。

「押収したのは、切り取った後のビニール袋ですか」

「バカ言うな。犯人が残しておくわけないだろ。これから使う予定だったもんだよ」

「他にも状況証拠はありますか」

「いや、なかった。監視カメラの映像もぼやけてたからな」

靴跡もビニール袋も、かなり貧弱な傍証だ。二〇二号法廷の窃盗事件において、罪の根拠は名取の自白だけと言っていい。

「取り調べは平田さんが一人で？」

「ああ」

ドラマなどの取り調べシーンでは刑事は二人一組だが、現実には一人で行う方が多い。

「とにかくよ」刑事は自分の手柄のごとく得意気に続けた。「捜査員は誰もそんな手口が頭にないから、闇雲に動くしかなかったんだ。そしたら、事件を知った平田さんが『やり口に心当たりがある』って担当でもないのに首を突っ込んできてよ。で、翌日にはもう犯人を引っ張ってきた。手口犯罪のデータにはなかったんだけどな」

県警には様々な手口犯罪のデータが蓄積されているが、電子化されたのはここ十五年の話だ。それ以前の資料は紙のまま倉庫に眠っている。だからこそベテランの経験がモノをいう。しかし。

「やり方が平田さんらしくないですよね」

平田は揺るぎない物証を集めて逮捕に至るのを信条としていた。それに自分が外野にいる事件なら、これまでは同僚に目星を告げて逮捕させていた。

「刑事なら誰だって退官間際に、もうひと花咲かせたいもんなんだよ。エゴ。平田さんもそう言ってたな。ほんと、あの人は刑事の鑑《かがみ》だよ。現にホシを挙げちまうんだ。おい、また平田さんの話を書けよ」

……書く。そのつもりでいるが、ここまでは美談に過ぎず、抜かれた失態を取り戻す原稿にはならない。沢村はいつの間にか刑事を睨むように見ていた。

「手口で目星をつけたのなら、前も平田さんが名取を挙げたんですか」

手口犯罪なら常習犯だ。常習犯は物証もないのに自白しない。教えてくれたのは、誰あろう平田だ。つまり、確実な物証を警察が手にしていないのに常習犯が自白したのなら、二人の間に深い関係性が窺われ、無罪判決の確度は限りなく低くなってしまう。

「二十年も前の話らしいけどな。逮捕歴はそれだけだ」

二十年前の窃盗事件なら、刑期終了から十年は経っているはずだ。この場合、量刑上は初犯扱いされるのがほとんどで、初犯で今回の被害額なら罰金求刑になる例も多い。名取は懲役を求刑された。前科がよほど重く考慮された結果なのか。

「当時から名取は、そんな凝った手口を？」

「いいや。二十年前は強盗致傷だったから」

強盗致傷？　今回の求刑には納得がいくが、なにか違和感があった。

「じゃあ、平田さんはどうして名取が今回の窃盗犯だと見当をつけられたんでしょうか」

「さっき言った手口の男が、名取と同じムショに同時期にいたらしい。刑事の勘ってやつだな」

刑務所は犯罪者にとっては学校になる。手口の交換や技術の継承などが行われている実情は、警官なら誰でも知っている。が、たとえ平田の勘が鋭くとも、手口から今回の犯人が名取だと悟るのは厳しい。ありうるとすれば、平田が名取を今でも追っていたから、直ちに見当がついたという線だ。むろん、その現実味は薄い。強盗致傷が重罪だからといって、そんな人間を平田は何人も逮捕してきたはずだ。沢村のサツ回り時代だって、湊川市内だけで毎日十件近くの強盗致傷事件があった。それなのに名取だけを追う必然性はない。……いや。平田は自分が逮捕した容疑者のその後を常に気にしていた。中でも、名取を特に追っていたとの見立ては一概に否定できない。

思考が大きく揺れていると、脳裏に二〇二号法廷を覗く白髪が浮かんだ。そうだ。大前提として伊勢の不可解な動きがある。無罪判決が出た翌日に、誰も気に留めない程度の公判に関心を寄せていたのはなぜだ。そこに平田の不自然な逮捕劇を足すと、どんな筋読みができるのか。

つぅっと背中を一筋の冷たい汗が流れた。

平田が最後の花道を飾ろうと無理矢理に自白させ、翻《ひるがえ》さないよう公判で重圧をかけた？

数秒考えた。一応の筋は通る。エゴ。平田もそう言っている。名取の自白は、平田が握る弱みとの引き換えだった。名取は出所後も犯罪に手を染めていた。それを知っていながらも平田は逮捕しなかった。それはこういう時に備えたから――。

しかし、あの平田が？　結局のところ、無理筋か。待て。

優先すべきは平田の『創罪』か否かの確認だ。『創罪』だとすれば、真犯人がいる。同じ手口の犯行が新たに発生すれば、名取が無実だと明らかになり、即座に発表される可能性も十分ある。時間がない。無理筋だろうが、追うだけだ。他に手持ちのネタはない。

「そうそう」刑事が楽しそうに続けた。「この事件だけじゃないぜ。名取のちょっと前に別件の窃盗事件の犯人も平田さんが挙げてな。電車内の酔っ払い専門のスリさ」

「それも平田さんが首を突っ込んできたんですか」

「いいや。鉄警と協力して、三ヵ月くらい平田さんが朝から晩まで追っていた男だ」

「その取り調べやら関連書類作成なんかで忙しい時期に、名取の件も手掛けたんですか」

「気づいた以上は無視できなかったんだろうな。見事な置き土産さ」

沢村は曖昧に頷《うなず》いた。礼を言って辞し、街灯もない細い路地を歩いた。どこからかテレビの笑い声が聞こえてくる。広めの市道に戻ると、路肩に止めていた車に乗り、投げ出すように体をシートに預けた。

今朝、報日新聞に抜かれたと知った時よりも全身が気怠《けだる》かった。取材でそれなりの事実を積み上げたというのに、昂揚感《こうようかん》は微塵《みじん》もない。嫌々務めてきたサツ回りと司法回りだが、これまではどんな無理筋でも独材になる気配があれば、追う際には体の奥底に熱が滾《たぎ》ったが……。当たり前の感覚か。これは恩人を踏み台にするための取材なのだ。

フロントガラスの向こうに広がる、住宅街の闇を見つめた。

確証がないまま尋ねても、平田は何も言わないだろう。どう攻めるか。頭には一人の名前がちらついているが、近づき方がわからない。とにかく、と己を鼓舞した。周辺情報だけは固めておくべきだろう。身を起こすと、エンジンをかけた。

沢村には回転音がいつもよりも弱々しく聞こえた。

3

……一分遅く来ていれば、見られなかった。最初の夜回り先から三十分ほど海岸沿いの国道を走り、鎌倉《かまくら》時代に建立された古刹《こさつ》に近い住宅街で、沢村が車から降りようとした矢先だった。十メートルほど離れた戸建てに男が消えた。その男は十分ほどで出てきた。夜の薄闇に浮かんだ白髪頭は間違いない。

伊勢だ。もう午後十時を過ぎている。やはり、何かある。

辺りでは夜でもアブラゼミが鳴いていた。戸建ての門扉《もんぴ》脇に植えられた椿《つばき》の葉が風で揺れている。どたどたとドアの向こうで足音がした。伊勢が最寄り駅へと続く路地に姿を消すのを見届け、先ほど沢村はインターホンを押し、名乗っていた。ドアが忌々《いまいま》しげに開いた。

「何の用だ?」

保坂《ほさか》が訝《いぶか》しそうに眉を寄せる。半袖の白シャツに、黒のスラックス。家で寛《くつろ》いでいた服装ではない。

沢村がサツ回りの頃、保坂は県警本部捜査一課の管理官だったが、一年前から平田がいた所轄の署長となっている。保坂が主となってから、この署長官舎を訪れるのは初めてだ。優柔不断で人付き合いも悪く、署長人事の際、大物県議の地元を任せていいのかと心配の声が上がったとも後輩記者から聞いた。大物県議ともなれば、地元中に耳がある。署長の指揮能力が低いと、誰それが捜査された、との情報も吸い上げられかねない。その大物県議の弟こそ、いまや民自党総裁候補と目されている現厚生労働大臣だ。

「沢村、サツ回りに復帰したのかよ」

「いえ。もうすぐ支局を離れるので、その卒業原稿に平田さんを取り上げようかと。最後にご活躍だったようで」

「なんで、署に来ないんだ？」

「他人の持ち場ですから」

「暑いな」保坂が親指をぞんざいに振った。「入れ」

沢村は後ろ手でドアを閉めると、上がり框《かまち》から保坂に見下ろされる形になった。エアコンがよくきいている。靴は保坂のものと思しき一足しか出ておらず、官舎内に他社の記者はいないと解していい。口にしても大丈夫だ。

「平田さんがとった自白と弱い傍証だけで、立件したそうですね」

保坂の頰が微《かす》かに動いた。動揺しているようだが、誤認逮捕、無罪判決という言葉はまだ出せない。

「他にもそんな例はある」

「平田さんは物証にこだわる方です」

「その平田が自白だけで十分と判断したんだ」

「自白だけ？　傍証については、保坂さんも弱いという意見なんですね」

「検察は食った」

保坂は自身の見解を述べていないが、沢村は質問を続けた。

「自白と弱い傍証だけで逮捕に踏み切ったのは、被告人にマエがあるからですか」

だとすると原稿にする際、かなり粗雑な捜査だったと示す補強材料になる。手口捜査では定石として、やり口が同じ前科者をまず洗う。しかし、前科者だからといって物証集めをなおざりにしていいはずがない。

「マエがあれば、心証は悪いな」

質問の返答になっていないが、官僚答弁をこのまま続ける腹だろう。直球をぶつけてやれ。

「名取の供述に曖昧な点はなかったのですか」

「俺は書類を読んだだけだ。穴がなければ、ハンコを押す」

微妙だった。作文の疑いがあるととれる一方、十分な内容だったともとれる。ただ作文だとしても、公判での名取の態度を見る限り、判決で事実認定が覆る公算はゼロに等しい。

「ところで、報日が朝刊で抜いた無罪判決ですが、県警でも責任問題が持ち上がりますよね」

「だろうな」

保坂は毛ほども表情を変えなかった。なぜ、こんなに堂々としていられるのか。いくら別の所轄署が扱った事件でも、他人事ではないはずだ。名取の逮捕が平田の『創罪』による産物だとすれば、公になった時は保坂の責任問題にもなる。『創罪』ではないのか。それならどうして伊勢はこの場に来た？　もしや――。

人身御供《ひとみごくう》の口裏合わせ、か。

注意深く対処していく、という本上の次席レクでの一言もある。無罪判決に備えて伊勢が処理に動き出したんじゃないのか。だから誰にも見られないよう記者の夜回りも一段落ついた、こんな時間の訪問だったのでは？

無罪判決が出れば誰かが責任を取らねばならず、退官した平田は恰好《かっこう》の人柱になる。個人の失敗に落とし込めれば、地検も県警も最小限の傷ですみ、組織を守れる。もともと自分が撒《ま》いた種でもあるし、平田の性格なら、黙って受け入れるだろう。責任なら見抜けなかった所轄幹部にも地検にもあるのに、それが問われなくなる。

想像通りだとすると……。

優柔不断な保坂がこれほど大胆な絵を描けるわけがない。また、本上が明確に指示したとも思えない。もしも主導した隠蔽《いんぺい》工作が表沙汰になれば、失墜《しっつい》は免れえないからだ。何とでも言い逃れできる本上の発言があり、その意を汲んだ伊勢が動き出したとみるべきだろう。次席の懐刀とはいえ、一介の地検職員が刑事事件に立ち入り、力ずくで真相を覆い隠そうとしているのか。

「沢村、もう帰れ。俺は疲れてんだ」

ほとんど追い払われる形で署長官舎を出ると、夜空には雲が垂れ込め、いまにも雨が落ちてきそうだった。沢村は蒸し暑い夜気を深く吸いこみ、一気に吐いた。このまま進めば、何かに行き着く手応えはある。平田の汚れた晩節を晒《さら》す羽目になるのかもしれない。

じくり、と腹の底が鈍く痛んだ。それは、嫌な痛みだった。

午後十一時、支局裏の駐車場に車を入れた。東洋新聞の湊川支局は繁華街の一角にある古い五階建て雑居ビルの二階に入っている。見上げると、支局以外の灯りは消えていた。

フロアに入ると、いつもより人が多かった。支局には現在十五人の記者が所属するが、普段は七、八人しか会社にいない。ああ、と沢村は見取った。珍しくすでに県警チームの三人も夜回りから戻っている。

沢村ァ、とデスク席から野太い声が飛んできた。

「後輩がへまの穴埋めしてくれたぞ」

沢村はそこかしこに散らばる、朝刊の大刷りを素早く手に取った。誤字脱字がないかなどを点検するための紙面大の印刷物だ。社会面アタマに大きな見出しで県警のネタが躍《おど》っている。

デスクが口元を緩め、せせら笑った。

「誰かさんじゃなくて、後輩が政治部に行きそうだな」

大刷りが音を立てて破れた。沢村は両手に思わず力を入れていた。

4

午前九時の開庁と同時に地裁総務課に出向き、沢村は昨日請求した名取の窃盗事件の起訴状などを受け取った。今日も地裁は落ち着いている。いや、出勤した職員が少ないため、むしろフロアは弛緩《しかん》している。

沢村は地裁駐車場に止めた車に戻り、書類を一読した。名取の自白をもとに作られていて、特に不自然な点も目新しい内容もない。書類を鞄に入れて助手席に置き、名取の国選弁護人に連絡した。夏休み中だとの留守番電話の応答が返ってくるだけだった。自白案件とあってか、休日返上するほど深く取り組む気がないと察せられる。

もう一件、電話を入れる。代表番号からもたもたと内線に回された。

「承知しました。どうぞお越しください」

相手はすんなりと承諾した。

車から出ると、沢村は周囲を注意深く窺った。アスファルト上の空気が朝から猛烈な太陽熱で揺らめいているだけで、地裁の記者専用駐車スペースに他社の車はない。注目公判もなく、来週の次席レクまで記者室には誰もこないだろうが、油断は禁物だ。検事が地検と地裁の行き来に使う、両建物を結ぶ専用小路にも誰もいない。……よし。沢村は素早く小路を抜けた。

薄暗い地検の入り口で、伊勢がぽつねんと待っていた。

地検内はいつにもまして静かだった。今日から夏休みをとった職員も多いのだろう。伊勢の先導で五階の応接室に入った。

「どのあたりに落としたか、見当はつきますか」

「いえ」と沢村は軽く首を傾げた。

——昨日のレクで祖父の形見のペンを落としたようなので探しに行きたい。先ほど電話で告げていた。もちろん、嘘だ。伊勢が出勤しているのか否かを確かめたかった。これで今日の夕方にすべき行動が定まった。

しばらく広い応接室の壁際などで探すふりをした。伊勢は、次席が座る黒革の椅子の下などに視線を飛ばしてくれている。頃合いをみて、しおらしく声をかけた。

「すいません、ここではなかったようです」

「そうですか」

「次席はお見えですか」

「いえ。県外に出られていますので」

昨日の個別取材での言葉通りだった。通常、連続無罪判決の恐れがあれば、本上は湊川を離れまい。今回はすでに手を打ったので、予定通り県外に出たのではないのか。

「皆さん、夏休みをとっているようですが、伊勢さんは？」

「私は来週の水曜からです」

待ち遠しさの欠片《かけら》もない口ぶりだ。何にせよ、伊勢の休暇は二〇二号法廷の件で判決が出た後になる。……当ててみるか。直接聞く機会はもうないだろう。ここで抜き返せなければ、どうせ政治部の目は消える。伊勢が本上に告げ口をして今後の取材に支障が出ようが構うもんか。

「二〇二号法廷の件、何が気になるのですか」

「いえ、特に」

伊勢の表情は微動だにしない。

しかし、と沢村は食い下がった。「ありふれた事件です。わざわざ伊勢さんが覗き込むほどの案件ではないのでは」

「沢村さん、そろそろ」

にべもなかった。目の前にいる伊勢が、かなり離れた場所に立っている気がした。

沢村は車でオフィスビルや飲食店が並ぶ繁華街を抜けた。湊川山系を貫くトンネルを過ぎると北区の住宅街に入り、二十分ほど走って、目的地近くで車を止めた。

歩き出すや否や額や背中を汗が流れだし、シャツが肌に張りついた。間もなく午前十一時。なるべく日陰を選び、建売の戸建てや新築マンションの間を進んでいく。隅に空き缶や煙草が投げ捨てられた細い路地に入ると、目的の建物が見えた。

お世辞にも綺麗とは言えない二階建てのアパートだった。敷地と路地を隔てるフェンスに貼られた看板に大家の連絡先が書かれている。電話をすると、一階奥のドアが開いた。出てきた初老の女が大家だった。

沢村が名取について尋ねると、大家は口元を歪《ゆが》めた。

「名取さん、一年半も家賃を滞納してんですよ。私だって気が進まないけど、逮捕の一週間後を退去期限にしていたんです」

釈放されても、住む場所すらないわけか。

「仕事をしていた様子は?」

「ああ、土日もなく外出してましたけどね。稼いでも、どうせ酒か博打に使ったんでしょ。年金も国民健保もずっと未納みたいだし、たった三万円の家賃も払えないくらいですから。刑務所に行っちまったら、荷物はどうすりゃいいんだろうねえ」

喉の奥で唸《うな》った。平田の『創罪』による無罪事件だとウラが取れても、本筋部分しか書けないのでは記事の行数が稼げないし、内容も硬すぎる。社会面で、せいぜい三段見出しだ。報日に社会面アタマで抜かれた以上、社会面アタマでやり返さないと、挽回にはならない。それには読者が身近に感じられる要素がいる。防犯カメラ偏重の捜査といった、誰もが我が身に置き換えて読める特徴が事件にない以上、名取に強い同情を寄せられる逸話で補強するしかないが……。

「どんな方でしたか」

「さあ。挨拶くらいはしたけどねえ」

付き合いがない時の、お決まりの言葉だ。

「あ、記者さん、ちょっと待ってて」

大家は一旦部屋に戻り、数分後、スーパーの名前が印刷された半透明のビニール袋を持って出てきた。

「これ引きとってくれないかね。もちろん、お金はいらないからさ」

ビニール袋を見ると、オイルライターと万年筆が入っていた。どちらも細かな傷があり、長年使用された風合いが味になっている。

「金がないからって、名取さんが置いていったんだ。うちは質屋じゃないってのに。犯罪者の持ち物なんていらないよ」

記者をやっていると、こういう場面はたまにある。素直に受け取った。

その後、近所の住民にも名取について尋ねてみたが、何も情報は得られなかった。沢村は車中から昨晩平田のことを聞いた刑事に電話を入れた。名取が財布を奪った会社員を見つけ出すためだ。県警の広報文には被害者の名前や住所までは書かれていない。

「お前、なんでそんな情報を知りたいんだよ」

「被害者の感謝の言葉を原稿に入れれば、平田さんの手柄が一層引き立つので」

沢村は視線をハンドルに止めていた。

「なるほどな。すぐに調べて折り返してやる」

五分後に伝えられた住所はこの北区から一時間以上はかかる、市東部にある海浜区《かいひん》内だった。早速出発した。

支局や地検のある中央区に一度戻り、国道を東へと進む。途中で市営動物園や遊園地に向かう渋滞にはまり、結局、海浜区まで二時間半もかかった。その上、被害者の会社員男性は旅行中で不在だった。一度顔を合わせて携帯番号を聞いておけば、判決後にコメントを簡単に取れる算段がついたが、仕方がない。帰路、また渋滞に巻き込まれた。

午後四時過ぎ、沢村は夕刊各紙を読もうと地裁記者室のドアを開けた。つい先ほど、ようやく中央区に戻ってこられた。支局に顔を出す気はなかったし、出す必要もない。

記者室の中央、共有スペースに並べられたソファーで報日新聞の男性記者がごろりと寝ていた。年次は沢村の一年下になる。他に記者はいない。物音ひとつない記者室で夜回り前の昼寝と決め込んだのか。いや、夜回りといっても肝心の次席は県外だ。防犯カメラの無罪判決は、この男が抜いた。ひょっとして、地検にネタ元がいるのか？　だとすれば、伊勢の不審な動きもキャッチしているんじゃ……。にわかに沢村は焦りが込み上げてきた。

報日新聞の記者が薄目を開けた。

「あれ？　沢村さん、お疲れ様です。何かありましたっけ」

「それはこっちのセリフだよ」

「泊まり明けで、寝に来ただけですよ。支局だと電話がうるさくて寝られないんで」

確かに記者の髪は徹夜明けの脂っぽさがあり、目も腫《は》れぼったい。だが、それが真実を話している証明にはならない。

「車はどうしたんだ？」

「タクシーで来ました。眠すぎて運転どころじゃなくて。で、沢村さんは?」

「ブースに携帯の充電器を忘れてな、取りに来たんだ」

へえ、と気のない返事がきた。記者同士で話すと、こうした腹の探り合いになってしまう。

沢村はブースに入り、カーテンを閉めると机上のボールペンを手に取って鞄に入れた。アイツが何かを狙ってここにいるとしても、放っておくしかない。

共有スペースに戻ると、報日の記者はまた心地良さそうに眠っていた。沢村は夕刊各紙をざっと読み、記者室を後にした。

地裁駐車場から車を出して建物をぐるりと回り、隣に建つ地検の裏口が見える位置に止めた。午後五時を過ぎると、地検の出入りは裏口が使われている。ここは、その出入りを見るのに恰好の場所だ。幅広の市道に路上駐車している車も多く、目立たない。エンジンを切り、窓を五センチほど開ける。むっとした熱気が流れ込んできた。

伊勢が庁舎から出てきたのは午後七時を過ぎた頃だった。沢村は窓を閉めると一呼吸おいてから車を出て、音をほとんど立てずにドアを閉じた。

――相手の頭は絶対に見るなよ。人間は背後からでも頭を見られると気づくんだ。

平田から聞いた尾行のコツを念頭に置き、伊勢が持つ革の鞄に視線を据えた。平田は自分を記者としても育ててくれたのだ。

市道を渡り、地検に近い神社を抜け、市営地下鉄の駅に入った。沢村もＩＣカードをかざして続く。伊勢がやっているのは裏工作なのだ。昼間に堂々と動き回るわけがない。退庁後の伊勢を追ううちに平田の『創罪』に通じる何かを、伊勢の動きの訳を摑めるはずだ。伊勢は今回の件、まさしくシロヌシ——Ｓとして地検と県警を結ぶ要だと推定できるのだから。

伊勢が入った車両の隣に乗り、西へと向かう。車内は夏休み期間中とあってか、勤め帰りの姿が少なかった。窓には疲れが滲《にじ》んだ自分の顔が映っている。

七駅目で伊勢が降りた。この辺りに住んでいるのだろうか。地検職員名簿などなく、電話帳で調べても伊勢の名は出ていなかったので住所は知らない。あるいは……。ここから歩いて二十分ほどで保坂の署長官舎に着く。やや遠いが、この駅が最寄り駅だ。本上から何らかの指示があり、平田の件でより細かな話を詰めるためとの見方もできる。

伊勢の歩みは人の流れに乗る程度で、速くも遅くもない。改札を抜けて地上に出ると、いくつかのバス停が並んでいた。バスに乗るとなれば厄介《やっかい》だ。必ず顔を見られてしまう。

急に伊勢が歩みを速めた。……気づかれたのか？　沢村は不安になりながらも足を動かした。だらだらと歩く学生や会社員の背中をかわし、追っていく。

伊勢が客待ちのタクシーに乗りこんだ。追いたくても次のタクシーはない。伊勢の乗ったタクシーが住宅街へと消えていき、沢村は慌てて駆け出した。駅前の小さな商店街を抜け、住宅街に入る。息が上がり、足がもつれ、全身から汗が止めどなく噴き出てくる。

保坂の官舎が見える路地に出ると、膝に手をつき、肩で息をした。官舎は雨戸が閉め切られている。あの中に伊勢と保坂がいるのか？

そのまま午前零時まで待ったが、人の出入りはなかった。沢村は星の少ない夜空を仰ぎ見た。

もう終電もない。タクシーを拾うためにとぼとぼと国道へ歩き出すと、潮風が正面から吹きつけてきた。

5

地上に出ると、肌が痛いほど強い陽射しだった。午前八時半を過ぎている。午前六時から昨晩降りた地下鉄改札前で待ち構えていたが、伊勢は姿を見せなかった。検事はたいてい午前八時に登庁するため、職員は七時半までに出勤している。もう張り込んでいる意味はない。喫茶店で三十分ほど時間を潰し、沢村は路上で地検総務課に電話を入れた。

「そうですか、形見のペンが見つかって何よりです。わざわざ電話をすみません」

伊勢は今日も抑揚のない口調だった。

「いえ、昨日はお騒がせしたので、連絡だけでもしておこうかと」

沢村は通話を切るなり、くそ、と舌打ちした。伊勢はこの駅を通勤に利用していない。では、昨日は何のために降りた？　夜通し保坂の署長官舎を張っていた方が良かったのか。

悔しさを腹の底に封じ、コインパーキングに止めた車内で、二十年前に名取が起こした強盗致傷のベタ記事を読み返した。昨晩支局に戻って印刷したものだ。当時の記事には被害者の名前と町名までの住所も書かれている。ＮＴＴの電話番号案内で詳しい住所を聞き出した。

車で南へ十分ほど下り、住宅地を抜けると、正面に海が見えた。晩夏の陽射しを受けた海は銀色に揺れ、遠くにタンカーの船影も見える。真っ青な空には大きな入道雲が浮かんでいた。海沿いの国道をさらに十五分走り、右手に折れると、やがて畑の多い一帯に入った。

古くて大きな日本家屋だった。吉野《よしの》という表札を確認する。門を抜けてインターホンを押すと、五十代半ばくらいの男が出てきた。沢村が用件を伝えると、男は首を捻った。

「今さら二十年前の話を記者さんが？」

「似た事件が相次いでいるので、警鐘《けいしょう》記事が書けないかと」

畳敷きの客間に通され、冷たい麦茶が出された。部屋には日本人形や掛け軸が飾られ、開け放たれた掃き出し窓からは風にのって土と草の匂いが入ってくる。当時の被害者は十二年前に亡くなっており、対座する男はその息子だった。農業に従事しているという。顔に刻まれた深い皺や節くれ立った指が、長い時間実直に働いてきた様子を物語っている。

事件は二十年前にこの近くで起きた。連帯保証人となった友人の会社が倒産し、借金取りに追い立てられていた名取は、市内の銀行から出たばかりの吉野明子《あきこ》の後をつけ、六十万円の入った鞄をひったくって逃走した。その際、吉野明子は倒れて頭を強く打ち、重傷を負った。名取は懲役十年の判決を受けている。

「事件後、謝罪の手紙などは届きましたか」

「いいえ。手紙はありません。あの時の犯人、いま何をしてんでしょうね」

無駄足だったか。謝罪の手紙すらもない以上、ここで名取の性格やエピソードを引き出すのは難しい。時間もない。頃合いを見て適当に切り上げよう。

「いま、当時の犯人である、名取氏にどんな感情を抱かれていますか」

吉野は遠くを見やる目つきになった。

「あの事件後、母は何でもない物音ひとつにも怯《おび》えるようになりました。明るく朗らかだった性格は見る影もなくなり、外出を怖がり、ほとんど家に閉じこもる生活になって……。もう二十年も前の出来事ですが、そんな風に母を変えてしまった犯人が憎いです」

頷いた。話を終わらせようとした時、記者さん、と吉野が先に言った。

「だけど、あの時の犯人も被害者といえば被害者なんです。本来なら、犯罪に手を出す悪人じゃない。今はそう感じています」

思いがけない言葉だった。

「それはどうしてですか？　何かきっかけでも？」

「少々、お待ち下さい」

吉野が客間をいそいそと出ていった。遠く近くでセミが競い合って鳴いている。誰が何をしていようと、自然は短い夏の盛りなのだ。では来年の夏、自分は一体何の取材をしているのか。沢村は束の間思いを馳《は》せた。

五分ほどして、手に小さな段ボール箱を抱えた吉野が戻ってきた。テーブルに置かれた箱には、かなりの数の封筒が入っている。

「どうぞ、封筒の中身をご覧になって下さい」

沢村は一通を手にして、封入物を取り出した。それは一枚の五千円札だった。皺だらけで、端が土で微妙に汚れてもいる。

「どの封筒にも五千円札が入っています。全部で百十九通になります」

封筒には差出人は書かれていない。ただ吉野宅の住所が記されているだけだ。

「突然、送られてきたんです。最初の一通が来たのは、もう十年前になります。それから毎月、事件があった二十六日あたりに届くんです」

「それはひょっとして」

「わかりません。いつも消印が違っていたので。同じなら、その管轄の郵便局に問い合わせてみましたが。でも、私も記者さんの頭にある方が送付してきているんだと思います」

「他に心当たりは？」

「いいえ、全然ありません」

吉野は段ボール箱に入った封筒に視線をやり、こちらに戻してきた。

「今月分でちょうど六十万円になります。事件の時に母が所持していた金額です。次こそ手紙が同封されているだろうと期待しています。いや、そう願っています」

家賃を一年半も滞納する名取は、生活に苦しんでいたはずだ。それなのに、被害者宅に毎月五千円を送っていた……。このエピソードは原稿に使える。

名取は日雇いの現場作業員だ。大家は毎日出かけていたというが、仕事にありつけない日もあっただろう。皺と土の汚れがついた五千円札一枚というのが、一度に渡したくても、まとまった金を作れない経済状況を示唆《しさ》している。これで強盗致傷の過去が消えるわけではないが、吉野の言う通り根が悪人ではないと解釈できるし、送金には贖罪《しょくざい》の意図が読み取れる。

強めの風が吹き抜け、チリンと風鈴が甲高く鳴った。

でも、と吉野が力なく首を振った。「今年の六月分だけは消印がありませんでした。多分、直接ここに持ってきたんです。それも夜遅くに」

「そういうケースは初めてだったのですか」

「ええ」

名取はどんな心境で吉野宅に来たのだろうか。想像しかけた時、沢村はハッとし、反射的に腰を浮かしそうになるのを堪《こら》えた。

六月二十六日の夜——。

「夜遅くというと、何時頃に持参してきたのかがわかっているんですか」

「だいたいは。私が見つけたのは午後十一時半過ぎでした。農協の会合から帰ってきた時、郵便受けを開けたら封筒が入っていたんです。その少し前だろうと」

「少し前だと言える根拠があるんですか」

「息子が塾から午後十一時ごろに帰宅した時に郵便受けを開けていたんですが、その際にはなかったと言っていましたので」

カァッと全身が今にも火を噴き出さんばかりに熱くなった。沢村は冷たい麦茶を喉に投げ入れるように飲んだ。

県警の広報文にあった名取が逮捕された窃盗事件の発生日時は、二十六日の午後十一時過ぎだった。現場は市の中心街だ。ここから電車でも片道四十分はかかり、車ならもっと時間を要する。封筒を吉野宅に入れたのが名取ならば、発生時刻に現場にいるのは不可能だ。封筒を届けたのが名取以外の誰かとも考えにくい。

やはり、名取は犯人ではない。平田は窃盗事件当日における名取の行動を洗わなかったのだろうか。あるいは洗っても判然とせず、問い質したのに、名取が言わなかったのか。どちらにしても、名取には公にする意思がない。あれば、とっくに公判で発言している。

「この件は誰かに？」

「いえ」

使える――。

「その封筒、中身ごとお借りできませんか」

口中に錆臭《さびくさ》さがじわっと広がった。

午後二時過ぎ、支局に戻った。出番の記者は少なく、フロアは倦怠感で満ちていた。いつもは四六時中鳴り続ける電話も沈黙し、デスクは高校野球中継を見ながら、出前の冷やし中華を物憂げに食っている。一方、予定稿を書く沢村の神経は尖っていた。

まだ定かではない名取の窃盗事件の判決内容や平田の『創罪』の動機などは黒丸で埋めつつ、起訴状などをもとに原稿を粛々と作っていく。核は、有罪となった名取が実は自白偏重の捜査で誤認逮捕された無実の人間であり、前代未聞の連続無罪判決を湊川地検が起こした点だ。味付けは名取の送金エピソードになる。伊勢の存在については触れられない。伊勢が裏工作の要となっているとは思うが、関与しているという言質《げんち》も証拠もない。

皮肉だな、と沢村は心底思った。この原稿が恩人を潰すのだ。キーボードを叩くたび、己の一部を削っていく気がする。それなのに、司法記者としては初めて読者の心に届く記事になる手応えがある。

午後四時半、沢村はノートパソコンをぱたりと閉じた。堪らない気持ちだった。支局を出ると、馴染みの道を車で飛ばした。記者一年目からよく食べたハヤシライスの味が舌に蘇《よみがえ》っている。平田から教えてもらった洋食店だった。

——記者も警官と同じで食事に時間をかけられないけど、栄養が必要だろ。

そういう人だった。

一時間ほどで市の最西部に位置する西区《にし》に入り、平田の自宅に到着した。海に近く、江戸中期の姿を復元した城が建つ城址《じょうし》公園にも近い住宅街にある、二階建ての一軒家だ。付近は静かだった。平田宅には、ひと気もない。奥さんと買い物にでも行ったのだろうか。

行き交う人々を見つつ、時折、首筋や額の汗をハンカチで拭き、沢村は待った。

日が暮れた。風には秋の匂いが混ざり、先ほどからヒグラシが鳴き始めている。誰もいない戸建てにじっと視線を置き続ける。

平田宅の居間は、冬にはコタツになるテーブルが中央にあり、この街が生んだ作家が戯れに描いた水墨画が飾られていた。隣の部屋では、奥さんがどこか楽しそうに大量のシャツにアイロンをかけていた。座布団に丸まる猫は、いつも沢村を見ると出ていった。猫好きなのに必ず逃げられるとぼやくと、平田は言った。

――殺気があんだよ、お前には。それだけ仕事に真剣なのさ。

今も殺気を発しているのだろうか。有罪判決ならば、この手で平田に引導を渡す具合になる。県警と地検が平田の『創罪』を知らぬふりしようとも、こちらには判決を覆す証言と物証がある。けれど、大家にもらった万年筆と封筒の指紋との比較を民間鑑定機関に依頼するには至らないはずだ。物証を握っていると伝えれば、平田なら観念する。

誰も帰宅しないまま、午前零時を過ぎた。夫婦そろって泊まりがけで出かけたのか。沢村は、平田の言い分を入れる予定稿の黒丸部分を思った。動機や感想についてのコメントは判決公判後に取ればいい。それなのになぜここにいるのか。この期《ご》に及んでも俺はまだ……。

淋しそうで、切なげな猫の鳴き声が遠くから聞こえた。

6

二〇二号法廷の傍聴席は、今日も二人だけだった。沢村は後列右隅に、平田は前列中央に座っている。沢村の視界には、平田の厳しい横顔も入っている。他社はいない。結局、あの報日の記者も今日から夏休みだ。

吉野の証言と物証を得てから長い四日間だった。尾行には自信があったが、いつも市内各地の異なる駅で降りた。昨日だけは最初から保坂の官舎を張り、伊勢が訪れたのを現認できたが、その行動の意図は摑めないままだ。それでも、今日で真相の一端が明らかになる。

法廷内には判決公判独特の硬さがあった。どんな些細《ささい》な事案でも判決の緊張感は変わらない。

「主文、被告人を懲役七ヵ月に処す」

裁判官がいかめしく言い渡した。平田は唇を一文字にし、名取の背中を注視している。続いて量刑理由を述べ終えた裁判官が閉廷を宣言し、名取の両脇に刑務官が立った。

おもむろに名取が傍聴席側に顔を向けた。一週間前より頬がこけ、体も縮んだ印象があるが、やけに柔らかな目だった。その視線を受け止めた平田から、険しさが抜けた。ゆるやかに平田が頷きかけると、名取は笑みを浮かべて目礼を返した。

陥《おとしい》れられたのに、なぜ……。沢村は唇を引き結んだ。名取の心模様はいい。記事にするだけだ。

その時、退廷しようとした名取がふらつき、慌てて刑務官が脇から支えた。僅かに腰をあげたものの、平田は立たなかった。名取が覚束ない足取りで退廷していく。名取の姿が被告人用ドアの向こうに消えてもなお、平田はそこに目をやり続けている。

沢村は中腰になり、声をかけた。

「平田さん、三十分ほどお時間を下さい」

「ああ」と吹っ切れた気配の声が返ってきた。

二〇二号法廷を出ると人影が沢村の視界の端で動いた。階段へと向かう伊勢の後ろ姿だった。法廷の後部扉にある小窓から判決を確認したのだろう。予定外の判決が出ると、検事は判決理由を慌ただしく書き留めるが、それがなかった。このまま『創罪』を見過ごすつもりなのだ。

地裁内では他の記者に見られるリスクもあり、近くの喫茶店に行くことにした。他社の記者が滅多に来ない、歴代の東洋新聞司法記者が利用してきた店だ。

強い陽射しの下、二人とも無言で歩いた。沢村には歩いている感覚がなかった。体が自分のものではないようで、景色も目に入ってこない。

店に入っても無言が続き、注文した二人分のアイスコーヒーが来た。……ままよ。

「判決、どう思われますか」

ふう、と平田が鼻から深い息を吐いた。

「良かった。それだけだ」

「犯人をでっち上げたのに、ですか」

平田の眼差しは穏やかなのに揺るぎなかった。腰も据わっている。その自然体に気《け》圧《お》されそうになり、沢村は負けじと見返した。数秒後、平田は力みもなく言った。

「ああ。俺はでっち上げた」

視界が一瞬ぐにゃりと歪んだ。とっくにわかっていたのに、『あの平田が』という衝撃が頭の芯を大きく揺さぶっている。膝頭を強く摑んで脳内の揺れを強引に抑え込む。突き止めた者の義務として、このまま聞かねばならない。

「なぜですか」

「他人事じゃなくてな」

他人事じゃない？　何がだ？　沢村は平田を直視していた。その姿に引っかかりがあった。そうか。今日も白シャツが皺だらけで張りがない。今日も——。

ひと気のない平田宅が脳裏を掠めるや、楽しげにアイロンをかける奥さんの姿がありありと目に浮かんだ。前回、地裁で平田に会った時はアイロンがけの習慣が途切れただけかと……。

がばっと沢村は身を乗り出した。

「奥さん、お体が悪いんですか」

「あと三ヵ月らしい。俺もよく入院先に泊まっている」

——お腹がすいたら、いつでもウチにおいで。

きんぴらや煮魚などの手料理を機嫌よく振る舞ってくれた奥さんの優しい言葉が、耳の奥で鮮明に蘇った。重い膝蹴りを食らった時にも似た疼《うず》きを腹に抱えつつ、では、と沢村は口を開いた。

「名取も？」

「三ヵ月前に連絡がきた時、余命三ヵ月って話だったから、もう立っているのがやっとだろうに公判ではしゃんとしていた。大した奴だよ」

沢村の中で情報の断片が繋がっていく。第一回公判で名取を病人のようだと感じたが、その通りだったのだ。だから、退廷時にふらついていた。加えて、名取からの連絡があったのは三ヵ月前だという。平田が鉄道警察隊と別の窃盗犯を昼夜なく追いかけ始めた時期と重なる。

「名取さんとほぼ同時期に逮捕した電車内で泥酔客を狙う常習スリ犯が、先ほどの法廷で判決が出た窃盗事件のホンボシですか」

「ああ」

「でも、そいつが自白しないとも限りません」

「奴は、いくら叩かれても余罪は一切言わない。そういう男だ」

そうだった。常習犯は物証がなければ、自白しない。

「すべては名取さんのためだったんですね」

店にかかるBGMが耳元から引いていく。沢村は、己の聴覚が平田の言葉だけを捉えようとしているのを認識した。

名取はな、と平田が厳かに語り出した。

「根は悪い奴じゃねえ。模範囚で早く出所したが、判決の十年を待ち、奪った六十万円を返し始めたんだ。その相談は逮捕直後から受けていた。金を借りて一度に払うよりも稼いだ金をコツコツ払い続けろ、俺はそう助言し、名取も実行してきた。犯行に及んだ二十六日に届くようにな。被害者は亡くなっていたから、遺族にだったが」

やるせなさそうに平田は首を振る。

「だけど、余命三ヵ月でもう体が持たない、金は渡すから残りを代わりに払ってほしいと連絡してきたんだ。実際、名取は弱っていた。六月は郵送すらできず、なのに被害者宅に届けにいくというので、車で連れていったんだ」

平田はしばし目を伏せ、また沢村を見た。

「病院に担ぎ込むにも名取に金はない。俺もカアちゃんの治療費で余裕はない。住む場所の問題もある。うちに住まわせてもいいが、緊急時は救急車を呼ぶにせよ、その後の金や面倒は誰がみる？　周りに人の目があり、異常があれば金がなくても治療が受けられる施設。そんな場所、俺には留置場と刑務所しか思いつかなかった。カムフラージュにうってつけの犯罪も転がってたしな。天の配剤だと感謝したよ」

――刑事ってのはそいつの親代わりなんだ、最後まで世話してやんねえと。

お見事だ。是非はどうあれ、平田はかつての言葉通り、自身が抱いた刑事の信念を最後まで曲げなかった。誰もができる幕引きじゃない。これまで逮捕した者の人間性や手口を知り尽くしているからこそ、可能な『創罪』だったのだ。

「先月の五千円は俺が投函した。今月も俺がする。名取が大事に残していた金だ。それくらいの代役は構わないだろう」

しみじみとした口ぶりだった。退廷前の平田の頷きかけと名取の笑みの意味か。あの時、今生の別れも交わしていたのだろう。

平田は大きく肩を上下させ、深々と呼吸をした。

「ちゃんと心を持って生きる奴は報《むく》われるべきなんだ。そんな奴の命なら、ほんの短い間くらい税金で助けたっていいと俺は思う」

心を持って生きる——。しかし。

「税金の話はそれでいいとしても、いくら人命のためとはいえ、罪を創っていいのでしょうか。ましてや法で人の罪を問う側である地検の職員までが与《くみ》しているなら、大問題ですよ。伊勢さんについてです」

返答如何《いかん》で、伊勢の関わりも記事に盛り込める。地検の幹部職員が『創罪』に加担していた言質がとれれば、センセーショナルさはいやが上にも増す。

「沢村」平田の表情が引き締まった。「法律ってのは何だ？」

「社会を維持するための道具でしょう」

「だよな。その道具ってのは、何だって真っ当に使うのが大事なんだよ。社会ってのは人の集まりだ。なら、法律は人のためにある道具なんじゃねえのか」

たちまち平田の眼力が増した。

「道具なんて使い方次第だ。工夫して使えば、にっちもさっちもいかない奴を助けられる場合もあるし、普通に使ってるのに人を傷つけたり、悪用されたりもする。だから現場の人間は、常に道具の存在意義に沿った使い方が求められるんだよ」

「だからって逸脱していい理由にはなりません。第一、今回の件が真っ当に法を扱ったと言えるんですか」

「お前はどう思ってんだよ」

「質問したのは私です」

互いに視線を逸《そ》らさなかった。沢村はまじろぎもしなかった。……ここが俺にとっては人生の勝負所だ。ここで己が今後どんな人間になるのか決まる。

無言がしばらく続き、沢村が再度尋ねようとした時だった。

「こいつは沢村自身で考えるんだな」平田はかつてなく鋭い口ぶりだった。「たとえ記者の職分ってのが他人に何かを聞くことだろうと、本当に大事な問題ってのは、他人に答えを求めるもんじゃねえ。頭を他人に預けるな。法律を真っ当に扱うってのがどういう道理なのか、自分の頭、経験、言葉で導き出せよ」

沢村は絶句した。まさに痛言だった。一言も切り返せない。法の範囲内で適切に使用すべき。そんな政治家の答弁めいた具体性のない物言いはできる。悪用はむろん、四角四面の運用でもないのもわかるが……。司法記者を二年も務めているのに明確な答えを持っていない。考えた憶えすらもない。突き詰めれば、正義とは何かという問いになる気もする。

ふっ、と平田の顔が緩んだ。

「お前が俺の振る舞いを真っ当じゃないと結論づけて記事にすんなら、それでいいんだ」

沢村はゆっくりと目を閉じ、両拳を固くした。ここで記事にしなければ、確実に政治部への異動はなくなる。この六年、希望し続けた将来は消える。平田を踏み台にすれば手が届くのだ。両拳は太腿《ふともも》の上で震えている。そのまま数秒いた。昨晩書き上げた予定稿の文字が目蓋《まぶた》の裏に連なっていく。そこに、名取が笑みを浮かべて平田に目礼した法廷での光景が浮かんだ。

拳を緩めた。目を開くと、柔和な表情の平田がいた。アイスコーヒーの氷が崩れ、カランと鳴る。

沢村は言葉を咽喉《のど》から押し出した。

「平田さん、今の俺には書けません」

……甘い判断だと重々承知している。しかるべきネタを掴んだら、どんな事情があろうと記事にするのが記者の務め。だが、たとえあるべき記者の本分から逸れても、俺には書けない。これが今の自分にできる精一杯の正義――。

平田は法を逸脱した。それでも人間としてはどうだ？　平田は独自の正義を貫き、心を持って生きた。一方の自分は、法を真っ当に扱うとは何なのかも説明できないでいる。平田の主張をねじ伏せて、政治部の路を選べる信念がまだ構築されていないのだ。それなのに、記者の本分に寄り掛かり、理屈や常識をこねくり回して平田を断じても、口先だけの恥知らずになるだけではないか。この煮え切らぬ感情を抱えて政治部に異動しても、後ろめたさで取材が曇ってしまう。それは読者への背信行為だ。記者として読者を裏切れない。

「本当に特ダネ一本ふいにしていいのか」

「ええ」自分でも驚くほど深い声だった。「決めたんです」

平田は、沢村の返事を嚙み締めるように小さく二度頷いた。

「そうかい」

「俺の異動前に、飲みに行きましょう」

「ああ、必ずな。政治部なんだろ？　今から楽しみでな。沢村なら、人間味ある政治記事を読ませてくれそうだからさ」

一瞬、言葉に窮《きゆう》した。下した決断に間違いはないとの思いもろとも腹に力を込める。

「政治部への異動は叶わなそうです」

7

「結局、抜けなかったのかよ。期限切れだな、諦めろ。政治部なんて、ハナからお前には分不相応だったんだ」

支局長は冷ややかに言った。

沢村はフロア奥の支局長室から自席に戻り、椅子の背もたれに脱力した体を預けた。決断は正しいと納得しているのに、身も心もがらんどうだ。午後十一時、最終版の締切まであと二時間。漫然と政治部への道が断たれる瞬間を待つしかない。

デスクと支局員が間延びした笑い声をあげている。沢村はそれをぼんやりと聞き、半ば機械的にノートパソコンを開くと、連続無罪判決の予定稿を消去した。データは呆気《あっけ》ないほど簡単に消えた。この六年間と同じだった。

その時、机上の携帯が震えた。見慣れない番号。

惰性《だせい》で腕を伸ばし、耳にあてる。もしもしと言う間もなく、向こうがいきなり話し出した。

「いま、県警による石毛《いしげ》基弘《もとひろ》県議への逮捕状が下りました」

この声は――。

「伊勢さん、なぜ私に？」

「あれ、その声は東洋の沢村さんですか。かける相手を間違ったようです」

このタイミングで？　石毛は、長年に亘って君臨する県議会のドンだ。その弟は現厚生労働大臣で、民自党の次期総裁候補。そんな中央政界ともパイプの太い大物の逮捕状ネタは、社会面アタマはおろか、記事が夏枯れのこの時期なら一面も狙える。

県警チームがこのネタの端緒すら摑んでいないのは明らかだ。キャップとサブキャップは夏休みで、唯一出番のサツ回り記者も今、支局でテレビを見て呑気《のんき》に笑っている。

そういえば、次席の本上が先週の個別応対で色々と忙しいと言っていた。あれは県警と極秘裏に調整を重ねている動きの示唆だったのか。次席が県外へ出たのも夏休みの旅行などではない。石毛逮捕の余波が現厚生労働大臣に及ぶのを見越した、東京地検との打ち合わせ——。

あの伊勢の保坂訪問も平田とは無関係だったのだ。石毛は保坂の所轄管内選出の県議。石毛ほどの大物なら県警本部だけでなく、所轄も合同捜査本部に入り、極秘で細かな調整も要する。動揺に見えた保坂の表情は、石毛に触れない取材への安堵を殺す仕草で、無罪判決の責任問題を尋ねても堂々としていたのは、単に平田の『創罪』を見抜けなかったからに過ぎない。

「すみません、沢村さんはこれから急いで原稿を書いたり、次席に電話を突っ込んだりしなきゃいけないのに。では、失礼します」

ぷつりと通話が切れた。原稿にすべく、本上に電話しろと言っているのか？　本上の連絡先を聞き出しているのを、伊勢に把握されていても不思議ではないが……。そもそも、なぜ電話がかかってきた？　伊勢がこの携帯番号を知っているはずがない。親しいわけでも、接点を持っているわけでもない。

接点……。

沢村は目を見開いた。一週間前の、伊勢と平田が地裁で話す姿がある。

平田だ。平田が伊勢に伝えたのだ。以前、平田には政治部に進むにはどんな結果が必要かを話している。喫茶店で相対した際に、『沢村は政治部異動を賭け、敗北を挽回すべく取材している』と察し、記事にしないと告げた件が今の電話に結び付いたのだ。となると、伊勢は平田の『創罪』を知っている？　平田なりの正義を認めた？

疑問はもう一つある。あの男は総務課長でしかないのに、どうして石毛逮捕劇の一端を担っているのか。いくら次席の懐刀といっても、所轄との打ち合わせは検事がすべき仕事だ。

地検なんて堅苦しい法の運用機関だと思っていたが、あの男――。

面白い。沢村は携帯を握り締めた。平田から、とんでもない置き土産を貰った。伊勢は番号を消せとも、かけるなとも言わなかった。平田の『創罪』や石毛の逮捕劇への関わりについて疑問をぶつけてみるか。答えは返ってこないだろう。それでもいい。少しでもS――伊勢を知れれば、平田からの宿題に答えが見出せるかもしれない。

平田にしっかり礼を言おう。いや。元受刑者から感謝の手紙が届く話もしない人だ。ただ惚《とぼ》け続けるだけだろう。ならば……。会うのもおそらく次が最後。のっけから礼の代わりに政治部異動を報告し、酒好きの平田にとことんまで付き合おう。そのためにはまず。
デスク、と沢村は腹の底から声を張った。

暗闘法廷

1

「あなたは、沼尻《ぬまじり》被告が覚醒剤を所持していたことを知っていましたか」

「カクセイザ？　各もなにも、星座なんて一つたりとも所持できませんよ」

「薬物の話です」

「ヤクブツ？　へえ。あんなにおとなしそうな生き物なのにねえ。ヤクってのは人を殴るんですか。検事さん、たいへん勉強になりました」

一〇一号法廷、この湊川地裁で最も広い大法廷にどっと笑い声があがった。傍聴席の左半分に陣取る、二十人近いダークスーツの一団の肩が小刻みに揺れている。証人の片野悦司《かたのえつじ》が所属する暴力団、矢守《やもり》組の組員たちだ。法廷での笑い声など、本来はありえない。

ぎりっ、と顎《あご》が鳴り、新田耕平《にったこうへい》は歯を食い縛っていたのを悟った。眼も乾き、痛みを感じる。ずっと瞬《まばた》きもしていなかったらしい。三十五年の人生で初めての経験だった。

新田は最後列中央の傍聴席で軽く腰を上げ、座り直した。

裁判長と左右の陪席裁判官が苦々しそうに口元を引き締め、弁護士はとろんと濁《にご》った目で宙を眺めている。最前列で傍聴する約十人の新聞記者たちに至っては、全員すでにペンを置いていた。

柔らかそうな生地のダークスーツを着た片野と、検事の森本嗣治《もりもとつぐはる》とのやり取りは先ほどから嚙み合っていない。

――あなたと被告人との関係は？

――は？　関係？　そんな男と男ですよ、冗談じゃない。

――被告人はあなたも所属する暴力団、矢守組の構成員ですね。

――好青年なんかじゃありませんね。

――あなたから見た被告人の性格は？

――へえ、製革ねえ。沼尻になめし革職人の一面があったなんて初めて知りました。

裁判長には、法廷を乱す言動をする証人らに退廷や発言禁止を命じる権限があるが、簡単には行使できない。検事や弁護士の立証を潰しかねないからだ。しかしこのままではそろそろ……。

せめてもの救いは、森本が顔色ひとつ変えない点だ。丸メガネの奥の眼も揺れず、達磨《だるま》めいた体はどっしりと動かない。森本はまだ勝負を投げていないのだ。

何とか証言を引き出して下さい――。

新田は祈るような心境だった。

新田が検事を補佐する検察事務官となって、十二年が経つ。事務官は証拠物の保管や罰金徴収などの一般事務のほか、検事の指揮を受けた捜査や調書の作成、公判の準備などに携わる、いわば検察組織の屋台骨だ。湊川地検では捜査と公判で担当検事が分かれ、交通事故捜査は交通部の、事件捜査は刑事部の捜査検事が行い、その裁判に立ち会うのが森本をはじめとする公判部の公判検事になる。新田は入庁以来、各部で何人もの検事と仕事をし、つぶさに彼らを見てきた。

誠実で頭が切れる正義の味方――というのが世間的な検事のイメージだろうが、一向に質問ができずに被告人を取り調べられない若手交通検事、いつまでも起訴するか否かを迷い続ける優柔不断な中堅捜査検事、前例で機械的に求刑を決めていくベテラン公判検事など実際は様々だ。「蛍光灯を付け替えにウチにこい」と私生活でも事務官を顎で使う者や、「被告人はストレス解消の道具だよ」と事件とはかけ離れた人間関係や生い立ちまでねちねち責め立てる検事だっていた。

最も唖然《あぜん》とさせられたのは、明らかに事実を見誤った起訴なのに取り消さず、公判で有罪と言い張る検事だった。

「だって、取り消しは高検の承諾《しょうだく》が必要になるから面倒だし、上から捜査検事の見立てを潰した奴だとみられるだろ？　そんなの俺の将来に影響が出るじゃないか」

むろん、新田は全国約二千人の検事を知るわけでも、この十二年間に湊川地検で働いた全ての検事と接したわけでもない。彼らの多くは優秀で仕事熱心だろう。それでも、森本が実力も人格もトップクラスの検事だと確信している。森本が赴任してきた二年前の春、立て続けに起きた二つの出来事に驚かされたからだ。

ひとつ目は、深夜に市道の路側帯を歩いていた男性が、大型トラックと接触して右腕を骨折した事案を扱った時だった。

目撃者がいない中、被告人の運転手は「歩行者と接触するほど路側帯に接近していなかったし、辺りには人影なんてなかった。それにこのトラックに少しでも当たったら右腕の骨折程度では済まない」と主張していたが、交通検事はそれを単なる弁解だと判断した上、被害者の「右腕を払われるみたいに接触した」という証言を重視して起訴していた。

一階の交通部から三階の公判部に回ってきたその調書を、新田は先に目を通した。湊川地検では毎日約百件もの公判を扱うため、検事より先に事務官が調書を読む場合も多い。執行猶予付きの判決だろうなと予想し、公判を受け持つ森本に渡した。十年も事務官をしていれば、誰だって調書に目を通すだけでおおよその量刑の目安はつく。

森本は一読するなり、落ち着いた口調で言った。

「お手数ですが、まずは被害者の金銭状況を確認してください。次に県警と事故を検証しましょう。検証実験には私も立ち会いますので」

簡単な事案なのにどうして手間をかけるのだろう……。釈然としないものの、承知しましたとしか言えなかった。事務官は検事の方針に口を挟めない。あくまでも補佐役なのだ。検事の指示に疑問を持ちつつも従った回数は数えきれない。

この時も疑問を頭から追いやり、銀行などに問い合わせて調べた。すると事故後、被害者の男性が経営する会社の口座に、多額の入金があったとわかった。それは男性にかけられた保険金で、会社が資金難で倒産寸前だった状況も明らかになった。さらに県警に頼んで事故車両と同種の大型トラックで人形の衝突実験をしたところ、男性の供述通りの接触でも身構えていないと、右腕の骨折では済まない大怪我を負う確率が高いとも判明した。その結果、事故現場近くの自動販売機の陰に潜んでいた男性が、保険金目当てに大型トラックに近づき、自ら腕を当てた可能性が高いとして森本は公訴を取り下げた。

「なぜ、見抜けたんですか」

「検事は人の人生を左右します。だから偏見を持たずに言い分を聞く必要があります。そうすれば、自ずと不審な点は浮かび、隠れた真相も見えてきます。それだけの話です」

森本は涼しい顔をしていた。

瞠目した二つ目は、森本が公判直後にその丸っこい体つきからは想像できない素早さで傍聴席に行き、被害者やその家族に声をかけて地検に呼んだ一件だった。彼らを招いたのは公判内容を嚙み砕いて説明するためだったのだが、次の仕事に取り掛かる時間が遅れるし、そんな説明をする検事は今までにいなかった。

森本はまた涼しい顔で言った。

「公判は被害者や遺族が事件を詳しく知る、ただ一つの場ですからね」

自分より五つ歳上に過ぎない森本が、とても遠い存在に感じられた。この検事の公判が見てみたい――。事務官になって以来、初めての思いが込み上げた。湊川地検公判部の事務官は日々の作業量が膨大な上、刑事部と違って特定の検事とコンビを組むこともなく、よほど大きいか複雑な公判でもない限りは法廷に顔を出せない。しかし、森本の公判には時間の許す限り足を運んだ。森本が被告人や証人から鮮やかに証言を引き出す姿を、不謹慎な心持ちだと知りつつ、楽しんできた面もある。

じとり、と新田の手の平が粘っこい汗で湿っていく。これまでとは気分がまるで違う。

今日、十一月十八日の公判は森本の生涯にとっても正念場となるのだ。

新田は傍聴席最後列の右隅に座る、伊勢雅行を見た。腕を組み、表情もなく公判の様子を眺めている。

湊川地検の総務課長で、歴代次席検事の懐刀となっている男だ。総務課は地検庁舎の五階にあるが、伊勢は七階の次席検事室にいる時間も長い。ちょうど新田が入庁した頃、伊勢は当時の次席から陰日向《かげひなた》に動ける実力を認められ、それを機に、歴代次席の側近であり続けているらしい。もっとも、そもそもどうして一介の事務官に次席が目を付けたのかは誰も知らない。

伊勢はいまや新たに赴任した次席の方から総務課長席に立ち寄るほどの立場を築いている。地検職員はその光景を、揶揄《やゆ》と畏敬の念から「お伊勢参り」と呼んでいた。二、三年で異動を繰り返す検事にとって、長く地検にいて地元の事情に通じる事務官は仕事に不可欠な存在であり、伊勢は事実上、そのトップの座に君臨しているのだ。弁護士会との会合設定や、週に一度開かれる記者へのレクの仕切りといった、次席にまつわる総務課長としての事務全般だけでなく、どこから仕入れたのか地元政財界の動向やきな臭い話などを随時次席に伝え、真偽《しんぎ》は不明だが、時には量刑の決裁にも一枚嚙んでいるらしい。

今年八月の、東洋新聞が嗅ぎつけてスクープした捜査に関する噂は耳に新しい。県政のドンだった石毛議員が背任の疑いで県警に逮捕された事件だ。容疑内容は、滞納した住民税約二千万と県歯科医師会会長の住民税約五百万円を、湊川市税務課長に納税免除処理をさせたというもので、伊勢は次席の指示によって当該所轄署との調整役になったという。担当検事は県警本部との折衝で余裕がなかったそうだ。それでも本来なら他の刑事部検事がすべき仕事だけに、伊勢に対する次席の信頼度が窺える。

無口で表情も乏《とぼ》しく、ただでさえ近寄りがたい上、時には検事や地検職員の素行を陰で調査する噂もあり、地検職員は伊勢と必要以上に接しない。四十半ばにして、いまだ独身なのは人としての情がないからだとも言われている。また、後輩にもですます調で話すなど、伊勢も職員と距離を置いている節がある。新田もほとんど話した憶えはないし、話したくもない。下手な発言をして揚げ足をとられれば、人事査定に響く。忌々しいが、地検に君臨する伊勢は独裁者も同然だ。

その伊勢がここにいる理由は——。

「証人、質問には適切に答えて下さい」

裁判長が強い口調で割って入ってきた。警告だ。次は退廷か発言禁止処分もありうる。

伊勢の表情が僅《わず》かに動いた。……笑っている。あの野郎、と新田は眼の辺りに力が入った。

このままでもこの裁判には勝てる。片野の前には、被害者の死亡診断をした医師が検察側の意図通りの証言をした。弁護人から質問もでないほど見事な証言だった。証拠なら他にもある。だが、森本は敗北する。伊勢に、いや、次席の本上に負けてしまう。

知らず、新田はまた奥歯を嚙み締めていた。

2

面倒な事件を押しつけられた……。後任に決まった八月、新田はそう思った。公判は今年四月に始まったというのに、審理がさっぱり進んでいなかったからだ。とはいえ、検事でさえも取り組む事件を選べない。検事は一人ひとりが国の機関とされる独任制の官庁だが、実際には上層部の決定に背けない組織構造となっている。事務官が事件を選べないのは言うまでもない。

被告人の沼尻勝彦《かつひこ》は、保護責任者遺棄致死罪などに問われていた。性交前に恋人に覚醒剤を使用させ、その容態が急変したのに適切な対応をとらず、死亡させたという容疑だ。被害者は湊川市中心部の繁華街にあるクラブに勤める、二十四歳のホステスだった。矢守組のヒラ構成員の沼尻は、兄貴格で幹部でもある片野に助けを求める電話をしたが、場所も告げずに逃走し、その日のうちに逮捕された。

当初、沼尻は警察にも捜査検事にも素直に罪を認めたため、公判部では「簡単な事件」として若手検事に割り当てた。しかし。

——急に歯が痛くなってきたんで話せません。

——今日は腹が痛くて立てません。

沼尻は法廷に入るやいなや言ったり倒れたりしてみせ、公判を延期させ続けた。公判の一歩目である、裁判長が被告人に本人確認をする人定《じんてい》質問にも進めない始末だった。

——被告人に舐《な》められるな、検察のメンツに関わる。進退をかけて何とかしろ。

普段は公判部に顔を見せない本上が、沼尻の公判の度に七階から現れて件《くだん》の若手検事に迫った。といっても、本上は決して声を荒らげない。小さいのにやたら通る声と、瞬きの少ない眼で淡々と追い込んでくるのだ。そのさまは剃刀《かみそり》の鋭い刃を思わせた。公判部は検事十四人と事務官三十五人が仕切りのない一画で仕事をしているため、新田は自分まで叱責《しっせき》を受けているようだった。

「辛抱強くいきましょう」

本上がフロアから出ていくと、公判検事筆頭の立場にいる森本がいつも励ます調子で言った。その上、地検近くにある老舗《しにせ》和菓子店の梅林庵《ばいりんあん》で名物の豆大福やザラメ煎《せん》餅《べい》を買ってきて、皆に振る舞ってくれた。

結局、沼尻担当の公判検事と取り調べをした捜査検事は七月に交通部に出た。元々の欠員と産休に入った女性検事の穴を埋めるという名目だが、交通部は刑事部や公判部に比べて一段低く見られているため、本上による「庁内左遷《させん》」だと噂された。

その本上直々の指名で、森本が沼尻の公判を引き継いだ。同時に新田は、公判部長から森本の立会事務官を命じられた。特定の検事とコンビを組む事務官のことで、湊川地検公判部では異例の処置になる。また、作業に没頭できるようにと、公判部の作業フロアと廊下を挟んで並ぶ会議室の一室を専用部屋として与えられた。

――部長が隔離したんだよ。森本さんも貧乏くじを引いたよな。

事務官仲間の間ではそう囁《ささや》かれた。

部屋を見るなり、森本は口元を緩めた。

「狭くて、蛍光灯をつけても薄暗い。ここは密談にもってこいの部屋ですね」

笑い返すしかなかった。真意はどうあれ、表向きは公判部長の厚意だ。拒否はできない。

新田はまず窓を開けてカビ臭い空気を入れ換え、重たいスチールデスクを十五分かけて刑事部検事の個室同様、L字に組んだ。続いて森本と自分の元々の席から大量の資料を運び込み、電話も設置し、最後にドア上の壁に森本と新田の名を書いた札を掲げた。臨時検事室の開設祝いです、と森本は梅林庵の豆大福を買ってきた。

連日、引き継ぎ資料や調書を読み込んだ。なぜ沼尻が公判延期を計っているのかは、判然としなかった。

森本が担当になってからも、沼尻は開廷の度にあの手この手で公判を延期させ続けた。すると裁判官や検事を翻弄《ほんろう》する沼尻を見ようと物見遊山《ものみゆさん》の矢守組の連中が十人、二十人と法廷に現れだしたため、大法廷で公判が開かれる運びになり、注目裁判として新聞記者も傍聴しだした。ただし、記者は原稿にならないと見切りをつけ、途中で退席するのが常だった。

沼尻の公判が終わると、本上は必ず部屋まで詰問にきた。他にも多くの公判を抱えながらも、森本は何とか本上をやり過ごしていた。

そして、二週間前の十一月四日を迎える。沼尻はいつになくきびきびとした足取りで法廷に入ってきた。裁判長の人定質問、検事の起訴状の朗読が終わり、ついに公判もこのまま進むかに思われた。が――。

「否認します」

沼尻は声高《こわだか》に言い、弁護人がすべての調書の証拠採用を不同意とした。沼尻は歯痛でこれ以上は話せないと訴えて、公判はそこまでとなった。傍聴席にいた新田は目の前が暗くなった。捜査段階では罪を認めた被告人が、公判で否認に転じる例はままある。だが、なぜ今になって、よりによって自分たちが担当の時に……。

森本と法廷から専用部屋に戻るなり、本上が足早にやってきた。

「否認らしいな」

はい、と森本が短く応じると、本上のまとう気配が硬くなった。

「はい、だと？　他人事じゃねえぞ」

いつにないほど鋭く、低い声だった。思わず新田は目を伏せた。本上と森本は反りが合わない。以前、高知《こうち》地検で一緒になった際も、本上は森本に厳しく接していたと別の検事から聞いていた。

「否認を後悔させろ。検察に盾突いたらどうなるのかを思い知らせてやれ」

「やれる作業は全力で取り組みますが、検察をどう受け止めるのかは向こうの勝手です」

森本の普段通りの表情と声音に、新田は伏せていた目を上げた。

本上が瞬きひとつせずに、森本を凝視している。隙のない眼差しは森本を突き刺すかのようだった。了解しました、その一言で済む話なのにどうして森本は言わないのか……。

本上の細い眼がより狭まった。

「沼尻のヤマ如何《いかん》で特別刑事部に入れてやる。まあ、最初は応援という形だけどな。そのステップとして、お前を充てたんだ」

特別刑事部は東京や大阪《おおさか》、名古屋《なごや》地検の特捜部に相当する、検察独自の捜査を行う部だ。札幌地検や福岡地検など限られた地検のみにあるエリート部隊で、地方政財界の汚職といった大きな事案の独自捜査を行う。そこに所属した経歴で今後の検事人生も変わっていく。検事の花形とも言える、東京地検特捜部入りも目の前にちらつく立場になる。森本がどんな検察官人生を歩みたいのかは聞いていないが、検事になった以上は特捜検事を目指しているはずだ。

いいか、と本上が声音を変えずに続ける。「沼尻はヤクザだ。必ず全ての証人から法廷でしっかりと証言を引き出せ。沼尻が誰からも見向きもされないクズだと知らしめろ」

暴力団絡みの公判では、証人が法廷で真実を証言できないケースも多い。一般人は報復を恐れ、構成員は自分の人脈や組織を守るためだ。もしも今回全ての証人が証言すれば、沼尻は暴力団員として致命傷を負う。一般人を畏怖《いふ》させられない上、組織にとっても守る価値がない組員だと示される結果になるからだ。本上は、法廷で検事を馬鹿にするも同然の態度をとる沼尻に、求刑とは別の制裁を科したいのだろう。なおも本上の引き絞られた眼は森本から動かない。

「調書の証拠採用は絶対に認めん」

絶対に？　なぜだ。今回の公判でも、検察官調書を作った時とは正反対の内容を法廷で供述する証人はいるはず。こうした場合、検察官調書を証拠として提出できる。被告人側がその証拠採用に不同意でもだ。裁判所も証拠採用する。調書の方が信用できる事情が認められるからだ。もちろん法廷で証言してもらうのが第一優先だが、証言も調書も内容が同じならば、証拠としての価値は変わらない。それなのに……。はたと読み取れ、新田は首筋が固まった。

本上の意図は一つしかない。

検事は異動希望が通りやすく、ある程度までは年功序列で進んでいく。だが、それ以上は実力だけでなく、運や上司の評価が必要となる。特に所属地検の次席の評価は大きい。本上が森本を沼尻担当にしたのは、厄介な案件は公判部筆頭検事が対処すべき、という建前を利用してあからさまな失点をつけ、栄達の道を断つ計算からだと事務官仲間の間では言われている。失敗を誘うだけでなく、自身の指示に従えなかった汚名まで加える魂胆《こんたん》なのか。

森本の表情は、仮面を思わせるほどに変わらない。

「先ほども申し上げた通りです。やれる作業は全力で取り組みます」

「叩き潰せ」

本上が冷淡に言い捨てて出ていき、ドアが閉まった。先ほどまでと違い、森本の表情は曇り、視線も宙に浮いている。しばらくそのままでいた。堪らず、新田は声をかけた。

「森本検事、たまには旨いメシを食って、旨い酒でも飲みませんか」

どんなに忙しくても人は飲み食いする。検事の気持ちを支えるのも事務官の仕事だ。それ以上に、人として森本を支えたかった。


「いい店ですねえ」

森本は感心した口調で、ぐるりと店内を見回した。

訪れた居酒屋『さとう』は地検から地下鉄で三駅離れた繁華街の路地裏にあり、新田の行きつけだった。地元の食材が安く食べられ、市東部に並ぶ酒蔵の日本酒も揃っている。銘酒が大ぶりな茶碗で出てくるのも嬉しいが、何より地検関係者が来ない点が店の最大の長所だ。これまでも何度か一対一で森本と飲んでいるが、地検職員が常連の居酒屋ばかりだった。ここでなら森本も一時、気を紛らわせられるかもしれない。

カウンター八席にテーブル席が四つ。さほど広くない店内には魚や肉串を焼く際の煙が薄く立ち込め、BGMに流れる演歌をかき消さんばかりに、中年の会社員が笑い声をあげ、酒を酌《く》み交わしている。新田と森本は近海物のヒラメやタイなどの刺身、カマスの開き、タマネギのおでん、地元ブランド牛の串焼きなど、注文した品々を前にしばらく取り留めのない会話をした。新田は避けようと気を配ったが、結局、自然と話が沼尻の公判に行き着いてしまった。

「証拠はありませんが、被告人があの手この手で審理を延ばしていたのは組の指示で、弁護人が伝言係となっていたのでしょう」

森本はでんと構え、こともなげに指摘した。矢守組は湊川市に本拠を置く、四次団体まで抱える指定暴力団だ。建設会社を中心に地元企業とは根深い間柄にあり、今もトラブル処理に暗躍しているという。彼らの手先となる弁護士も多いらしい。

「では、ここにきて否認したのも組の指示だと？　なぜ指示が変わったのでしょうか」

さて、と森本はあるかなきかに小首を捻り、茶碗酒を唇に運んで舐めるように飲むと、それを置き、箸を動かした。

「カマスがウマイ。カマスは開きにされるために生まれた魚ですよ」

話題を変えようとしたのは明らかだった。話を合わせようとした時、新田は不意に込み上げてきた欠伸《あくび》を慌てて噛み殺した。

森本が微笑んだ。皺同然になった目が頬に埋まっている。

「試験勉強は進んでいますか」

「はい、何とか」

新田は今年、副検事選考試験の受験資格を得た。ある階級に至り、一定年数を経た検察事務官に与えられる資格だ。

「新田さん、まずは副検事です。前にも話した通り、副検事の存在は検察組織に欠かせません。全国にいる検察官の約三分の一を占めていますからね。やり甲斐《がい》もありますよ。基本は簡易裁判所の公判を担う区検で交通違反や軽い刑事事件を受け持ちますが、地検本庁や支部に配属されれば、殺人や強盗など重い事件を扱ったり、別の検事と組んで大きな事件の捜査や公判に臨《のぞ》んだりもしますから」

県内にも二十人ほどの副検事がおり、それぞれの持ち場で活躍している。むろん選考試験は簡単ではない。試験勉強のために寝不足の日々が続いているが、新田はその先も見据えており、音《ね》をあげる時間すらもなかった。

　副検事を三年務めれば、特任検事となれる検察官特別考試の受験資格を得られるのだ。特別考試は司法試験並の難易度と言われ、この十年、湊川地検出身の特任検事は生まれていないが、司法試験を通った「正検事」と同等の権限を有する道が開ける。過去には特任検事から地検トップの検事正になった例もある。

　新田だって勉強一本に集中し、司法試験を受けたかった。中学生の頃に古い映画をテレビで見たのが、検事を目指すきっかけだった。主人公の検事が持つ、何物にも揺るがない職業的な誇りに憧れたのだ。しかし大学進学の際に一浪していた上、両親とも病床にあり、それ以上かじる脛はなく、働きながら学ぶ選択肢しかなかった。そこで少しでも検事に繋がる仕事をしようと、大学卒業後に検察事務官となった。

　就職せず、勉強に専念した大学時代の友人が次々に司法試験を突破する姿を見ると、口惜しさが込み上げた。……勉強に集中できる環境があれば俺だって、と。己の境遇に、友人たちに負けたくない。その気概の証明こそが、特任検事になることだった。検察事務官として働くうちに、検事への幻想に近い憧れはとうに消えている。もはや意地の問題なのだ。誰にも言わずにいた、そんな内心を森本には明かしていた。

　――新田さん、心から応援しますよ。誰にだって意地を張らなきゃいけない時がありますからね。私もお金がなくて、一般企業で働きながら司法試験に挑戦して検事になった口なんです。だからこそ、私には断言できます。検事は人の人生を左右する仕事である以上、社会人として様々な理不尽《りふじん》を経験した新田さんのような人材が必要だと。

途端に目の奥が熱くなり、咄嗟《とっさ》に視線を逸らした。あれも酒の席だった。なぜ話したのかはわからない。森本が引き出そうとしてきたのでもなく、ただ話したくなっていたのだ。

「何が何でも、今回は法廷で勝たねばなりませんね」

森本が唇を引き締めた瞬間、新田は酔いがはっきりと醒めた。本上が専用部屋を出ていった後、森本の顔が曇った理由は俺のためだったのか。

本上も再来年までには異動する。が、記憶は残る。森本、新田コンビは本上の指示に従えなかった――と伊勢の脳に刻みこまれ、代々の次席に引き継がれていくのだ。湊川地検に残る者にとっては大きな傷となる。

それでも副検事にはなれるだろう。三年が過ぎれば、検察官特別考試の受験資格も得られる。だが、手にした資格を生かせない状態に陥るのは目に見えている。激務を課され、試験勉強の時間を奪われてしまう。

二年前、副検事試験に合格した先輩事務官がいた。特任検事を目指していた先輩は、勉強はできても実務が苦手なタイプだった。副検事が務まるのかと危ぶむ声があがるも、県内では激務で知られる区検に配属され、結局、一年も持たずに心身が潰れて退任した。――無能な奴を特任検事にはさせられない。そう判断した伊勢が次席を促して人事を操り、組織から弾き出したのだ。

もとより、付け焼刃の勉強で合格できるほど特別考試は甘くない。

いつの間にかもの悲しい演歌が流れていた。新田は茶碗酒を一気に呷《あお》った。自分の命運は森本にかかっている……。

3

一〇一号法廷から、丸めたノートを手にした一人の新聞記者が呆れ顔で出ていった。森本は表情を変えずに質問を続けている。

「片野さん、あなたは被害者と面識はありますか」

「ヒガイシャ？　比嘉《ひが》なんて名前の医者、会ったことも聞いた憶えもありませんね。沖縄には大勢いるんでしょうが」

「私がしているのは、亡くなった被害者についての質問です」

「はい？　死んだ医者にどうやって会えって言うんですか。検事さん、冗談はやめて下さいよ。私はまだあの世にいく気はありません」

裁判長と陪席裁判官は忌々しそうな目を片野に向け、傍聴席からは矢守組組員の嘲笑《ちょうしょう》があがっている。このままでは片野の調書を提出する事態になってしまう。

新田はまた横目で伊勢を見た。


十一月七日午後二時、専用部屋のドアがノックされた。静かに入ってきたのは伊勢だった。

「お二人とも土曜日にもかかわらず、お疲れ様です。遺棄致死の沼尻の件ですが、その証人テストについて教えて頂きたい点があり、参りました」

公判検事は証人尋問をする際、あらかじめその証人と会い、公判で問う予定の質問をして記憶が薄れていないかなどを確かめ、どんな証言を得られるのかを見極める「証人テスト」を行う。沼尻側が全ての調書の証拠採用を不同意としている以上、供述調書を作った証人全員に改めて法廷で証言してもらう必要があり、証人テストは大事な意味を持っていた。今回は本上の「調書の証拠提出を認めない」という指示もあり、重要度は一層増している。

午前中、被害者の死亡診断をした医師へのテストを終えた。沼尻がすぐに救急車を要請していれば、被害者が助かった確率は高かったと証言する確信を得ている。

伊勢がスチールデスク越しに森本と対面するパイプ椅子に、姿勢よく腰を下ろした。伊勢は肩から背中にかけて弱い蛍光灯の光を受けているが、白髪を含めた頭全体と体の表側は薄い影をまとっている。

「検事、矢守組幹部の片野についても証人テストを行いますか」

「当然です」

森本は素っ気なかった。もっともな反応だろう。公判は担当検事の領分だ。たとえ次席の側近でも伊勢は総務課長であり、口を出される筋合いはない。

「来週水曜と聞いていますが、本当ですか」

知っているのは当人と担当検事周辺に限られている。伊勢は暴力団とも繋がりがあるのか？

「ええ、行います」

「承知しました。片野は大事な証人になるでしょうね」

伊勢の指摘通りだ。現場で押収された覚醒剤の入ったビニール袋には沼尻の指紋が残っており、本人も取り調べでは認めた。片野も中身が覚醒剤かどうかは知らないが、そのビニール袋を沼尻が所持していた場面を見たと証言している。こうした事実を法廷で立証していけば、沼尻がいくら言い訳を並べ立てて全面否認しようとも、有罪に持ち込める。

「検事、片野は四十代前半という若さで矢守組の要だそうです。警察筋では、かなり頭が切れると評判です。手広いシノギを水際だったやり方でまとめているとか」

「それがなにか」

「相手にとって不足はありません。検事の意地、腕の見せどころですよ」

わざわざ言う話か？　伊勢と森本が親しいとも思えない。二人が言葉を交わすのを見るのは初めてだ。情報提供や応援ともとれる発言には何か裏があるのだろうか。

伊勢の視線が森本の背後にある窓にいった。こちらにもそうしろと言わんばかりの緩慢な動き方だった。窓の外では、黄色に葉が染まった公孫樹《いちょう》が揺れている。

「こう寒くなると、温泉は肌に沁みこんでくるんでしょうねえ」

伊勢が抑揚もなく言った。横顔はぴたりと止まっている。

なんなんだ、突然？　新田は発言の意図を計りかねた。森本は表情を消したままだ。少ししてから、伊勢の視線が森本に戻った。

「森本検事は温泉がお好きでしたよね」

湊川地検内で森本はかなりの温泉好きとして知られている。休日にはレンタカーで往復十時間もかけて、よく県北の温泉街に出向いているほどだ。伊勢が仔細《しさい》を耳にしていても不思議ではないが、今ここで持ち出す話題でもない。いや、待て。

特別刑事部への異動を疑似餌に森本を追い込もうという本上、その懐刀である伊勢が持ち出してきた温泉という単語、加えて先ほどの検事の意地という発言――。

本上の指示を全うできなければ、森本は特捜部のある東京、大阪、名古屋には異動できないと示されている……。三地検の近くには温泉地などない。森本は、年次からして特捜部への道を断たれるのだ。それを仄《ほの》めかして重圧をかけようとする次席の命を受け、伊勢は来たのか。いくら優秀な検事といっても、森本も人間。余計な重圧がかかれば、ミスも起こりやすくなる。

伊勢が口の端だけで笑った。

「約束は守るべきですよね。この点について、森本検事はどうお考えですか」

話の流れから、言質《げんち》を取るための見え透いた罠だと察せられる。

「私も同感ですよ」

なぜそんな返答を……。

「新田さん、お聞きの通りです。さすが森本検事ですよね」

急に伊勢の無機質な視線がきた。新田は返事が出来なかった。お前も聞いたな。言外の意味は明らかだ。狭い部屋で聞こえないわけがない。本上の指示を果たせなければ、伊勢は今の森本の発言を根拠に追い込む魂胆なのだ。その証人にさせられてしまった。

伊勢が満足そうにゆったりと顎を引いた。

「それにしても、なぜ被告人は公判を延期させた挙げ句、否認したんでしょうね」

「おそらく組の指示でしょう」

居酒屋『さとう』でも森本はそう言っていた。

「矢守組は何を狙っているんですか」

「さあ」

「まあ、相手はヤクザですから、水面下で色々と動いているのは想像できますが」

「おそらく」

「それなら証人テストといっても、捜査検事のつもりで調書を取り直してやろう、という意気込みでいらっしゃるんでしょうね」

瞬間、森本の眼差しが強くなった。さすがに腹を立てたのだろう。公判検事筆頭の森本にあえて言う必要はなく、単なる嫌味にしか聞こえない。

「公判には私も伺いますので」

監視というわけか。

では、と伊勢は音もなく立ち上がり、部屋を出ていった。廊下側から丁寧《ていねい》にドアが閉められると、森本がひじ掛け椅子の背もたれに寄り掛かった。

「新田さんも温泉がお好きでしたね。このヤマを終えたら、休みに行きますか」

やけに軽い声だった。森本は場の雰囲気を変えようと、わざとそんな口調で話しているのだ。新田は曖昧に頷くしかなかった。

週が明けた月曜、新田は公判部の事務官を統括する課長に呼ばれた。

「明日付けで、森本検事の立会事務官を外れてもらう」

なぜ、今？

「私の代わりはどなたですか」

後任として告げられたのは、実家が代々の豪農で退職後の人生に何の心配もない、定年間近のベテランだった。

「十分、お待ち下さい」

新田は踵《きびす》を返した。公判部のフロアをいくつかゴミ箱を蹴飛ばして突っ切り、狭い廊下に飛び出て走った。その勢いのまま、専用部屋のドアをノックもせずに一気に開ける。

森本はデスクで書類を読んでいた。後ろ手で力任せに閉めたドアが、派手な荒い音をたてる。新田が大股で歩み寄ると、森本の顔が上がった。

「どうしたんですか、何か緊急の問題でも？」

腹の底から突き上げてくる熱い塊を吐き出すように、検事、と新田は呼びかけた。

「余計な気遣いは無用です。私は検事の立会事務官を退く気はありません」

森本が目を広げた。

「副検事になっても、特任検事にはなれないかもしれませんよ」

新田は大きく頷いた。本上との勝負に負ければ、陥る境遇は明らか。それを慮《おもんぱか》り、森本は事務官を交代したのだ。

「覚悟の上です。勝てばいいだけです」

「公判には勝てるでしょう。しかし」

「しかしも何もありません」新田は両手をデスクに突いて、体を森本の方に乗り出した。「今が意地の張り時じゃないですか」

新田は己の内面をはっきりと認識した。自分は、かつて抱いた『何物にも揺るがない検事』という憧れを、まだ森本に見ている。社会は理不尽に満ちているが、検事だけは理不尽に敗れてはならない。そう信じたいのだ。いつからか特任検事を目指す理由を、己の境遇や司法試験を突破した友人たちに負けられないからだと考えてきた。心の深い部分に押し込んだ理想を汚したくないから、そんな表面的な理由を作っていたのだ。だから以前、森本に特任検事になりたいと告げた時、かけられた言葉に熱いものが込み上げた。我知らず、心の底が震えたのだ。

森本はおもむろに目を閉じ、数秒後、ぱっと開けた。

「わかりました。証人テストの準備をしましょう」

「その前に事務官交代撤回のご連絡を」

微笑んだ森本が受話器を取った。

「すみません、特別刑事部はいま忙しいのに」

「まだ平気だよ。こうして飲みに来られるわけだし」

久保《くぼ》がビールのジョッキを傾けた。久保は五十前のベテラン男性事務官で、湊川地検の特別刑事部で女性検事の立会事務官を務めている。髭と眉が薄い上、白い面長の顔と体の細さから、どこか公家めいた雰囲気があり、言葉遣いものんびりと柔らかい。

午後九時を過ぎ、地検から歩いて十分ほどの居酒屋はスーツ姿の会社員で混んでいる。新田は店の奥まったテーブル席に久保といた。ここは地検職員の行きつけだ。今のところ、顔見知りは近くにいない。新田は午後八時半まで片野の証人テスト準備を手伝い、森本が帰宅した後、久保を酒に誘った。久保とは三年前、刑事部で一緒だった。当時はコンビを組んでいた検事の愚痴を互いによく吐いたものだが、飲むのは久しぶりだ。

久保が、だし巻き卵を食べながら言った。

「特刑のPとGが二人で県バッジのI周辺を洗ったんだけどさ、別のヤマに繋がる線は出てこなかったんだよね」

Pは検事、Gは事務官、県バッジとは県会議員を意味し、Iは八月に県警が逮捕した元県議の石毛基弘を示している。他にも副検事をSPと呼ぶなど、職業柄、庁舎外ではこうした隠語を使った会話も多くなる。

「うちの部長は自分がいるうちに独自捜査で白星を、って息巻いているけど」

「決まり手は寄り切りですかね」

「押し出しかもよ」

にんまりと笑い合った。特別刑事部長の鳥海《とりうみ》は肥満体で、猛進するタイプだ。東京地検特捜部時代には、かなり無茶な取り調べをしたらしい。

「で、そっちはどう？」

新田は腹に力を込めた。沼尻の公判は湊川地検内で知れ渡っている。森本に割り振られ、自分が公判部では異例の立会事務官になった成り行きもだ。

「私と組むPが特刑の応援に入る予定を耳にされていますか」

「いや。そんな話があるの？」

「ナンバーツーが」

新田は、本上が専用部屋に来た時の内容をかいつまんで話した。特別刑事部に新たに応援検事が加わるとなれば、当該部の事務官が知らないはずがない。

「少なくとも俺は聞いてないよ。それに応援なら、余計なお世話だと部長も撥《は》ねつけるんじゃないかな。ナンバーツーとは仲が悪いから」

鳥海は、同期の本上が自分の上にいる現状が面白くないのだ。本上としても、鳥海の強い抵抗を想定しているだろう。その抵抗を抑えつけるほどの熱意を、森本の応援異動に抱いているわけがない。地検ナンバーツーの本上派とナンバースリーの鳥海派。湊川地検所属の検事の間では、いまやそんな派閥も生まれている。地検トップの検事正や森本のように、我関せずの方針を貫く検事もいるが。

「こりゃ、お前さんとこのPを追い詰める計算じゃないかな」

「実はもう一人にも臭わされています」

カチャカチャと食器が鳴る音がする。久保はしばし黙考した後、言った。

「Sかな？　ほら、肩書きの頭文字」

総務課長のS――。ええと応じた新田は、先週あった伊勢と森本との会話も説明した。

「でも、Sは何でそんな話をしにいったんだろうな」

「ナンバーツーの指示なのか、あるいはS自身がうちのPを無能だと妄断して、精神的に重圧をかけて失敗させようとしているとか」

「わざわざ？」

「無能と踏んだ人間には辛《つら》い仕打ちをする男ですよ。ほら、去年、新米SPを追い詰めて退任させたじゃないですか」

「まあ、そういう見方もあるよね」

久保の反応は意外だった。物事の感じ方や視点は人それぞれだが、他にどんな見方があの件にあるというのか……。

「で、お前さんは応援の件を確かめてどうする気？　結局は他人事だろ」

余計な重圧をかけないため、森本に言うつもりもない。知ろうが知るまいが、事務官としてやるべき仕事も変わらない。

「確かめずにはいられなかったんです」

「なんか、お前さんにはGより向いている職業がありそうだなあ」

店内に会社員たちの爆発的な笑い声が響いた。

4

今度は三人の新聞記者が同時に立ち上がり、一〇一号法廷を出ていく。これじゃあ今日も記事にならないな。そのうちの一人が別の記者に囁いた。沼尻は、兄貴格が証人として出廷しているからなのか、じっと被告人席に座っている。

高い法廷の天井の照明から、森本と片野に緩い光が落ちていた。

どんな顔でふざけた証言をしているのか。新田は何人かの肩越しに、証言台に立つ片野の背中を眺めた。しれっと胸を張ってやがる……。

もどかしかった。傍聴席に座っているだけで何もできないのだ。もちろん森本の立場になっても、自分に片野の態度を覆させる技術はない。それでもここから手助けできる何かを見出せないか。手がかりを求め、片野の証人テストを思い返した。

十一月十一日午後一時半。専用部屋では片野の証人テストが始まった。窓の外では強い北風が吹いていた。スチールデスクを挟んで対座する森本と片野を、新田は脇から見た。

片野は固太りの体に上質な生地のスーツを着、鮮やかなブルーのネクタイを結んでいた。見た目こそ普通の会社員のようだが、眼は異様に鋭い。こうした聴取にも慣れているのだろう。椅子に深く腰掛け、腹の前で悠々《ゆうゆう》と両手を組んでいる。

森本は調書に書かれた内容を述べ、事実関係を淡泊な口調で尋ねていった。

「その通りです。前の検事さんに話した内容に間違いはありません」

片野は落ち着いた物腰で事実関係を認め続けた。新田は拍子抜けしていた。何度も暴力団員の取り調べに立ち会ってきたが、片野の顔つきや堂々とした余裕から、これまでで最も手強そうな男に見受けられたからだ。

ひと通りの確認が終わると、では、と森本が話を継いだ。

「片野さんから見て、沼尻被告は見どころがある組員ですか」

片野の眼の辺りが少し動いた。新田にも軽い驚きがあった。捜査検事の調べではなかった質問であり、証人テスト準備でもチェック項目になかった。森本の表情を窺うが、先ほどまでと変わらずに何の感情も浮かんでいない。

「まあ、見込みはありますね」

「どんな点が？」

「頭も切れますが、何より根性があります。極道はまず我慢が第一ですので」

「となると、そんな被告人が公判を延期させていたのは組の指示ですね」

さあ、と片野が肩をすくめる。「私はそういった指示を出せる立場じゃありませんので。でも、どうしてそうお考えに？」

「多少の痛みは、根性があれば耐えられるのではないでしょうか」

「人間ですからね。根性では耐え切れないほど腹や歯が痛む時もあるのでは？」

「都合よく出廷時だけ痛みますかね」

「私は医者じゃないので」

沼尻の思惑なんて与り知らぬという次第か。本当か否か、新田には判断できなかった。

「被告人が否認に転じた理由をご存じですか」

「いえ」

「では、刑務所に行くのが怖いから公判延期を目論《もくろ》み、挙げ句、ますます長引かせるため否認に転じた、という見方はできませんか」

「だとしたら、往生際の悪い野郎ですね」

「組でそういう話は出ていませんか」

片野が怪訝《けげん》そうに眉を寄せた。

「なぜです？」

「もしそうなら、出所後の被告人の立場が心配ですから」

片野はまず眉根を、続いて頰を僅かに緩めた。森本の話術によって、片野の気持ちがほぐれたらしい。話がうまく転がっていきそうだ。この繊細な流れを壊さぬよう、事務官は空気とならねばならない。新田は息を詰めた。

「検事さん、あなたは珍しい。偉い人ってのは大概、もっとふんぞり返ってるもんです」

「検事は別に偉くありませんよ」

一拍の間があいた。片野は森本に視線を据えたまま軽く身を起こし、ネクタイを揺らすように締め直した。

「社会的地位が高いって意味です。てめえの実力でもないくせに、立場だけで偉そうにする奴なんて腐るほどいます。金にも女にも汚い奴ですよ」

「その人、何らかの罪で告訴しますか」

片野はパイプ椅子の背にまた体を穏やかに預け、両手を腹の前で緩く組み直した。

「したいのはやまやまですがね」

「力になりますよ」

「まったく」片野が投げやりに言った。「世の中、ままなりませんよね」

「だから、私の職業や片野さんの組織が存在するんでしょう」

ただでさえ薄暗い部屋が、さらに翳《かげ》った。窓の外では公孫樹が風で大きく揺れている。雲が弱い陽射しを遮ったのだろう。

「なるほど」片野はふと思いついたという調子で続けた。「しかし、どこで沼尻はホステスの女なんかと知り合ったんでしょうねえ。検事さんはご存じですか」

今度は二人の顔に落ちる影が薄くなった。相変わらず、外では強風が吹いている。

「片野さんは被害者の女性とは面識がありませんでしたね」

「それがなにか」

「被害者が所属していたクラブは矢守組系でしたので」

「ああ、確かにそうですね。まあ、シノギについては大っぴらには言えませんが」

資金源を全て断たれれば、暴力団は暴走しかねない。だからこうして見過されているシノギはある。その矢守組が裏で経営する店で、被害者と知り合ったと沼尻は供述していた。

「へえ、沼尻は女と店で知り合ったんですか」

片野は納得した様子だった。

そのまま二人は互いに目を逸らそうともせず、身じろぎもしない。狭い部屋で森本と片野の息が重なるにつれ、二人の間合いが詰まっていくようだった。

片野さん、と森本が変わらぬ冷静な口調で言った。

「被害者が勤めていた店はどんな客層ですか」

「安くない店ですから、それなりの立場にいる方たちでしょう」

「ふんぞり返った人とか？」

片野は鼻で笑った。

「そういう人もいるでしょう」

「矢守組なら安く飲める店なんですか」

「幹部は形ばかりの金を払う程度ですが、ヒラ組員は全額自腹です。幹部も滅多に行きませんがね。それじゃあ、シノギになりませんから」

「では、まだ地位の低い被告人が行ける店ではありませんね」

「さて、どうでしょう。組員の素行を全て把握しているわけではないので」

「被告人と被害者が恋人だった事情もご存じなかったんですよね」

「そうです。女が死んだ後、沼尻が慌てて電話してくるまでは」

調書にも書かれており、今日も最初に尋ねている。どうして再確認するのか、新田は釈然としなかった。

「店のホステスに手を出したとなれば、組から懲罰があるのでしょうか」

「ええ。だから私にも言わなかったんでしょう。なぜそんなご質問を？」

「身勝手な理屈ではありますが、情状酌量《じょうじょうしゃくりょう》の余地が生まれますから」

「検事さんとしては、そこには触れたくないんじゃないですか」

「検事は適切な重さの罪に問うのが仕事ですよ」

結構なお心構えです、と片野が泰然《たいぜん》と応じる。

再び二人の息遣いだけになった。まだ互いに目を逸らさないでいる。そこに衣擦れの音がし、森本が右手の中指で眼鏡を押し上げた。

「ところで、これまでお尋ねし、お答え頂いた内容を法廷でそのまま証言できますね」

　さっと片野が仰々しいまでに姿勢を正した。これは……。新田は嫌な予感がした。片野の酷薄そうな顔が引き締まる。

「それは出来ません。私にも立場ってもんがあります。公の場で、身内は売れません」

　暴力団絡みの公判ではよくある局面だが、今回ばかりは証言してもらわないと困る。証人テストでの発言を証拠にはできないのだ。森本はどうするのだろうか。

「検事さん、誠にすいません」

片野が深々と頭を下げた。どちらもひたと動かない息苦しい時間が過ぎ、やがて森本が柔らかな声を発した。

「仁義というわけですか」

数秒あり、ゆっくりと片野の顔が上がってくる。そこには、より一層鋭くなった眼光があった。

「ええ。狭い世界です。身内や世話になった方の顔は潰せません」

沈黙がきた。きゅっ、と森本がネクタイを締め直す音がした。

「片野さんの言う通りだ。世の中、ままなりませんね」

ままならない？　新田は二人に割り込みたかった。呑気に言っている場合ではない。それなのに、森本は片野へのテストを終えてしまった。

5

とうとう一〇一号法廷からは、新聞記者が一人もいなくなっていた。

じっとり汗ばむ両手の平を新田は太腿に押し当てた。無力だ。結局、ここで手助けできそうな案は何も浮かばない。

「被害者の容態が悪化した際、被告人はあなたに助けを求める電話をしてきましたね」

「アナタニタスケ？　そいつは一心太助《いっしんたすけ》の仲間ですか」

片野はふざけた答弁を最後まで続ける気らしい。森本はなおも平静さを崩していないが、何か秘策があるのだろうか。そうであってほしい……。

伊勢は傍聴席で薄笑いを浮かべたままでいる。あの伊勢は開廷前、法廷に入ろうと扉に手をかけた森本にどこからともなく近寄ってきて、小声で言った。

「拝見しておりますので、思う存分やって下さい」

森本は小さく頷いた。

「目をひん剝《む》いてご覧下さい」

検察官、と裁判長の険しい声が響いた。

「まだ証人への質問を続けますか」

もうやめろとの示唆だ。裁判長にしてみれば、検察官調書を出させればいいだけの話。本上との暗闘には無縁だし、知る由もない。

いつの間にか、広い一〇一号法廷はしんと静まっていた。矢守組の一団からも、しわぶき一つ聞こえてこない。

「間もなく私からの質問は終わりますので、このまま最後まで続けます」

森本が言い切ると、ではどうぞ、と裁判長が棒読み口調で応じた。

無造作に森本が片野に向き直り、気合を入れ直すためなのか右手でネクタイの結び目をきゅっと素早く上げた。その右手が線を引くかのようにゆらりと下がる。

「証人は、被告人と被害者が知り合った経緯をご存じですか」

「そりゃあ、誰かを通じて知り合ったんでしょうな……。ここにきて片野がまともに応じている。

「客と従業員として知り合ったのではない、というご意見ですか」

「ええ。被害者が働いていた店は高級クラブですからね。とてもじゃないが、沼尻の稼ぎでは通えません」

どういうことだ？　証人テストでの受け答えとは違う。

「二人を結び付けたのが誰なのか、心当たりはありますか」

「さあ。でも、被害者がある会社社長の愛人だったとは耳にしました。その社長に聞いてみてはいかがですか」

調書にも証人テストでも出てこなかった話だ。とはいえ、調書内容を証明するわけではない。

「ありがとうございました」森本の顔が裁判長に向く。「私からの質問は以上です」

せっかくまともに語り出したのに、なぜもう一度突っ込まないのか。森本は最初から諦めていたのか？　いや、開廷前の伊勢への啖呵《たんか》もある。何より自分の将来を憂《うれ》えてくれた森本の気持ちが嘘だとは思えない。一瞬の間に様々な思いが交錯していく中、ドクン、と心臓が一つ大きく跳ねた。森本は質問を終えても座っていない。それはすなわち……。

「裁判長、証人は、被告人が覚醒剤を所持していたと推認できる事柄や犯行後に助けを求める電話をしてきたあらましなど、捜査段階では当時の状況を詳細に述べています」

いいんですか――。声を張り上げたかった。

「また、この法廷での証言よりも検察官調書における供述の方が信用できると考えられます。よって」

言うなッ――。届くはずもないのに、新田は胸の内で叫んでいた。

その時、森本の視線が自分に向けられた。その眼差しには、ずしりとした重みがあった。長い一瞬が過ぎていく。森本の目が裁判長に戻っていった。

「証人の検察官調書が証拠採用されるべきであり、証拠として申請します」

……終わった。全てが萎《しぼ》んでいく。視界の端で伊勢が立ち上がるのが見えた。伊勢は無表情に扉へと歩いていき、静かに一〇一号法廷を出ていった。

つと体の奥底から湧き上がる感情があった。新田は勢いよく立ち上がった。膝の辺りで跳ね上げ式の椅子がバタンと閉じる。廷吏《ていり》らに咎めるような視線を向けられたが、構わずに法廷を出た。

薄暗い廊下には、伊勢の背中だけがあった。

「伊勢さん」

その歩みが止まり、悠然と振り返ってくる。新田は走り寄った。一メートルほどの間を置いて伊勢の真正面に立つと、食らいつく心地で尋ねた。

「森本検事を追い出すつもりですか」

「追い出す？　なるほど、そうかもしれません。森本検事はもう湊川地検にいるべき人材ではありませんから」

伊勢は歯牙《しが》にもかけない口ぶりだった。……こいつ、人の人生を何だと思っていやがる。

「では、急ぎますので失礼します」

伊勢がすげなく背を向け、地裁の出入り口へと去っていく。怒りを抱えながらも、新田は追いすがれなかった。もう終わったのだ。ここで何を言おうと、何をしようとも伊勢の思惑からは逃れられない。どうしようもない敗北感が全身に広がっていく。

項垂《うなだ》れ、ただ立ち尽くすだけの自分を、遠くから見つめている気がした。

6

新田は枕元のデジタル時計を見た。午前五時になったばかりだった。祝日で休みだというのに、この時間に目が覚めてしまう自分が恨めしい。特にやることもないのだ。また目を瞑《つむ》り、虚《うつ》ろに寝返りを打った。

二ヵ月前、片野が証言台に立った公判が終わると、特任検事を目指す熱はすっかり消えていた。副検事への試験勉強も止めている。副検事になっても、どうせ伊勢が立ちはだかってくる。そんな先の見える将来に気勢は上がらない。失望も大きかった。あの森本ですら、『上は絶対』という組織の論理に勝てないと、まざまざと突きつけられたのだ。

せめてもの慰《なぐさ》めは、あの公判でなされるべきことが、なされた点だろう。片野に法廷で証言をさせる……これは最大の目的ではなかったのだ。もっと重視すべき務めがあった。森本が身をもって教えてくれた。

我が身がどうなろうと、職務は果たさねばならない——。

沼尻の公判ではきっちりと適切な罪に問うのが職務で、本上との暗闘に勝つのは二義的な問題でしかない。だから森本は、片野の検察官調書を証拠請求したのだろう。

もう一つ、改めて教わった現実もある。世の中はままならない、と。

裁判長に検察官調書の証拠採用を求める寸前、森本が向けてきた重みのある視線はそれらを告げてきたのだと踏んでいる。公判後すぐに感づいたが、傷口に塩を塗るにも等しいので森本に訊《き》いてはいない。

十二月、沼尻は検察側の求刑通りに実刑となった。森本が言うところの役目を沼尻は終えたのだろう。片野が証人に立った次の公判から何食わぬ顔で再び罪を認めていた。

そして一月四日付で、森本は大分《おおいた》地検に不定期異動した。若手検事の指導役となる三席としての異動だった。全検事の約三分の一が動く四月の定期異動前だったのは、向こうの三席が半年前から入院中で、いまだ退院予定の目途がつかず、所属検事が十人に満たない大分地検ではその穴が大きくて業務が回らなくなっているからだった。地位は上がっても森本の特捜部への道は事実上、断たれた。どんな心境で異動したのかは定かでない。沼尻の公判後、新田は公判部から刑事部に異動になり、森本の送別会でも二言三言程度の挨拶しか話せなかった。

頭が冴《さ》え、もう眠れそうになかった。新田はひと伸びしてベッドから出て、カーテンを開けた。外はまだ真っ暗で、街には静けさが広がっている。今日は何をしようか。思案しながら白い息を吐いて、冷たいフローリングの廊下を素足で進む。玄関で新聞を手に取った。湊川地検に関わりそうな事件をチェックするのは日課だ。今でもこうした事務官がすべき職務は全うしている。特任検事となる将来こそ奪われたが、これは職業人として最後の一線だ。この一線を踏み越えてしまえば、組織の論理に全面的に屈伏するのも同じだろう。所詮、意地の破片に過ぎないが。

玄関の電灯を点けて東洋新聞の一面を何気なく見る。だしぬけに太い活字の見出しが目に飛び込んできた。

八本木《はっぽんぎ》建設社長逮捕　暴力団員に女性殺害依頼

八本木建設は湊川市が全国に誇る大企業だ。社員数は三千人を優に超え、全国に支社を持ち、関連会社も多い。各地で大規模な公共工事やマンション、戸建て建設などを手掛けている。その二代目社長を県警が逮捕……。新田はそのまま玄関で記事を目で追った。

ドンッと脳に衝撃がきた。

女性は沼尻の事件での被害者ホステスだった。八本木建設社長の愛人だったらしい。しかも殺害を依頼された暴力団員は。

沼尻――。

偶然のわけがない。地元建設業界とよしみを結ぶ矢守組が、組織として関与したのだ。沼尻がホステスに覚醒剤を使用させたのも別の意味を持つとみるべきだが、証拠はないだろうし、二代目社長が供述するはずもない。自然と新田は片野の証人テスト、さらには公判の記憶を辿っていた。すると、過去に足を掴まれたような感覚が走った。

何だ？　これまで何度もあの公判を追考してきたが、初めての感覚だ。今日触れた要素が原因と捉えるしかない。

この記事——。

新田は慌てて部屋に戻り、つんのめりながらカーペット敷きの床に座り込んだ。新聞を置くと、ばさりと大きな音がした。再度記事に目を落としつつ、今度は注意深く、嚙み砕《くだ》く心持ちで記憶を反芻した。

7

短いノックの後、ドアが開き、同僚事務官が郵便小包を運んできた。新田は送り主の名を見た。

森本からだった。

新田は閉じられた木製ドアに目をやる。組んでいる捜査検事はしばらくこの検事室に戻ってこないだろう。十分ほど前から刑事部長の決裁を仰ぐために席を外している。決裁にはいつも二十分以上はかかる。新田は手早く机上の書類を重ね、脇にやった。

小包には、温泉の素と折り畳まれた数枚の便箋《びんせん》が入っていた。

新田は確かめたい事柄があり、森本に手紙を出していた。二週間前、八本木建設二代目社長逮捕の記事を読んだその日に。手紙なら電話やメールと違って検事の仕事を邪魔せず、官舎や空いた時間に目を通してもらえる。逸《はや》る気持ちを抑えるため、室内を見回す。L字に組んだ検事と立会事務官の机、壁際のスチール棚、デスクトップパソコン、被告人や証人が座るためのキャスター付き椅子。森本も今、ここに似た検事部屋にいるのだろう。

よし、と心中で言い、便箋を開いた。

拝啓

お手紙ありがとうございました。新たな日々に追われて、つい返信が遅れてしまいました事、ご寛恕《かんじょ》頂ければ幸いです。大分県にもおいしい和菓子店はありますが、梅林庵の豆大福とザラメ煎餅の味が恋しい今日この頃です。それはさておき、私も八本木建設の件は報道で見ました。ご質問の件、お答えします。ご指摘の通りです。証人テストの際、片野がネクタイに手をやったのは、確かに彼の合図でした。

暴力団には彼らなりの矜持があり、取り調べでも全てを話しません。ただし私の経験上、真実を示唆する時には、それとなく伝えてくる合図があるのです。といっても、そこに嘘を混ぜて何かを仕掛けてくる事例も多いのですが。

やっぱりか……。二代目社長と沼尻の共犯を知ってから片野の証人テストを振り返ると、あれが『これから話す内容に注意しろ』という合図だったとしか思えなかった。その後の偉ぶる人間への言及は二代目社長と結びつくし、沼尻が被害者と知り合ったいきさつの確認もある。身内は売れないとの発言は、身内以外なら売れるとも言い換えられる。

しかし、片野の意図は？　新田は答えを求め、二枚目に入った。

では、片野の狙いは何だったのか。問題の根っこは矢守組と八本木建設社長との間に生じた、何らかのトラブルだと推測されます。解決に向けた交渉を続けるうち、矢守組は『公の場で社長の罪状を示唆する』という制裁を選択肢に入れ、その制裁の舞台を法廷とするべく、沼尻に公判を延ばすよう指示したのでしょう。

矢守組としては使用者責任を負う危険性が生まれますが、それを厭《いと》わないトラブルであり、かつ、主導権を握っているのが誰かを強く意識させる目論みがあったのだとも思われます。公判を延期させた沼尻の奇行も、マスコミの注目を集めて社長側に重圧をかける計算だったに違いありません。

私は片野の証人テストの際、矢守組の思惑と被害者の死に潜むきな臭さを見て取りました。それで事態の重要性を考慮し、公判でも片野に証人テストと同じ示唆をさせるべく、頃合いを計り、こちらから合図を送ったのです。

新田は頭の芯が痺れた。片野の狙いを解したからではない。

頃合い、同じ合図——。この二つの言葉は、片野の的外れな答弁が双方暗黙裡《あんもくり》に了解した演技だったと示している。そういえば、証人テストの最後でも森本はネクタイを締め直していた。あれも合図だったのだ。まったく目の前の世界が見えていなかった。前に森本に言われたではないか。偏見を持たずに話を聞けば、自ずと不審点は浮かび、隠れた真相も見えてくる、と。
新田は続きに目をやった。

私が矢守組の企みに思い至れたのは、伊勢さんのおかげでした。

伊勢……？　急いで便箋を捲った。

伊勢さんに、片野の証人テストに臨む気構えを問われたのがきっかけなのです。ほとんど話したこともないのに突然やってきて、なぜわかりきった注意を言うのかとの反問が口から出かけた時、ピンときたのです。事件に裏があるのを暗に示すためだ、と。
伊勢さんがはっきり伝えてこなかった理由も想像がつきます。
私は県警の内偵については全然知りませんでした。それなのに些細な供述から事件の裏側を嗅ぎ取った、という実績を作らせたかったのです。伊勢さんはそれを本上次席に示して、「組織の都合があるにしても、実力のある検事の希望は叶えるべきだ」と私を後押しする腹だったのでしょう。それが本来、本上次席の方針だからです。温泉の話を持ち出したのは、そんな意図の仄めかしだったのでしょう。

というのも、私は来春の大阪地検特捜部異動を打診されておりましたが、若手の育成に携わりたく、規模の小さな地検の三席を希望していたのです。一方、次席は希望を叶えるとの約束を反故《ほご》にし、特捜部異動を実現させようとしていました。

ただ見当違いかもしれず、新田さんを担当事務官から外そうとしたのです。実は今も伊勢さんには確かめていません。彼の心遣いを無駄にしないためです。

——新田さん、お聞きの通りです。さすが森本検事ですよね。

片野の証人テスト前、専用部屋に来た伊勢が放った言葉が脳裏に浮かんだ。森本を貶める時の証人にさせられたんじゃなかったのか……。伊勢が県警の内偵を知っていても不思議ではない。八本木建設社長の逮捕ほど大きな事件なら、捜査段階から専任検事がつく。当然、本上も知っている。伊勢の耳にも届く。伊勢は、森本と片野が暗黙の演技を行う流れになるのも見通していたのだ。開廷前には『思う存分やって下さい』と言い、法廷では薄笑いも浮かべていた。

　また、本上が森本を沼尻担当にした本意も透けてみえる。自身の指導力が評価されるよう、特捜部に送り込む「駒」にするためだ。下手な検事を候補にできない以上、好悪はさておき、森本は恰好の人材だと言える。

　本上は特捜部ラインに森本を乗せるべく、まず特別刑事部に入れる算段をした。たとえ応援でも特別刑事部の経験は、特捜部異動の根回しに使える材料となる。だが、自分との溝から、特別刑事部長の鳥海が森本の応援加入を拒絶する確率も高い。そのため、鳥海の心理を利用しようとした。独自捜査で実績を挙げたいのなら、一人でも多くの優秀な人材が欲しいはずだという心理を。

　そこで、鳥海が応援を拒絶できないほど森本が優秀な検事だと示すため、厄介だと地検内で知れ渡っている沼尻の公判を担当させ、全証人に法廷で証言させろという不可能にも近い難題も課した。森本なら、それが検事の務めだと心得ていて、かつ実現させる能力もあり、また、自身の特捜部異動を葬るためにわざと失敗する男ではないと見越しての指示だ。

　――約束は守るべきですよね。

　伊勢はそんな本上を止めた。森本との約束を反故にして走る本上を苦々しく思ったのだ。

次席に意向を翻させるなど伊勢にしかできない……。本上は伊勢の口から歴代次席の耳に、『自身の方針を貫けない』との評判が伝わるのを懸念した。意志の弱さと、変えざるを得ない方針を立てる無能さを喧伝する具合になり、自身の人事に影響が出てしまう。新田は唾を飲み込み、三枚目を読み始めた。


県警の内偵を崩さないため、新田さんにも明かせませんでした。

言うまでもないですが、今回の一連の行動は褒められた話ではありません。法廷で真実のすべてを証言してもらうのが検事の責務だからです。暴力団に利用されたと見なす人もいるかもしれません。

はたして、今回の問題における真実とは何でしょうか。

さて、同封した温泉の素で試験勉強の疲れを癒して頂ければ幸いです。今回はともに温泉に行くことは叶いませんでしたが、機会は必ずあるでしょう。検事は同じ土地で仕事をした相手と、また別の土地でも仕事をする機会が不思議と多い職業です。私は、新田さんがすでに特任検事のような気がしております。新田さんが片野の合図を読み取れる人間だからです。検事は人間が相手の仕事です。私が被告人や証人の心に触れられると思った瞬間、新田さんが気配を消してくれているのには気づいていました。今回の件で一層、新田さんが人間を相手にする素質があると私は確信しました」

真実。重い言葉だった。森本は本上とではなく、殺人の黒幕である二代目社長との暗闘に臨み、見事に嘱託《しょくたく》殺人という真相の一端を明かす一助となった。森本はやはり、周囲の雑音に惑わされない、『何物にも揺るがない検事』だったと言える。あとは警察や捜査検事が今後の捜査で矢守組の思惑を潰すしかない。

新田は便箋を見たまま動けなかった。森本と伊勢に見せつけられた腹芸。検事は――というより検察は片野のごとき海千山千の猛者《もさ》と対峙し、勝たねばならない。こうした腹芸の一つや二つはこなせる度量が不可欠なのだ。深い腹を持つからこそ、常に何事にも揺らがないでいられる。

特任検事……。その単語に強烈な苦みを覚える。森本の説明通りだとすれば、特任検事への道を伊勢に邪魔される恐れはないが、確証もない。

次が最後の一枚だった。

今回の筋書きが読めなかったからといって、落胆する必要はありません。それだけ検事の世界は奥深いと知れただけでも上出来じゃないですか。ある意味、私が最初に指導した検事は新田さんなのかもしれませんね。

ところで、新田さんが勉強を止めているらしいと耳にしました。前にも話した通り、検事の世界には、人生経験を積んだ人間が必要です。世の中、ままならないからです。だからこそ、捨てたものでもないと知る意地っ張りが不可欠なのです。諦めず、必ず特任検事になって下さい。

敬具

追伸　伊勢さんから学ぶべき点は多いはずです。湊川地検にいる間に様々な物事を吸収して下さい。

その時、ドアが大きく開いた。

「明日から、例の矢守組絡みの捜査に入れだとさ。俺たち二人揃って、次席直々のご指名だ」

組んでいる年嵩の捜査検事は、仕方ないといった口ぶりだった。

次席の指名？　……そうか。誰にも副検事、特任検事への勉強を止めたと話していないし、聞かれてもいないのに森本の耳にも入っている。

森本の後を継いでみろ、自分で捜査できる特任検事になれ――。

新田は昂ぶった。伊勢だ。やってやろうじゃないか。

あっ……。先輩事務官の久保と飲んだ時を思い出した。激務で辞めた副検事について、久保は伊勢が潰したとみていなかった。久保は、実務が苦手な新米副検事を鍛えようとした伊勢の心遣いだったと睨んでいたのだ。

しかし、副検事を鍛えるのは湊川地検のためになるから理解はできるが、森本の異動は違う。本上を諫《いさ》めたかったにしても、湊川地検自体には何の利害関係もない上、森本と伊勢は親しくもなかった。

結果的に森本の後押しとなったにせよ、何か別の思惑があったのではないのか。森本がいくら優秀な検事だとしても、伊勢が骨を折る義理も義務もない。見ようによっては、異動をてこにして動かした森本を通じ、八本木建設社長逮捕に至る重要証言を手繰《たぐ》り寄せたとも言える。何か因縁でもあるのか。……まあいい。

新田はそっと便箋を机に置いた。

また寝不足の日々が続くが、望むところだ。近いうちにその旨を記した手紙を森本に返信しよう。時間を見つけて梅林庵に行き、日持ちしない豆大福は無理だが、ザラメ煎餅だけでも送ろう。

窓に視線をやると、真冬らしい澄んだ青空が広がっていた。

シロとクロ

1

声をかけられているのに気づき、別府直美《べっぷなおみ》は静々《しずしず》と顔を上げた。

所長の小野隆太郎《おのりゅうたろう》に見下ろされていた。眉を寄せ、呆れた様子だ。小野の肩越しに壁かけ時計を見ると、もう午後九時を過ぎている。どうやら一時間以上も、八人掛け木製テーブルの隅に視線を落としていたらしい。

「そこのお嬢さん、部活で疲れきった授業中の高校生みたいなツラしてんぞ」

「あの、それってどんな顔なんですか」

「かなりひでえって意味だよ」

判例集や分厚い法律書のほか、数年分の新聞各紙が詰まった木製の本棚に囲まれた事務所の休憩スペースには、いつの間にかコーヒーの香りが漂っていた。小野の手には鯵《あじ》、鯖《さば》、鰯《いわし》などと書かれた大ぶりの湯呑がある。小野はいつも寿司店で貰《もら》ったこの湯呑で、コーヒーを飲んでいる。それもかなり豆にこだわったコーヒーを。

「ん？」小野が口元を緩める。「ひどいツラなのは俺か。弁護士に転身してから干支《えと》も二周目だ、そりゃ人相も悪くなるわな」

ひどくはないですよ、怖そうなだけで。別府は内心で独りごちた。

小野はよく暴力団関係者に間違われる。一緒に街を歩いていると、人があからさまに小野を避けて通りすぎていくのだ。それを目の当たりにするたび、無理もないよなあと思わされる。鋭い目に削げた頬、黒々としたオールバックの容貌に加え、百八十センチを超える身長にがっちりした体格で、凄味《すごみ》の滲むダークスーツという出で立ちなのだから。

「まあ、今さら五十五年生きてきた顔は変えらんねえよな。検事にも押しがきくし」

小野は茶化すように言うけど、湊川地検の検事が聞いたら苦虫を嚙み潰すだろう。彼らの多くは、小野の顔なんて見たくもないはずだ。小野は検事から弁護士になった「ヤメ検」で、刑事裁判には滅法強い。多くのヤメ検は公判で検察側に近い弁護方針をとるのに、それとは正反対に真っ向から勝負する。

起訴事案の九割九分が有罪となる日本で、検察側の主張を崩すのは至難のわざだ。

でも、小野は年平均四十件を扱う刑事弁護の実に四割近くで、強盗致傷罪で起訴された事件を強盗罪に軽減したり、懲役十年の求刑を五年以下の判決に持ちこんだりしている。また、過去には幾度も無罪を勝ち取っている。大半の弁護士にとって、無罪判決を勝ち得るなんて一生に一度あるかないかだというのに。

別府は二十六歳で、弁護士となった昨年四月からこの小野法律事務所にいる。あと二週間ほどで入所一年だ。所属弁護士は小野と自分だけで、事務所は湊川地裁や地検が建つ一画から地下鉄で二駅離れた、江戸末期には外国人居留地だったエリアにある。一帯には国の指定重要文化財となっている商館や壁面などに細かな装飾が施された昭和初期の建物も多く、歩いているとまるでヨーロッパの古い街にいる気になれるので、別府は生まれ育った海浜区以上にこの辺りが好きだった。

小野法律事務所も、かつては商船会社が持ち主だったモダニズム建築様式の七階建て雑居ビルに入っている。保存価値はあっても施設の古さから賃料が安いため、多くの法律事務所が地裁近くに事務所を構えるのに、ここを選んだと小野は以前に話していた。

「それで」小野が声を少し張った。「負けんのか」

「どうしてですか」

「そんな冴えないツラの弁護士を見りゃ、誰だってそう思うだろうがよ」

「公判には勝てます」

……それが問題なんです。その言葉を呑み込み、別府は厚手のスカートの裾に置いた手を軽く握る。自然と今日の午後一時からの公判に思いがいった。

「あなたは取り調べ中、被告人の胸倉を摑みましたか」

狭い湊川地裁二〇五号法廷で中年検事が事務的に尋ねると、いいえ、と証人の若い男は首を左右に大きく振った。いかにも柔道経験者というういかつい体格の、湊川中央署の署員だ。

「では、被告人の体に接触した憶えは？」

「胸に埃《ほこり》がついていたので、それを払った記憶はあります」

署員は胸を張って堂々とし、表情にも余裕がある。

「怒鳴った場面はありましたか」

「いいえ。声が大きいとはよく言われますが」

証言台でも不遜《ふそん》なほど声が大きいのは、計算なのだろう。普段からこんな声量で話すわけがない。周りに迷惑をかけてしまうだけだ。

以上です、と検事が滑《なめ》らかに座った。

「弁護側、質問はありますか」

裁判官に促され、別府は反応よく立ち上がった。細い録音機を証言台に向けてかざす。

「この録音をお聞き下さい」

別府は録音機の再生ボタンを押した。液晶画面のデジタル数字が動き出す。

——てめえ、さっさと言えッ。

目の前にいる署員の荒い声だった。数秒の沈黙があった。

——黙っていても、無駄なんだよッ。

ドン、と机を叩く音が大きく響く。衣擦れの音が続いた。

——あ、刑事さん、何をするんですか。苦しい、息が出来ません。胸倉から手を放して下さい。やめて下さい……。

再生を切る。再生箇所の前には、あやふやな返答を繰り返す被告人に署員が次第に苛つく模様も録音されているけど、ここで聞かせる必要はない。

「このやり取りの声はあなたと被告人の浜名《はまな》さんですね」

「はい」

署員の顔がわずかに赤みを帯びた。声も小さくなっている。

「以上です」

別府は静かに座った。検察側と弁護側のどちらが裁判官に強い印象を与えたのかは考えるまでもない。証言台の後ろに設置された長椅子に座る、被告人の浜名洋平《ようへい》と視線が合った。眼窩《がんか》は窪《くぼ》み、金髪もぼさぼさで、まだ二十五歳なのに肌の張り艶《つや》も失われている。あんなに昏《くら》い空気をまとった風貌《ふうぼう》の同世代に会ったのは初めてだ。その浜名の口元が勝ち誇ったように緩んでいく。

ゾクッ、と別府はさむけがし、首裏の産毛が逆立った。

2

「裁判に勝つのが嫌なのか」

「そうじゃないんですが」

語尾がかすれていく。これまで約十件の刑事弁護を受け持ってきたけど、初めていい結果を、それも無罪を勝ち取れる公算が大きいのに気分はちっとも弾まない。

「ところで、浜名さんの両親が明日来るそうだ。何か相談事があんだとさ」

にわかに別府は身が引き締まった。もし自分が浜名の親だったら、弁護士に相談したい悩みは一つしかない。

翌日、浜名の両親は午前十一時にやってきた。どちらの顔にも険しさが張りついている。応接室に入って、立派なゴムの木に挟まれた黒革張りのソファーに浅く腰掛けるなり、浜名の父親は薄手のコートも脱がずに口を開いた。

「息子は有罪にならないのでしょうか」

案の定だった。普通なら有罪になるのかと心配するところ……。異例の問いかけだけど、一晩あっただけに別府は浜名の父親の目を真っ直ぐ見返せた。

「警察は違法な手段で自白を引き出しています。証拠がその自白だけである以上、当然息子さんは罪に問われません」

自分にも言い聞かせている気がした。応接室に硬い沈黙が落ちる。浜名の両親がおずおずと顔を見合わせ、父親が躊躇《ためら》いがちに向き直ってきた。

「あの、大変言いにくいのですが、弁護士さんが替わっても判決に変わりないのでしょうか」

本当の状況を伝えてあげないと。希望を持たせる見解を言っても、結局苦しむのはこの人たちなのだから。

「ええ」

「なんとかして息子を刑務所に送れませんか。もう限界なんです。あんな息子のせいで私たちの人生は……」

訴えかけてくる眼差しに、別府は体がどっと重たくなった。この優しそうな二人には手に余る息子だろう。いや、どんな親でも持て余すに決まっている。

浜名は絵に描いたような常習粗暴犯だ。浜名が初めて警察の記録に登場したのは十四歳の時になる。昼間交通量の激しい道路に、深夜コンクリートブロックを置き、トラックを横転させた容疑だった。事故が起きれば面白いと思ったから——。それが動機だ。以降も市道の電柱に釣り糸を張って自転車に乗った主婦を大怪我させたり、後輩を恐喝《きょうかつ》して金を巻き上げたりと大小様々な悪行を重ね続けている。その結果、浜名の父親が経営していた電器店は数年前、廃業に追い込まれた。収入源だった近所の顧客が浜名との関わり合いを避け、次第に店に寄りつかなくなったためだ。諸々の損害賠償で貯金も底をつき、今は父親が居酒屋で働き、母親も隣町にパートに出て何とか生活しているそうだ。

とうとう息子が人殺しになったと、浜名の両親は打ちひしがれただろう。今回、浜名は傷害致死罪に問われている。今年一月十六日、中央区の住宅街にあるラーメン店で隣の男性客と口論になり、何かの拍子《ひょうし》で倒れた相手が頭を強く打って死亡した。店内に防犯カメラはなく、ただ一人の目撃者である店主は、浜名が暴力をふるった直後に相手が倒れたと証言した。けれど、浜名は相手に胸倉を摑まれたから振り解《ほど》いただけだと主張。結局、二人と店主の間には高く積まれたどんぶりがあり、揉める様子は完全には見えない状態だったと警察の捜査で明らかになった。

他に証拠もないため、警察は自白を引き出そうと迫った。そして浜名は自白して、逮捕、起訴された。

その取り調べを浜名はしたたかに録音していた。通常、警察からは聴取を録音しないよう求められるものの、法律で禁止されてはいない。任意の取り調べならば、鞄などに録音機を仕込んで持ち込むのも可能だ。

浜名の父親は、別府に今にもすがりつかんばかりに身を乗り出してきた。

「弁護士さんは息子が無罪だと思いますか」

別府は言葉に詰まった。あれは約一ヵ月半前。浜名との初接見だった。

——弁護士には正直にお話し下さい。それによって弁護方針が変わってきます。被害者の男性に暴力をふるっていませんね。

いつも通り、いきなり最初に核心を聞いた。小野の方針で、返答の素振りから真相を読めというのだ。弁護士との接見では周囲に検察関係の職員もいない。

「ねえ、弁護士サン」浜名は鼻先でふてぶてしく笑うと、声を落とした。「そんなの、どうでも良くないっすか。警察は違法に証拠を取ったんです。俺を罪に問う根拠はそれしかないんすよ。送った録音は聞いてますよね？」

……心証はクロ。でも、あの一言だけでは断言できない。それに法律的には――。

「息子さんを有罪にしてはいけないんです」

自分の声が虚ろに聞こえた。

ほどなく浜名の両親が力ない足取りで帰り、別府も自分の執務室にとぼとぼと戻った。

倒れ込むようにひじ掛け椅子に座った。浜名の両親と対している間に、広い部屋の空気が少し暖かくなっている。今日は天気も良く、最高気温は十五度になると天気予報でも言っていた。冬は着実に遠ざかっている。執務机や本棚などの前賃貸者が置いていったアンティークの家具からも、半円状の窓から見える旧外国人居留地の趣深い建物からも、わずかに温かみを帯びた印象を受ける。私の方はといえば……。別府は深い溜め息を吐いた。浜名の弁護人となってから一秒たりとも気は晴れず、心は冷え冷えとしている。

もう公判の決着はほぼついている。そう自分に言い聞かせ、雑務に意識を埋没《まいぼつ》させようとしたが、駄目だった。頭に浜名の問題が浮かんでは消えていく。集中できない時間を過ごしていると、ドアが柔らかくノックされた。どうぞ、と応じる。

ドアの隙間から、事務員の高橋良子《たかはしよしこ》がひょっこりと顔だけを見せた。

「梅林庵の草餅食べない？　残念ながら豆大福は売り切れだったんだけど、あそこは草餅もおいしいのよねえ」

まもなく五十歳を迎える高橋は、別府にとっては叔母のような存在だ。小野が事務所を構える際、最後に検事を務めた湊川地検から引き抜いたのだという。高橋は、検事とコンビを組んで捜査に携わる立会事務官として小野に仕えていたそうだ。二人ともバツイチで、気も合っているようだけど、色っぽい間柄ではないらしい。

別府は執務机に手をついて立ち上がり、自室を出た。並んで歩く高橋の足取りは軽く、内履き用のサンダルがパタパタ鳴っている。

高橋は湊川地検や地裁に近い老舗和菓子店「梅林庵」の豆大福に目がなく、しょっちゅうお使いと称して事務所を出ていっては、買ってくる。豆大福は外側の餅がほどよい弾力で餡《あん》は甘すぎず、塩味のきいた豆との相性が抜群な、湊川の法曹関係者で知らない者はいない逸品だ。昨日も高橋は、『直美ちゃんを裁判所に車で迎えに来たついでだから』と買っていた。裁判所への送迎は梅林庵に立ち寄るいい口実になる。浜名の公判担当検事は今頃、梅林庵の豆大福ですら胃が痛くて喉を通らない状態かもしれない。別府は、高橋の迎えが到着する直前に見た場面を振り返った。

昨日、公判が終わると裁判官室隣の小会議室で裁判官、検事と今後の進行を十五分ほど打ち合わせた。その後、高橋を駐車場で待っていたら、先ほどまで顔を合わせていた検事が肩を落として地検に続く小路を歩いていたので、見るともなしに目で追った。すると、どこからともなく白髪の男がすぅっと現れ、検事に近づいた。

湊川地検総務課長の伊勢雅行だった。歴代次席検事の懐刀だという。県弁護士会と地検との懇談会で見かけた際、高橋がこっそり教えてくれた。弁護士でも地検総務課長とは普段接する機会はないが、高橋は元同僚とあって顔見知りで、半ば冗談っぽく続けた。『伊勢君はね、イマイチな職員を備品管理に回したり、優秀なコを総務課に引っ張ったり、まさしく地検を差配してんだけど、本当にすごいのはそこじゃなくてさ。地裁や県警にもチャンネルがあるから、検事の耳には入りにくい公判の行方や捜査情況を仕入れられるの。スパイ網を張り巡らせているって感じだよね』

湊川地検は昨年八月、防犯カメラに頼り過ぎた捜査だったとして、ひったくり犯の無罪判決を食らっており、本上次席検事が地検の求刑を大きく下回る判決、いわゆる『問題判決』に神経を尖らせている。あれはきっと伊勢がどこからか浜名の公判に出現した録音機の件をいち早く耳にし、当該検事から一秒でも早く事情を聞こうとしていたのだろう。

伊勢といえば、思い起こす光景がある。まだ小野の公判に同行していた時期――例のひったくり無罪判決があった頃の出来事だ。依頼人は県教育委員会の委員長も三期連続で務めた小学校の元校長で、市内各地で女性の下着を百枚近く盗んだというどうしようもない罪状だった。それでも小野はなんとか依頼人の保釈に成功し、執行猶予も勝ち取れる公算が大きかったのに、何と被告人が公判期間中に大型ショッピングセンターで女性用下着を万引きして再逮捕され、実刑となった。その判決公判後、担当検事が傍聴席の伊勢に殊更深く頭を下げたのだ。ただの挨拶とは異なる気配があり、別府は法廷を出た後、それとなく近づいて二人の会話を聞いた。

――伊勢さんのおかげです。

――やはり、性懲《しょうこ》りもない被告人でしたね。

被告人が自滅しただけなのに、なぜ検事は伊勢に頭を下げたのだろう。疑問が深まり、さらに様子を窺おうとしたものの、伊勢と目が合い、別府は慌ててその場を離れた。現在も答えの見当がつかないだけに、妙に頭にこびりついている。

休憩スペースの八人掛け木製テーブルには草餅はもちろん、湯呑や急須が用意され、すでに緑茶の香りも漂っていた。

「高橋さん、BBは？」

ビッグボスの略称だ。高橋と二人でいる時は、背の高い小野をそう呼んでいる。

「なんか用事らしいよ。今日は陽気もいいのに、二十年以上着続けているトレンチコートの襟をびしっと立ててさ。眼鏡をサングラスに替えてもいたかな」

「古き良き時代の刑事ドラマさながらですね」

「でもさ、度入りのサングラスってどうなの？　しかも老眼用の」

声を上げて笑い合った。別府は硬直していた心根がほのかに緩んでいくのを感じた。

草餅と言えばさ、と高橋が笑顔のまま話を継ぐ。「BBが検事だった頃、娘さんを殺されたご夫婦から手作りの草餅を差し出された時があってね」

「検事は立場上、受け取れませんよね」

「そう。受け取れなかったの。そうしたら、一週間くらい元気がなくてね。『人の真心を踏みつけた気分だよ。ならぬことはならぬもの、ってのは辛いな』って」

「へぇぇ。ならぬうんぬんって、会津藩《あいづはん》の教えでしたっけ。何年か前、NHKの大河ドラマで見た気が」

「そうそう、会津藩の教えらしいよ。BBは全然違う県の出身だけどね」高橋がのんびりと緑茶を啜《すす》った。「それはともかくさ、なんかその時、その言葉が法律のことっぽいなって思ったの。触れたら大抵は罰さなきゃいけないし、どんなに悪い言動でも反していないのなら罰せられない」

胸の奥がじんわりと温かくなった。……私のためにこの話を。昨日、車で事務所に戻るまでの間、浜名の公判について愚痴《ぐち》っぽく話していた。別府は高橋のさりげない心遣いに感謝しつつ、草餅をひと口食べた。よもぎの風味が鼻から抜け、餡の控えめな甘さが口中に広がっていく。

別府は高校時代にテレビで見た冤罪のニュースで法律に興味を抱いた。正しい法律でも誤った運用をされれば、とんでもない方向に行く責任の重さに惹《ひ》かれた気がする。だから正しく罪を問う検事を志し、司法試験にも合格した。だけど。

司法修習で地検幹部に言われた。

――女が検事なんかやめておけ、結婚が遅れるだけだぞ。

いまだに「女は結婚が第一」という発想に唖然とした。思うのは自由だけど、口に出さないのが社会規範だろう。こんな非常識な人間が上層部にいる組織が、人を罪に問うている現実が怖くなった。検察は色眼鏡で人を判断しかねないのでは――と。もちろん結婚について暴言を吐いた幹部みたいな人ばかりじゃない。まともな人も大勢いたし、活躍している女性検事にだって会った。それでも検察への熱は冷め、彼らが暴走しそうなら自分がブレーキになろうと決意していた。

そして所属弁護士が三十人を超え、活動が県外にまで及ぶ県内最大の秋元《あきもと》法律事務所に内定をもらった。最後の所長面談で、立派な口ひげを蓄《たくわ》えた秋元は平然と告げてきた。

「我々は企業の顧問弁護だけではなく、別府さんがご希望の刑事弁護も多く扱います。ご存じでしょうが、刑事弁護よりも企業弁護の方がお金になりますし、我々も慈善事業者ではありません。じゃあ、どうして企業弁護に特化しないのか。それは刑事弁護で検察に勝てば、事務所の評判が上がるからです。企業は民法や会社法に精通するだけでなく、万一に備えて刑事弁護にも力のある弁護士を求めている時代ですからね。刑事弁護を通じて名が広がれば、企業からの依頼も増えていくという寸法です」

名前を売り、依頼主をどんどん集めて収益をあげ、事務所を大きくしていくには正しい戦略なのだろう。頭ではそう理解できても、どうしても素直に頷けなかった。

すっきりしない気持ちを抱えている時に見つけたのが刑事事件を多く扱う、小野法律事務所だった。面接の最後、別府からの質問に対する小野の返答が入所の決め手だった。

「どうして刑事事件を多く扱うのか？　そうですね、私が公判で検察に勝つとします。すると次に私が相手になる時、相手はいつも以上に力を入れてくるでしょう。それを繰り返していけば、検察のレベルが上がっていきます。弁護士にとっては相手を強くさせるだけですが、市民にとってはいい流れですよね。検事の質向上が抑止力となって、市民が気づかないうちに悪さをする奴が減るかもしれません」

胸のもやもやが、ぱあっと晴れたのだ。

――刑事弁護なんて金にならないじゃん、渉外事務所の方が恰好いいよ。最初は大きな事務所に入った方がいいって、東京とか大阪の方が良くない？

司法修習の同期は面白半分に色々と言ってきたけど、迷いはなかった。正義感とは違う何かが背中を押していたのだ。

耳慣れた足音がして、大ぶりなサングラスをかけたままの小野が休憩スペースに顔を見せた。

「おう、別府。ちょうどいい。お客さんだ」

背後には目つきの鋭い中年男と若い男がいた。若い男は昨日証人に立った、湊川中央署の署員だった。

応接室のソファーセットで対座すると、中年男は湊川中央署の刑事課長だと名乗った。

「お時間を頂き、恐縮です。こうして被告人の弁護側と公判中に会うのが前代未聞だとは心得ております。その上で、小野さんに頼んで参りました」

刑事課長が慇懃《いんぎん》に言い、別府の隣にどっかりと座る小野が話を引き取った。

「俺が湊川地検にいた時、課長さんとある事件を一緒に手掛けてな。まあ、これも何かの縁だ」

高橋が人数分の緑茶と草餅を運んできた。小野の湯呑も、さすがにいつも使う寿司店の貰い物ではない。高橋が出ていくと、刑事課長の眼が鋭さを帯びた。

「単刀直入に申し上げます。浜名が無罪になった方が良いとお考えですか」

「どうしてそんなご質問をされるんですか」

「浜名の犯歴はご存じですよね」

「それは、今回問われた罪の根拠にはなりません」

刑事課長が若い署員の方に顎を振った。

「確かにこいつの行為は反省すべきです」

ずず、と隣で小野が茶を飲む音がする。

「しかし、浜名は法律の網から逃れているんです。必ずまた何かやりますよ。あいつは罪に問うべき人間です」刑事課長が語気を強める。「思い切って言いましょう。別府さんの弁護次第では、まだあの男を罪に問える余地があります」

気持ちが大きく揺らいだ。刑事課長の提案に引きつけられそうだ。だめだめ……。

「依頼人が有罪という証拠はありません」

「この通りです」

刑事課長と若い署員が深々と頭を下げた。

ちょっと待ってよ――。別府は大声を上げそうだった。この二人は自分たちが何をしているのか、わかってんの？　こうして公正な法律運用を妨げようとする行為自体が大問題なのに……。いくら旧知の仲でも、口を挟まない小野もどうかしている。私だって心から浜名がシロと確信しているわけじゃない。でも。

別府は、自分を鼓舞するように背筋をしゃんと伸ばした。

「法律は法律です。依頼人は罪に問えません」

二人が顔を上げた。若い署員は明らかに不服そうだ。刑事課長は真顔を装ってはいるが、頬に先ほどまではなかった窪みが生まれている。この小娘が――。そう毒づきたくても正論なので、言い返せずに奥歯を嚙んで表情を殺しているっぽい。

重苦しい沈黙がしばらく続くと、小野が深刻な顔つきで上体を起こした。

「課長さん、そろそろ。次の依頼人がいらっしゃるので」

二人が応接室から出ていくのを、別府は小野とドアの前で見送った。

「おい」と声をかけてきた小野が顎を鷹揚《おうよう》にしゃくる。「まあ、座れ」

「あの、次の依頼人は？」

「こねえよ。帰ってもらう方便さ」

「あの二人は何だったんですか。どうして小野さんは黙って聞いたままだったんですか」

「だから、座れって」

応接室のソファーセットに戻り、差し向かいに座った。小野が勢いよく背もたれに寄りかかり、キュッと革の擦れる音が鳴る。

「さっきの件は義理で断れなくてな。口外すんなよ。長く司法の世界にいれば、こんな話もたまにはある。警察の弱みを握れる、と呑んでおけばいい」

それが狙いだったんだ……。計算高いというか、巧妙というか、腹黒いというか。

「証拠はないですけどね」

「俺たちも録音してやれば良かったな」

小野は苦笑したが、その顔を即座に引き締めた。

「やっぱり、シロって確信がないんだな」

「法律的には無罪が妥当《だとう》なんです」

「ふうん。お前、心を決めるために色々と自分で洗ってみろよ。次の公判まで時間はあんだろ」

「洗うって、何をどうやって」

「んなもん、やる奴が算段する話だろうが」

小野が面倒くさそうに草餅を丸ごと口に入れた。くちゃくちゃと乱暴に咀嚼し、雑に飲み込む。

「まあ、高橋をつけてやる。あいつは、あの伊勢も一目置くほどの事務官だったからな」

はあ、と別府は生返事していた。

「明日は調査だけに時間を費やせ。これは命令だ」

小野は刑事課長たちが残した草餅を大儀そうにもう一つ口に入れた。

3

開店前の午前十時、別府は事件のあったラーメン店のテーブル席で高橋と隣り合って座っていた。まずは事件当日について知るべきだろう。

年配の男性店主が一人で切り盛りする、昔ながらの街の中華料理店で、カウンター六席に二つのテーブル席がある。ラーメン、チャーハン、レバニラなどと壁に貼られたメニューの紙は黄ばみ、長年の間にあちこちに染み着いた料理のニオイが鼻孔《びこう》をくすぐってくる。私はちっとも気にならないけど、大半の女性が中学生くらいから入らなくなってしまう類《たぐい》の店だな、と別府は思った。大学生時代、近所のこういう店でよく餃子定食や酢豚定食を男性客に混じって食べた。女友達は「うそでしょ、それ、ありえないから」と口を揃えていたものだ。

開店準備を中断してくれた店主は、短く刈られた白髪交じりの頭を掻いた。

「三十歳から三十年以上ここで店をやってんだけど、店で人が死ぬなんてな。警察にも色々と聞かれたし、散々さ」

「すみませんが、私にも当時の様子を話して頂けますか」

「仕方ねえよなあ。まあ、なんか食うか」

「いえ、お構いなく」

いくらニオイが良くても、午前十時にラーメンや餃子を食べる気は起きない。

店主の話は、これまで知った内容と差はなかった。積まれたどんぶり越しに、餃子とチャーシューメンを食べ終えた被害者が突然立ち上がり、隣にいた浜名に詰め寄って口論となったように見えたのだという。

「口論の内容は？」

「いや。捕まった人の餃子を焼いていた時だったんだ。ちょうど水を入れて凄い音がしていて、てんで聞こえなかったんだよ。そしたら、ばったり倒れちゃってたんだから」

「二人ともよくこの店に？」

「死んだ人の方はたまに。捕まった人は一週間に二度は来てたかな」

週に二度も来れば常連だ。一方の被害者は、近くに住む一人暮らしの会社員。土曜の夜、近所で夕食を済まそうとしたのだろう。

店主が眉を顰《ひそ》めた。

「当然、逮捕された方が悪いんだろ？」

「判決は出ていませんよ」

「そりゃそうだ。だけどよ」

「浜名さんが暴行する場面を見たわけでもないんですよね」

「ああ。それでも」店主は難しい顔で腕を組んだ。「俺はあの男だと思うなあ」

「何か理由が？」

「まあ、なんとなくな」店主は歯切れの悪い口調だった。

「決めつけは良くないですよ」

そう、と別府は胸の内で呟いた。浜名がクロだという確証はない。当局側の拠り所は不当な自白だけだ。浜名の弁護人となって以来、この事実を数えきれないほど嚙み締めてきた。一昨日の公判が終わってからだけでも、何度自分に言い聞かせただろうか。

強い風が吹き、店のガラスの引き戸がガタガタと音を立て、やがてそれが治まった。

「しかしまあ、弁護士ってのは大変だな。犯罪者の味方をしなきゃいけないんだから。今回捕まった男が有罪かどうかは別にしても、一般論としてはそうなんだろ」

胸の奥に鋭利な棘《とげ》がちくりと刺さった。これまでだって友人たちから頻繁に同じ疑問を問われたし、刑事弁護とはさらさら縁のない渉外事務所に入った司法修習同期から、したり顔で言われることもあった。なのに初めて覚える痛み……。その痛みを覆い隠す思いで別府は大きく息を吸い、話を続けた。

「いくら犯罪者だからって、量刑が一方の言い分だけで決まる社会って危険じゃないですか。正しく罪に問うのが大事なんです」

「おいおい、悪さをしたんだぞ？　被害者の立場はどうなるんだよ」

「もとより大切ですが、どんな人間でも法の下では平等なんです。だからこそ、弁護士は依頼人を信頼するんです」

「そいつが根っからの悪人でもか」

「ええ。それに善悪って簡単に判断できない問題ですよ」

別府は自分の声が遠くから聞こえた。浜名の顔が脳裏にちらついている。……これまでは店主に話した通りの考えを抱いていた。でも、浜名の弁護人になって以来、揺らいでいる。ただの薄っぺらい絵空事にも思えてしまう。私は、どんな心境で浜名への判決を聞くのだろう。

頃合いをみて話を切り上げ、店を出た。目には眩《まぶ》しいのに、弱々しい陽射しだった。高橋が運転席に、別府は助手席に座った。店主との会話に一切入ってこなかった高橋の意見が気になった。

「どう思いました？」

「まだなんとも言えないかな」

「私の質問の仕方は？」

「聞き方は問題ないんじゃない」

別府はほっとした。捜査めいた情報収集なんて初めてなのだ。

「ちょっと餃子が食べたかったけどね」

高橋がシートベルトをきっちりと締め、エンジンをかけた。

「狂犬ですよ、あいつは。トラブルメーカーなんです」

生駒茂《いこましげる》は言下に吐き捨てた。湊川市内に本社を置く大手保険会社の法務部にいる立場からだろう。高級ブランドの腕時計をして、いい生地の黒いスーツを着ている。白シャツも着心地が良さそうな風合いだ。浜名の中学、高校時代の同級生で、「これを使って何とかして下さい」と録音機を小野法律事務所に持ち込み、浜名の弁護依頼をしてきた男だ。「詳しい事情は知らないから浜名本人に聞いてほしい」というので、その時に収監先についてなどの事務的な話をしたきりだった。

別府は心の中で首を傾げた。厭《いと》わしそうなのに、生駒はどうして浜名との付き合いを続けているんだろう。交遊関係なんて人それぞれだけど……。

市中心部にある三十階建オフィスビル地下の喫茶店にいた。生駒が勤務する保険会社も入るビルだ。ちょうど昼休み時で、店内には会社員やカーディガンを羽織るOLの姿が多く、カチャカチャと食器が鳴る音が重なっている。

「例えば、どんなトラブルがあったのでしょうか」

「高校時代、夕方に図書館前で溜まっていた時なんですが、同級生が参考書片手に入っていこうとしたら、突然、浜名が殴りかかって。『こんな時間に勉強なんかしてんじゃねえよ』って。何人かで羽交《はが》い絞めにしてようやく止めたんです。それでも相手は鼻血を出すわ、指を骨折するわで大変だったんですけど」

「以前に相手とトラブルがあったとか、何か経緯があって浜名さんは殴りかかったんですか」

「いいえ。それまで一度も話したことない奴です。意味不明ですよ」

生駒は、ほとほと愛想が尽きた様子でさらに続けた。浜名は仲間内で市内のスケートリンクに行った際、スケート靴で同級生を蹴り飛ばしたり、うるさいからと鳩を捕まえてライターのオイルをかけて火をつけたりしていたのだという。

「急に切れるんです。そこに俺らが納得できる理由なんてないんですよ」

胸の辺りがどんよりと曇った。シロと確信するための調査なのに、浜名がクロに近づくような心証ばかりが増えていく。

「誰も注意しなかったのですか」

「一度、注意した奴が駅の階段から転げ落ちて大怪我したんです。誰がやったのかはわかりませんでした。とはいえ、タイミングからいって偶然じゃないでしょうから」

生駒は小さく肩をすくめた。次の言葉が出てこないので、別府は薄いコーヒーを一口含み、話を転じた。

「最近の浜名さんはどんな様子だったんですか」

「さあ、深くは知りません。たまに飲みに誘われて仕方なく会う程度なので。二年くらい前、マンションに入ろうとしたピザ屋の店員に殴りかかったとは、本人から聞きましたが。これがまた楽しそうに言うんですよ」

別府も把握している。通報で駆けつけた警官が止めに入り、相手が訴えずに刑事事件にはならなかったけど、記録には残っている。……浜名は人間として何かが欠落している。やっぱりできれば関わりたくない類の人間だろう。生駒もそう見なしているのは明らかだ。

「いくらたまに会うからといって、どうして浜名さんとの間に立ってウチの事務所に？」

生駒は感情のやり場がなさそうに、何度か首を細かく振った。

「録音機が送られてきたんです。俺が逮捕されたら、刑事事件に強い弁護士事務所を見つけて渡してくれって。それを断ったらどうなると思います？」

浜名の逮捕や収監先の連絡は、浜名の母親から受けたのだという。生駒が気忙《きぜわ》しそうに腕時計を見た。

「すみません。会議の準備があるので、もう行かないと。この辺で失礼します」

生駒は小走りでオフィスに戻っていった。

別府と高橋は喫茶店を出て、生駒と会ったビルから歩いて五分ほどのイタリアンレストランに入った。二人揃って魚のグリルランチを頼むと、オリーブオイルで焼かれたイサキが一匹まるごと出てきた。香草がまぶされ、焼いたトマトも添えられている。焼き立てのパンの香りもいい。

高橋は生駒とのやり取りにも口を挟んでこなかったし、注文以外は自分から口を開かない。これが高橋のスタイルなのかもしれない。香草の匂いをまとったイサキの白身をフォークとナイフで食べながら、別府は訊いた。

「元敏腕検察事務官として、浜名の印象はどうですか」

「少なくとも、今回の容疑ではシロって確信はもてないかな」高橋が口元まで運んだフォークの手を止める。「そういえば、保険会社って給料が良くなったんだね。若いのに高そうな身なりでさ。なんか高級ブティックの黒服店員みたい。私が昔担当した保険会社の人は、あんなにお金を持っている雰囲気はなかったもん」

その後、別府はラーメン店の店主と生駒の話を反芻しながらイサキを食べた。高橋は別府の思考を邪魔したくないのか、一言も話しかけてこなかった。

食事を終えたのは午後一時半だった。次のアポイントは午後四時のため、一旦事務所に戻ることにした。中途半端に時間が空いてしまっている。高橋がレストランのお手洗いに行っている間、社会人として時間の使い方がまだまだ下手だな、と別府は痛感した。

4

事務所に戻ると、休憩スペースに高橋と向かった。すると、別府たちの戻りを待っていたかのように応接室のドアがゆっくりと開き、のっそりと小野が顔を出した。

「ちょうどいい、二人とも入ってくれ」

別府は高橋と顔を見合わせ、応接室に入った。あっと息を呑む。シロ……そこには白髪の男が黙然と座っていた。

「あら、伊勢君。久しぶり」

高橋の言葉に、どうも、と湊川地検総務課長の伊勢が軽く頭を下げる。

「どうせ、偵察に来たんだよ」ソファーに戻った小野は苦々しげだった。クロ……小野の髪は伊勢がいることで一層黒々と見える。「別府、言ってやれ。依頼人の浜名さんはシロだって」

別府は、小野の隣に浅く腰かけた。表情のない伊勢を見、意識して間をとった。カチ、カチ、カチと壁掛け時計から秒針の音がする。

「浜名さんを罰する証拠はありません」

「その被告人は余り好ましい性格ではないそうですね」

「だからといって、罰せられていいとはなりません」

「伊勢」小野は窘《たしな》める口ぶりだった。「こいつの言う通りだ。悪人といっても、法律的に叩き落とせる状況にならなきゃ、叩き落とせねえんだよ」

伊勢が僅かに顎を引く。別府には、それが頷きにも見えた。その時、ドアの向こうで電話が鳴り、高橋が慌てて応接室を出ていった。すぐにまたドアが開く。

「小野先生、電話です」

あいよ、と小野が膝に手を突いて億劫そうに立ち上がった。

高橋がぽんと手を叩く。

「あらま、お茶も出してないじゃない」

「あ、梅林庵の豆大福を買ってきましたのでどうぞ」と伊勢がソファーセットの中央にあるテーブルから紙袋を取り上げた。

「へえ、私の好物を忘れてないんだ」

「はい。小野さんの好物でもありますし」

「ふうん。会うのも久しぶりだし、気合を入れてお茶を用意してあげようかな」

高橋は紙袋を受け取ると、またいそいそと応接室を出ていき、別府は伊勢と残された。黙っているのも気まずいので、自己紹介をし合い、別府は話を継いだ。

「あの、本当に偵察に？」

「まさか。小野さんとは古い知り合いですから、会いにきただけですよ」

「でもこの一年、事務所にいらしてないですよね」

「どうしたって、法廷では検察側と弁護士は対立しますから」

「だったら、ここに入るのを見られたらマズイんじゃないですか。いま、公判中ですし」

「私は検事ではありませんよ」

表情も声音も変えない上、身じろぎもせず、悪びれもしない。どんな時も自分が崩れない性格なのだろう。検事なら手強いタイプだ。弁護士歴が一年に満たなくても、それはわかる。さすが次席検事の懐刀というだけある。ふと素朴な疑問が浮かんだ。

「あの、伊勢さんはどうして湊川地検の職員になられたんですか」

地検職員を軽んじるわけじゃないし、大変な仕事だろうけど、次席検事が頼りにするほどの切れ者なら他にも道はあったはずだ。

「個人的な理由ですから」

にべもなかった。この件で会話を続けようという意思はないみたいだ。しかし別府は他に話題が思いつかず、質問を続けた。

「検事とか弁護士になる気はなかったんですか」

「まったくありません。私には無意味ですので」

「特任検事は？」

「いえ。ですから、私には無意味なんです」

無意味？　自分にはとても無理だとか、発想すらできないとか言うのならわかるけど……。

「そういえば、検事の仕事に興味があったそうですね。いま湊川地検にいる別府さんの司法修習同期の検事から聞きました」

「あ、ええ、それが何か」

「では、善悪と法律の関係について、どうお考えですか。思いを巡らせたご経験があるかと」

当然ある。検事を志望した者なら誰しも一度は思案する問題だ。……っていうより、今まさに直面している。浜名は法律的には罰してはならないけど、ここまで周辺を聞き込んで浮き上がったのは、悪としか思えない行動の数々――。

「もちろんあります」

ついつっけんどんな返事になってしまった。善悪と法律の関係はデリケートな問題だし、気恥ずかしくて小野や高橋はおろか、司法修習生時代ですら周囲と議論していない。それなのに、初対面同然の伊勢と話し合いたくない。

「さすがです、で、どうお考えでしょうか」

伊勢の声は平板で、その目はガラス玉然としている。こちらが話す気がないのは返答の仕方でわかるだろうに、お構いなしで話題を続ける気らしい。

「なぜお知りになりたいんですか」

「今度、地検内で開かれる若手検事を中心にした量刑の勉強会に、参加することになりまして。量刑を検討する上で、善悪は重要な要素じゃないですか。これもいい機会ですので、予習として若い法曹人のご意見を伺っておきたいな、と」

別府はドアを一瞥した。小野も高橋もまだ部屋に戻ってくる気配はないし、うまく話を逸らせそうもない。えい、こうなったら仕方がない。

別府は伊勢を直視した。

「今の私にはとても難しい問題です。法律では善悪が決まらない場合もありますし。例えば認知症の妻を、老老介護していた夫が殺害したニュースが最近ありました。夫が自分も体調を崩して将来を悲観したのが動機だそうです。当然殺人は犯罪ですから、罪に問わないといけませんが、私にはこの夫の行為が悪行とは思えません」

うわべだけの素人じみた感情論と取る人もいるだろう。でも、法律家が素人の直線的な観点を忘れてしまうと、単に犯罪を処理する装置になり果てる気がする。装置で何が悪いという見方もあるけど、とても与《くみ》することはできない。それなら人間が司法を担う必要なんてないのだから。

……そう、人間だから浜名の件でこんなに頭を痛めている。善悪、法律、悪を許したくないという気持ち、法律家としてあるべき姿――ごっちゃになって心をかき乱してくる。

浜名がシロかクロかはまだ定かじゃない。もしも悪なのに法律では罰せられないケースだと突きつけられた場合、私は無力感で絶望するのか。法律は法律だからと割り切れるのか。それとも――。

「同感ですね」思い悩む別府をよそに、伊勢は真顔できっぱり言ってのけた。「罪人と悪人は別問題でしょう」

別府は愕然とした。伊勢の説得力にだ。この重み、本当に同じ話題に対する一言なの？

すかさずひとつの要因に気づいた。弁護士一年目の人間と伊勢とには明白な差がある。

経験、だ。もちろん、要因はこれだけじゃないだろうけど、間違いなく様々な経験が伊勢の発言に深みを生んでいるはず。あれ、と別府は声を出しそうになった。いつの間にか伊勢の眼差しがさっきまでとは違う。ガラス玉みたいだった眼球が何というか……。黒目は真っ平で全ての光を跳ね返す鏡っぽくもあり、あらゆるものを吸い込んでしまいそうな巨大な深い洞《ほら》にも感じる。どんな経験をし、何を見てきたらこんな目に？

「あの」伊勢が少し前屈みになった。「どうかされましたか。私の顔に何かついていますか」

「え？　いえ、伊勢さんを見ていたら自分の未熟さを考えてしまっていて」

伊勢は一旦口を閉じ、数秒してから開けた。

「失礼ながら、別府さんはおいくつですか」

「二十六です」

別府は自分の立ち位置をまざまざと突きつけられた心地だった。人生経験もさほどない年齢の新米弁護士――。

「確かにお若い」伊勢がゆっくりと頷きかけてくる。「つまり、伸びしろがたっぷりあるってことじゃないですか。第一、その年齢で成熟している方が変でしょう。若くして完成していたら、もう成長できませんしね。未熟なのは若さの特権ですよ。どんどん惑い、足掻《あが》けばいいんです」

え……。じん、と伊勢の言葉が胸に沁《し》みていた。

「話を戻しましょう」伊勢が姿勢を直し、また強弱のない口調で話を進める。「善悪の判断は難しくても、悪人かどうかの見当はつくのではないでしょうか。別府さんが仰られた例にそのポイントが含まれていますよ。きっと無意識に悟っていらっしゃるのでしょう」

自分の言葉を反芻しても、ピンとこなかった。……未熟者だからだろう。だったら、と別府は気持ちを沈ませず、前を向いていた。つい先ほどかけられた言葉が支えになっていた。

未熟なら成長すればいい。この場で知ろう。浜名をちゃんと見極めるために――。

別府はちょっと腰を浮かせて座り直し、膝の上で両手を結んだ。

「ポイントとは何でしょうか」

「妻を殺した夫が抱いているだろう罪悪感です。人間なんて小さな存在です。大きな力や境遇に逆らえず、したくもない行動をする時だってあります。それが犯罪という場合もありえるでしょう。だから罪悪感の自覚が大事なんじゃないでしょうか。『自分は悪い行為をしている』、あるいは『した』という自覚です」

シンプルなのに、今まで抜け落ちていた視点だった。いつも目の前にあったのに見えていなかっただけという感覚もある。こうした単純な事柄ほど、実は見えにくいのかもしれない。

「検察にご興味があったのなら、再犯率はご存じですよね」

唐突だな、と別府は戸惑った。もちろん知っている。結構高いのだ。出所後の人間を受け入れる基盤が社会にないのが大きな原因だと言われている。そう答えた。

「ええ」伊勢はほんの少しだけ首を傾けた。「ですが、個人の資質も見逃せませんよ」

「というと？」

「多くの被告人は公判の場などで『二度としません』と神妙に言いますが、それは真っ赤な嘘だったという事例も多い。残念ながら、心の芯から悪い人間はいます。犯罪の好機を目の前にすると、喜んで飛びつく人間です」

伊勢がますます無表情になった。ただし数分前とは微妙に違う。能面に亀裂が入り、その隙間から血の通った皮膚が覗いている風でもある。

「あるいは根っからの悪人でなくとも、犯罪に心を侵されてしまった者もいます。下着泥棒の元小学校校長を憶えていらっしゃいますよね。別府さんは興味深そうでしたから」

興味深そう、か。あの時、私が二人の会話を聞いていたのを察していたんだ。

「ええ、憶えています」

「本物の悪人にしろ、犯罪に心を毒された者にしろ、彼らは何度犯罪に手を染めても、『不法行為をしている、した』という自覚をしない人間です」

「その人たちに悪さをした自覚がないとは言い切れませんよ」

「それは頭の中を掠めた程度で、本当の自覚ではありませんよ。考えてみて下さい。誰にだって家族や友人はいます。たとえ天涯孤独だとしても、心から好きな何かが存在するはずです。音楽、映画、小説、アイドル、何だっていいんです。本当に悪さをしたと自覚していれば、そんな自分の大切な人やものに顔向けできないと己を制御し、再び犯罪に手を染める事態になんてならないでしょう。相手の命に関わるのなら尚更です」

「そうかもしれませんね」

浜名はどうだろう。心の防波堤になりうる『大切な何か』を持っていないのだろうか。

伊勢がやりきれなそうに細かく首を振る。

「大切な人やものもなく、悪の自覚もできない性根だとすれば、哀れという以上に虚しい人生でしょうね」少しばかり間があった。「しかし、大切な何かを理不尽に奪われた人間の哀しみや寂しさの前では、些細な問題です」

別府は心を衝かれた。伊勢はポーカーフェイスを崩さず、声に抑揚もないけど、大切な何かを失った人の心情を芯から知っている様子だ。……膝の上で結んだ細い指にぎゅっと力が入る。かたや弁護士は被告人側に立ち、大切な何かを失った被害者にしてみれば敵になる機会が多い。

「私は長年地検という職場で、多くの犯罪者をこの目で見てきました。だからこそ思うんです。犯した罪を本当の意味で悔い改めるとは、判決に従って刑期を終えたり罰金を払ったりする行為などではなく、終身、自分を律する覚悟とその実行ではないのかと。法律はきっかけに過ぎないんですよ。あとは本人の問題です」

これが、伊勢の見出した悪人と罪人のボーダーライン……。別府はハッとし、思わず、身を乗り出した。

「伊勢さんは、発言が信用できない相手でも『罪悪感の自覚』の有無を確認できたんですか」

そうなら、自分にもできる希望はある。せめて被告人がどんな性根かを確実に把握して弁護するのが、哀しみにくれる被害者やその周辺への誠意ではないだろうか。

「残念ですが、誰にも確認できません。所詮、他人が何を考えているのか想像を巡らせても、それは自分の頭が思考しているに過ぎませんから。その人間の性根や過去の受け止め方は、行動から推し量るしかありません」

行動で性根や過去を……。浜名は――。

伊勢もぐぅっと半身を乗り出してきた。スーツに何本もの皺がひび割れのように走る。

「今回の被告人に過去を悔い改めた節はありますか」

湊川中央署の刑事課長同様、伊勢も弁護に口を挟みにきたんだ……。こっちの心を揺らして本心を探るため、善悪と法律の話を持ち出し、人間味も垣間見せた。浜名みたいな人間にも法律は法律として適用するだけ、と簡単に居直れるロボットめいた新米弁護士なんていない。ましてや検事志望だったのだ。伊勢の狙いに見当がついても、別府には返事ができなかった。

「いかがでしょうか」

喉元に切れ味鋭い刃を突きつけられた気がした。しんとする。ドアが無造作に開いた。

「伊勢、ここまでだ。話はまた今度だ」

小野が断ち切るように言った。

車は中央区の繁華街を抜け、東に向かい、住宅地から湊川山系を走る国道に入った。背の高い針葉樹が作る影と陽射しの下を進んでいく。やがて土地が開け、大きな別荘が目立ちはじめた。この辺りは明治《めいじ》時代に居留外国人らが拓き、避暑地として利用された一帯だ。今でも別荘地として栄えていて、ゴルフコースやスキー場もあり、市街地に比べると気温は二、三度低くなる。

「あ、あの建物じゃないかな」

高橋の声とほぼ同時に、カーナビが目的地に間もなく到着する旨を告げた。

午後四時ちょうどだった。その高齢者介護施設「ひまわり苑」は壁が赤レンガ張りで、外国人居留地の古い館を思わせた。別府と高橋は、五十代半ばでループタイを締めた施設長と薄日が射す応接間にいた。室内は木材をふんだんに使い、コーヒーと紅茶、焼き菓子の温かな香りが漂っている。施設長によると、ここには百五十人ほどの入所者がいて、裕福ながらも肉親とは暮らせない事情を抱える人も多いのだという。

一年ほど前から毎月二回、浜名はひまわり苑を訪れていた。ひまわり苑では入所者の話し相手となるボランティアをホームページなどで募集しており、浜名はその一人だった。施設長には次回公判で証人として法廷に立ってもらう。犯歴があっても浜名は更生しているし、優しさや労りの心も持っていると強調するためだ。今日は打ち合わせも兼ねている。

——被告人に過去を悔い改めた節はありますか。

別府の頭の片隅では、伊勢の言葉が浮かんでいた。ボランティア従事は浜名の過去や態度とはそぐわない姿だけど、誰だって色々な側面を持っている。ここでの浜名の行動を詳しく知れば、その性根を推し量る新たな材料になるはずだ。被害者への誠意という面でも、被告人について深く知りたい。

「念のため、重ねてお聞きしますが、どういういきさつで浜名さんはこちらに？」

「ホームページを見たと本人から問い合わせがあったのが最初です。話す程度なら、自分にもできそうだから参加したいと」

浜名から聞いている通りだ。本人にはそれ以上深く尋ねていない。これまでの面会は、録音機についての確認や打合わせに時間を割いてきた。

「浜名さんの犯歴については、ご存じですか」

「ええ。面談した際に本人から。危険な雰囲気はありませんでしたよ。だから、月に二回来てもらう運びになったんです」

「浜名さんは、いつもどんな様子ですか」

「笑顔で楽しそうですね。本人に確かめてはいませんが、きっとおばあちゃん子かおじいちゃん子だったんでしょう」

過去の犯歴や生駒の話とは違って、無差別に暴力を振るう男の気配はない。

あの、と施設長がゆったりと言う。「ボランティア職員もうちの苑では家族だと思っています。浜名さんを助けるためです。いつも彼と話している何人かを、ご紹介しましょうか」

ぜひ、と別府は力強く答えた。

まず上品なカーディガンをきた老女がやってきて、にこやかに語った。

「浜名さんは、私の話を丁寧に聞いてくれるんです。息子夫婦もしてくれないのにね。だから遠慮なく愚痴を言ってやるんですよ。勉強漬けにされている孫が可哀想、とかね」

そんな他愛ない会話がガス抜きになるのだろう。老女は笑みを湛えたまま、柔らかな調子で付け加えた。

「見た目は悪いけど、イイ子よ。努力家だし。最初の頃なんて、本当に話せなかったんだから。それが最近はこっちの心を読み取っているように会話ができるの」

続いて、背筋が伸びて矍鑠《かくしゃく》とした別の老女が鼈甲縁《べっこうぶち》眼鏡の奥で目を細めた。

「ここ何年も孫とは話してないけど、そんな気分にさせられるから楽しみなのよね。色々な話をしてくれるし。え？　そうねえ、例えば、友達が会社で失敗した話とか、浮気相手に子どもができちゃった友達の慌てぶりとか」

含み笑いが漏れてきた。

別府はそれから十人ほどに話を聞いた。浜名を悪く言う入所者は一人もいなかった。調べられた限り、浜名が最後に起こしたトラブルは二年前のピザ配達員への暴行だ。一方、ひまわり苑に通い出したのは一年前。浜名にとって、ひまわり苑が犯罪を思い止まらせる『心の防波堤』である見込みも出てきた。浜名をシロだと信じられる根拠になるかもしれない。早計は禁物だけど……。

最後に施設長は胸を力強く叩いた。

「浜名さんがいきなり隣り合った人間に暴力をふるうなんて信じられません。法廷で私がはっきり証言しますよ」

よろしくお願いします、と別府は頭を下げた。

ひまわり苑を出ると、ゆるやかに風が吹き、まだ裸の枝の木々が揺れていた。市街地と違って微風でもかなり冷たく、頬を刺してくる。事務所に戻るため、車に乗った。

「依頼人の印象が全然違いましたね」と別府はシートベルトを締めた。

「施設長の言う通り、おじいちゃん子かおばあちゃん子なのかも。聞いてみたら？」

いいアイデアだ。周囲から言質《げんち》が取れれば、証言を強調できる。

「ええ。ご両親に電話してみます」

「あと、生駒さんにもね」

生駒？　そうか。捜査ではそうやって虱潰《しらみつぶ》しに証言を集めていくのだろう。

曲がりくねった狭い山道を下り、道幅の広い真っ直ぐな国道に出た。

「なんかさあ」ハンドルを握る高橋がしみじみとした口ぶりで言った。「ＢＢと外回りした頃が懐かしくなっちゃった」

「検事も外に出るんですか」

「時と場合によってはね」

「あの、なんでＢＢは検察を辞めたんですか」

「詳しくは知らない。よっぽど我慢できない事情があったんじゃないかな。ほら、あの『ならぬことはならぬもの』って性格でしょ？　検察って封建的な組織だから」

面接の最後で聞いた小野の言葉がある。我慢できないほど、検察のレベルが低かったのだろうか。それなら、内部で改革すればいいのに。何か決定的な出来事でもあったの？

信号が赤になり、車が止まった。目の前の横断歩道から賑やかな笑い声が聞こえた。右手を父親と、左手を母親と繋いだ小さい女の子が渡っていく。

「ＢＢはどうして東京とか大阪じゃなくて、湊川に事務所を構えたんでしょうね。生まれ故郷でもないのに」

「地検に伊勢君がいるからじゃないかな」

「古い付き合いって伊勢さんは仰っていましたけど、仲が良いんですか」

「確かに付き合いは長いんだけど、仲が良いとか悪いとかじゃなくて、うーん、何というか」高橋はしばらく黙り、口を開いた。「機会があれば、ＢＢに直接聞いてみて」

「はあ。ちなみに伊勢さんってどんな人ですか。実は今日事務所で二人になった時、励まされたんです」

あれが伊勢の計算だったとしても、私の胸には沁みた。この事実は変えられない。

「へえ、伊勢君がねえ。地検職員が聞いたら驚くだろうね。今はあんまり職員とも接点を持とうとしないそうだから」高橋は思案顔で続ける。「検事、弁護士、裁判官。どれになっても超一流になれた人だよね。でも、司法試験は頭になかったんだって」

「自分には無意味って仰っていましたけど、なんかもったいないですよね」

「そうね。自分の基準がある人だから、何か訳はあるんだろうけど」

信号が青になった。高橋がアクセルを踏むと、車は軽快に走り出した。


午後六時に小野は事務所に戻ってきた。警察署に出向いたのだという。弁護相手との面会だったのだろう。別府は浜名の両親と生駒への電話を終えたばかりだった。

休憩スペースのテーブルセットで高橋と並んで座り、小野と向かい合った。八人掛けテーブルには伊勢が持ってきた梅林庵の豆大福とそれぞれのコーヒーが置かれている。小野が寿司店の湯呑を手に取った。

「そんじゃ、今日の収穫を話してみろ」

別府は話し始めた。小野は湯呑を置き、豆大福を食べながら聞いている。話し終えると、小野は指先についた粉を丹念に払い、椅子の背もたれに寄りかかった。

「ふうん。これまでの短絡的な荒っぽい行動と比べると、録音機の件はまるで違う人間ってくらいの知恵を働かせた感じだな。その時点で弁護士でもついてりゃ、話は別だけど」

「そうなんです」

「で、依頼人はジイさんバアさんに懐《なつ》いていたのか」

「それが微妙で」

――息子は特に祖父母と仲が良かったわけではありません。両家とも遠くにいましたし。

両親があっさりと否定した一方、生駒はこう肯定した。

――ああ、そういえば高校の頃に何度かジイさんの話を聞いた記憶がありますよ。その時はいつもの刺々《とげとげ》しさが抜けていましたね。

「確かに食い違ってんな」

「両親に心情を言わないのは十分理解できるんですが、高校生が友人と祖父母の話なんかするかなあ、と」

「まあ、頭に入れておけばいい。で、結局のところ、シロって確信はできたのか」

「いえ。まだ判断がつきません」

「だろうな」小野が湯吞に手を伸ばした。「踏み込みが甘いんだよ。やり直しだ」

コーヒーを豪快に啜る音が響いた。

午後八時に小野と高橋が帰っても、別府は個室のひじ掛け椅子に深く腰掛け、今日一日を振り返っていた。小野に指摘された踏み込みの甘さって何だろう。

三十分、一時間と経った。お腹が恥ずかしいほど盛大に鳴った。周りには誰もいないのに頬が自然と赤らんでくる。時計を見ると、午後九時を過ぎていた。ちょうど浜名が犯行に及んだとされる時刻だ。当日の今頃、店主は餃子を焼き、浜名と被害者は揉めていた。

あ……。

空腹が消えていった。

5

「あの、餃子を二人前焼いて頂けませんか」

別府が切り出すと、隣では高橋がうっすら微笑んでいた。

今日も開店前の午前十時に訪れた。浜名がトラブルを起こしたラーメン店には相変わらず、いい匂いが漂っている。

店主が頬を緩めた。

「なんだ？　朝飯食ってねえのか」

「そんなとこです。おいしそうだし」

別府はカウンター席から厨房の作業を見守った。店主は大きな鉄板に油をひき、餃子を並べ、しばらく焼いてから水を入れた。本当に大きな音だった。何度か声を張って話しかけてみても、店主の反応はなく、そのまま焼き上がるのを待った。

数分後、二人前の餃子が目の前に置かれた。一つ一つがごろりと大きな餃子からは、ぷんと香ばしさが漂っている。餃子はごま油と生姜《しょうが》がきいて、おいしかった。これが、被害者が最後の食事になると知らずに頼んだ一品か……。別府はしっかりと味わった。

食べ終えると箸を置き、店主と目を合わせた。

「ごちそうさまでした。おいしかったです」

「そりゃ、よかった」

「ところで、警察に伝えていない話がありますよね」

ずばり聞いた。このための再訪だった。

店主は前回、暴行場面を見られず、口論を聞いてもいないのに浜名の犯行だと言った。『なんとなく』と口を濁してはいたが――。

返事のないまま時間が過ぎ、店主が肩をすぼめた。

「よくわかったな。なんか、どうも気になる点があってさ」

気になる点……。店主は誰かに話したかったのだ。前回、サインはあった。浜名の犯行だと言ったのは、こちらに突っ込んだ質問をさせようとしたからだと思う。だしぬけに悪人の話を始めたのも時間を延ばすためだろう。なのに、深く確かめもせずに話を切りあげてしまった。浜名がクロと決まったわけではない——という意識で頭が一杯になり、思考が鈍っていた。

その上、実際に餃子を焼く音で口論が聞こえないのかも確認していなかった。高橋は示唆してくれていたのに。

——聞き方は問題ないんじゃない。

——餃子が食べたかったけどね。

明確に指摘しなかったのは、それとなく気づかせたかったからだ。自ら思いつかないと、同じ失敗を繰り返す確率が高い。弁護士という実力社会にいる以上は最後に頼りになるのは自分だよ、と改めて高橋に教えられた気もする。

店主がおもむろに首を捻った。

「いやさ、死んじゃった方の客が漫画を読みながらラーメンを食っている間、カウンターに長財布を置いてた気がすんだ」

「食べている間？　その後、なくなったんですか」

「さあ。そんな気がするってだけだ。だから警察にも言えなくてよ」

被害者は食事を終え、立ち上がった後、浜名に詰め寄っている。カウンターに置いていた財布がなくなっていれば、浜名に盗まれたと目星をつけるのは自然だ。店内にいたのは店主を含めた三人だけなのだから。それにカウンターは六席ある。どうして浜名はわざわざ被害者の隣に座ったのだろうか。

「なんで警察に言わなかったんですか」

「見間違いだったら、捕まった方の男に報復されそうで怖くてさ。普段からスープがぬるいだの、虫が入っていただの言いがかりをつけてくるし。酔っぱらってカウンターで寝ちまって、閉店だから起こそうとしたら逆に怒鳴りつけられた時もあってよ。あの事件の日こそ、すんなり金を払って出ていったけどな」

ひまわり苑での振る舞いとは別人だ。この事実を頭に入れ、別府は事件当日の記録を考察した。浜名は相手が倒れた後、代金を置いて速やかに店を出ている。あれ以上絡まれたくなかったからと供述しているけど、奪った財布を処分するためだった可能性もある。でも、被害者の財布がなくなっていれば、警察が当然調べたはず。公判で触れてこないのはどうして？

「あの、被害者の食事代はどうなったのでしょうか」

「貰おうと思えば貰えたよ。警察が言うには死んだ人は小銭入れも持っていて、倒れた拍子に飛び散った小銭を集めると二千円分はあったらしい。けど、あんなことがあったのに貰えるか？」

被害者は近くに住む会社員で、事件当日は土曜日。長財布を持たず、小銭入れだけで来店したと思われても不思議ではない。小銭入れと長財布を分けていたと警察は想定していないのではないのか。また、被害者はすでに両親を亡くし、兄弟もいないため、長財布が持ち去られていたとしても紛失届は出ない。

別府は空になった餃子の皿をじっと見つめていた。

別府は、中央にいくつか穴の開いたアクリル板前のパイプ椅子にそっと座った。コンクリートに囲まれた接見室は寒々とし、籠った空気特有の重さが肌に伝わってくる。少ししてから、アクリル板の向こう側のドアが軋みとともに開いた。浜名が気怠そうにサンダルの踵を引きずって入ってくる。その粘っこい視線が別府の胸にきた。クルーネックのセーターにジャケットという女を強調する服ではないのに……。

浜名が投げやりに正面のパイプ椅子に座った。落ち窪んだ眼元が緩んでも、まとう昏さは変わらない。

「弁護士サン、どうしたんすか？　今日、接見の予定はありませんでしたよね。あれあれ？　俺を好きになっちゃったとか？　んじゃ、赤レンガの大桟橋倉庫街を一緒に歩きませんか。夜なんかロマンチックですよォ」

小野法律事務所のある旧外国人居留地からも近い観光スポットだ。付近には老舗ホテルと豪華客船もあり、三ヵ所を一枚に収めた写真が絵葉書にも使われている。確かにムードはいいけど、浜名と歩きたくはない。それに夜は、ひったくりが頻繁に起きるほど暗くなってしまう場所。何をされるのかわかったものじゃない。

「遠慮しておきます。本題に入りましょう。もう一度、正直にお答え下さい」別府は、にやけ顔の浜名をまっすぐに見た。「被害者に暴力をふるっていませんね」

「何度も言わせないで下さいよ。そんなの、どうでもいいじゃないっすか」

「大事な点です。やっていませんね」

浜名が興醒《きょうざ》めした様子で笑みを消し、眉を寄せた。

「だとしたら？」

「どういう意味ですか」

「やってても、俺は無罪っすよ。いい気味ですよ。だって警察にひどい取り調べを受けたんだから。それで勝てるんですよね？」

その通りだ。証拠がない以上、検察側も上訴できないだろう。……善悪と法をめぐる伊勢と交わした会話が別府の脳裏をよぎった。

「浜名さん。あなたには心から大切な何かがありますか。ご家族でも友人でも、物でも歌や映画でも何でも構いません」

「なんすか、突然。それって今回の件と関係あるんすか」

「お答え下さい」

「バカらしい。あるわけないっしょ」

白けた口調だった。照れがあって、ひまわり苑について触れないという態度ではない。

「まあ、欲しいもんならありますよ。金です。高い腕時計を何本も買って、ポルシェに乗って、毎晩キャバクラで豪遊する。金さえあれば、何だって出来ますからね」

「じゃあ、どうして定職に就かないんですか」

「あくせく働いていたら、楽に儲かるチャンスを見逃しちゃいますよ」

楽に金を……やっぱりこの男は……。別府は口元を引き締めた。

「だからといって、被害者の財布を盗んでいませんよね」

「え？」浜名は眉間の皺をぱっと消すと、にんまりと嗤《わら》った。「何の話っすか」

クロ――。別府は強く確信した。ひまわり苑での振る舞いがどうあれ、間違いない。それでもこの男の味方をしなければならない。違法な自白を認めてしまえば、無茶苦茶な取り調べが横行するのを助長しかねないからだ。

浜名の不敵な嗤い顔から目を逸らせなかった。私は裁判に勝っていいのだろうか。いや。私個人の問題ではない。

法律はこの男を許していいのだろうか。

6

小野が寿司屋の湯呑を、八人掛けテーブルにことりと置いた。

「お前の言う通り、依頼人はクロだな」

「その証拠はないんですが」

「証拠があったら、有罪を主張すんのか」

別府は言葉を呑んだ。財布の件は公にできない。弁護士には真実を尊重する義務があるが、明白な証拠を手にしたわけでも、罪の告白をされたわけでもないのだ。もちろん財布を盗んだと告白されても、浜名の不利益に繋がる以上は公判で言えない。

「まあ」小野が後頭部をぼりぼりと掻いた。「弁護士ってのは厄介な仕事だよな」

午後八時だった。休憩スペースに小野といた。高橋はすでに帰宅している。別府は出かけていた小野をこの時間まで待っていた。今日も警察署で打ち合わせがあったのだという。

胃の底がわだかまっていた。そのわだかまりは、刻一刻と増していくばかりだ。

「あの、明らかにクロの依頼人を弁護したご経験はありますか」

「ああ。お前は初めてか」

「はい。きついですよね」

子どもじみた愚痴を吐いてんじゃねえ。そんな一喝を予想して身構えた。法曹界の大先輩から一喝されれば、胃のわだかまりも消えるんじゃないかという淡い望みもある。

「そんなもん、どう捉えるかだな。弁護士をしていりゃ、誰だって遅かれ早かれ今回に似た問題にぶつかる」

「こんな依頼が続くと、人を信じられなくなりませんか」

「バカか、お前は。信じていい人間と、そうじゃない人間がいるだけじゃねえか。どんな立場にいようが、人間はその二種類だよ」小野が瞬きを止めた。「いいか、優秀な弁護士ってのはな、単なるお人好しでも正義漢でもない。シロとクロの間にしっかりと立て、そのどちらにも染まらないでいられる奴だ」

小野の眼力は強かった。別府はたじろぎかけたが、唇を嚙んで見返した。

「俺はな、司法の世界じゃあ、検察はアクセル、弁護士はブレーキ、裁判所は信号機だと思っている。だから相手がアクセルを踏み過ぎて暴走してんなら、ブレーキの俺たちが止めなきゃなんねえんだ。乗っているのが、どんな大悪党だろうとな」

ひょっとして、検察の暴走に巻き込まれた経験が検事を辞めた原因なの？　その舞台が湊川だったから、小野はここに事務所を構えた？　事務所を旧外国人居留地に置いたのも、地検とは距離をとるという意思？　次々に疑問が浮かぶが、別府は浜名の件で頭がいっぱいでそれ以上は考えられなかった。

ややあり、小野が重々しく続けた。

「お前、検察のブレーキになりたいと言っていたよな」

確かに言ったし、今もその初心は胸から消えていない。でも……。

「だったら、思い切りブレーキをかけてやりゃいい。ブレーキの後は、どうせアクセルを踏まなきゃいけないんだ。じゃないと、車は動かないだろ？」

アクセルを踏む……？

カタッ、と音を立て、急に別府の思考はドミノ倒しのように進み出した。脳に満ちていたガスが一気に晴れていく。

どこか小野の目は遠い過去を見ているようだった。

7

別府は左肩にかけたバッグの紐《ひも》を握り締め、石畳の路地を歩いていた。

辺りにひと気はない。夕闇が落ち、街灯もまばらだ。左右の倉庫はすっかり影になっている。すれ違う人がいても、目を凝らさないとその顔を見分けられないだろう。

浜名の無罪判決から一週間が経っていた。もう四月も十日を過ぎている。このところ日中は暖かい風が吹いていたが、今日は打って変わって気温が低く、別府は冬物のコートを着ていた。久しぶりに吐く息も白い。

赤レンガ造りの倉庫街に自分の足音だけが響いていた。潮風が吹き抜けてビニール袋が転がり、舞い上がっていく。風のあるせいか空には雲がなく、どこまでも黒い。

後ろから物音がした。ペダルをこぐ音……。徐々に近づいてくる。

がくん、と体が前方に大きく揺れた。自転車に乗った男に追い抜かれざま、バッグの紐を引っ張られていた。別府はその場で踏ん張ろうとしたが、左半身から体勢が崩れ、左膝を石畳に強打した。それでも咄嗟に左手を路面に突くと、右手でバッグの紐を全力で押さえ、亀のような姿勢でそのまま全体重をかけた。小石が散らばる石畳を少し引きずられてもバッグは放さなかった。不意にバッグの紐から男の力が抜けた。

数秒後、ガシャン、と自転車が倒れる派手な音がし、たちまち乱雑な足音が重なった。十メートルほど向こうで、三人の体格のいい男が自転車に乗っていた男を取り押さえている。

「午後五時四十分、現行犯で逮捕ッ」

聞き憶えのある荒々しい声が倉庫街に大きく響いた。湊川中央署の、あの若い署員だ。別府は少し顔を上げ、バッグの紐を握る手を緩めた。

「大丈夫か」

分厚い手の平がぬっと顔の前に伸びてくる。別府は右手で冷たい石畳を押して膝を立て、差し出された手を取って立ち上がった。

「ありがとうございます」

「とりあえず、強盗未遂で逮捕だな」

年季の入ったトレンチコートの襟を立てた小野は、険しい顔つきだった。別府は夕闇に滲む人影に、よく目を凝らした。小野の左奥で私服の警官に取り押さえられているのは。

浜名だ……。

——アクセルを踏まなきゃいけない。

そう聞いた時からのことを、別府は脳内で再生していく。

あの瞬間、閃いた推測があった。想像通りなら、小野が私に刑事課長たちと会わせた真意は彼らの弱みを握るためではないし、浜名の調査を命じたのもシロだと私に確信させるためじゃない。伊勢が事務所に来た意図も……。

小野は伊勢に言った。悪人といっても、法律的に叩き落とせる状況にならないと叩き落とせない、と。一方の伊勢は、私に再犯率の話から下着泥棒の校長を持ち出してきた。それも検事との会話を想起させるみたいに。

——伊勢さんのおかげです。

——やはり、性懲りもない被告人でしたね。

考えてみると、校長の再犯行はタイミングが良すぎないだろうか。さらに、性根や過去の受け止め方は、行動から推し量るしかないという。じゃあ、検事が伊勢に礼を述べた意味は……アクセルを踏む、それってもしかして。

全身に震えが走り、慌ててその場で小野に確かめた。すると。

「罠っちゃあ罠かもしれんが、こっちから接触して犯罪に誘い込んだり、犯行を唆《そそのか》したりするんじゃない。警察のあからさまな別件逮捕や、わざと転んで相手に触れて公務執行妨害で逮捕する『転び公妨』なんかより、よっぽど穏当だよ。単に浜名を試す方法を検討してるだけなんだ。だから、お前に浜名を調べるよう指示した。試しやすい形がわかるかもしれないだろ」

小野はごくあっさりと明かした。別府は驚いたものの、動揺はしなかった。『で、お前に指示を出すきっかけを作るため、古い知り合いで、貸しもある湊川中央署の刑事課長にひと芝居打ってもらったんだよ』と小野は言い足した。

「伊勢さんも、高橋さんも関わっているんですよね」

「さて。ご想像にお任せする」

答える気のない敏腕弁護士の口を割る実力は、まだ自分にはない……。でも、きっと二人も絡んでいる。伊勢が私の前に現れた時機がある。生駒と会い、その後の昼食が終わると高橋は、お手洗いだと言って私から離れた。あの時、連絡を入れたのだ。

「どうして、そんなテストを？」

事実が公になれば、弁護士会から懲戒処分を受けかねない。捜査機関じゃないので、禁止されている囮《おとり》捜査に抵触する恐れはなくても、犯罪を作り出していると見なされてしまい、二年以内の業務停止はおろか、弁護士資格を剝奪される除名処分だって十分にありうる。伊勢にだって安定した職を失うリスクがかなりある。

「ケリがついたら、話してやるよ」

これも小野はあしらう口調で、とてもそれ以上深い話を引き出せそうになかった。今は聞かなくてもいい。知るべき仔細は他にもある。

「試す方法は決めたんですか」

「まあな。だけど、いわば『餌』をどうするかは悩んでいる。市民を危険に晒すわけにはいかんからな」

小野が歯痒そうに腕を組んだ。その時、別府は決心した。決意はすぐさま口をついて出た。

「私が『餌』になります」

テストといっても犯罪が生まれる恐れがあるのに、小野を止めようとはまったく思わなかった。それなら、浜名を弁護した自分も携わるべきだろう。

以前、悪なのに法律では罰せられないケースを突きつけられた場合、自分がどうなるのかを思案した。あの時は出なかったけど、その答えは――。

一歩踏み出してみたい、だった。

小野は表情を引き締め、厳粛な雰囲気を全身から漂わせた。

「気丈な決意だが、知らんぷりしていればいい。お前をそこまで引っ張り込もうとは思っちゃいない」

「もう決めたんです」

思いのほか強い声で遮っていた。

「相手は暴力も厭わない男だぞ」

「だからこそです」

「そうか」小野は鼻から盛大に息を吐いた。「お前に万一のことがないよう、万全を期そう」

小野と伊勢が社会的地位や信用を失う危険を冒してまで乗り出す、試み……。相手は過去に悪さをしたんだから、また犯罪に手を染めるのか試してもいい、という短絡的な発想とは思えない。この先に一体何があるのか。

「それにしても」と小野が組んでいた腕を物思わしげに解いた。「よく俺の思惑に気づいたな。前々から勘は良かったけどな。勘というか、よく物事を観察している。ま、センスがいいんだ」

「センス？　今までに目を引く結果なんて一回も出してないですよ」

「秋元の事務所じゃなくて、ウチを選んだじゃねえか。抜群のセンスさ」

それから三時間余り、小野と計画を立てた。伊勢や高橋の関与については何も話さなかった。小野が自ら口に出すか、決着がつくまでは、聞いても答えが返ってこないだろうし、まずは計画に集中すべきだからだ。

そして計画通りにこの一週間は夕方から深夜まで、浜名が好きだという大桟橋倉庫街の近くに待機した。いつか足を向けるとの読みだった。それにこの辺りはひったくりも横行している。裏返せば、ひったくりやすい場所とも言え、性根を試すのにはおあつらえ向きだ。二人の私服警官には、やや離れた位置から常に見守ってもらった。計画は伝えていない。言ってしまうと、彼らは囮捜査に抵触する恐れがある。ウチの弁護士が浜名につきまとわれている、と小野が湊川中央署の刑事課長を動かした。

結局、浜名の心は歪んだままだった。過去を反省していれば、誰もいない路地を女一人が隙だらけで歩いていても、普通は何もしない。こうなると、やっぱり――。

「小野さん」別府は喉に力を込める。「浜名は振り込め詐欺グループの一員じゃないでしょうか」

間近で海鳥の甲高い声がした。

「録音機の件で小野さんは言いました。浜名はまるで違う人間ってくらいの知恵を働かせたって。確かにそうなんです。取り調べを録音する知恵があるのなら、なぜ録音機を自分で弁護士に持ち込まなかったんでしょうか。任意聴取の段階でしたら、帰宅もできます。その足で法律事務所に来て録音機を渡し、逮捕された場合の弁護依頼をしておけばいいだけです。第一、たまに会う程度の学生時代の友人に、自分を救う武器を託すでしょうか」

小野は黙していても、真顔が続きを促している。

「つまり、浜名は有効な録音機の扱い方がわからなかったんです。となると、別の構図が浮かんできます」

別府はひと呼吸挟んだ。眉ひとつ動かさない小野を注視する。

「生駒です。生駒は保険会社の法務部にいます。浜名を恐れて録音機をウチの事務所に持ちこんだと話していましたが、そもそもが生駒の入れ知恵だったんじゃないでしょうか。だとすれば、生駒は浜名に、『取り調べであやふやな返事を繰り返して警察を苛つかせろ』と指示していたとの見方が生まれます」

カチャ、と金属の音がした。小野が大きく体をひねって、音がした後方に顔を向けた。別府も目をやると、手錠をかけられた浜名が警官の手を借りて立ち上がっている。浜名には抵抗する素振りはない。

「では」別府は視線を小野に据え直した。「どうして生駒は浜名を助けたのか。逆に言えば、なぜ浜名は生駒に助けを求めたのか。そう考えを進めた時、いくつかの事実が気になりました」

ゆっくりと小野が体の向きを戻してきた。着古したトレンチコートの襟が微かに動いている。

「まず、浜名が祖父母に愛着を抱いていたのかについて、両親と生駒の意見に齟齬がある点です。次に、ひまわり苑に来た当初の浜名は話しぶりがたどたどしかった、という入所者の話があります。入所者が金銭に余裕のある方ばかりなのも引っかかります。加えて、高橋さんが指摘した生駒が身に着ける高級品の数々。しかも生駒はその職業柄、金銭に余裕のある高齢者を調べる手立てがあります」

今回の事件を通じて、ひとつの生々しい実感を得られた。世間には「クロ」でも「シロ」の顔をして平然と生きる人間がいる、と。

生駒が主犯で、金に貪欲な浜名を引き入れて手足として使っていたのだ。この間柄を隠すため、生駒はあえて浜名の悪行を憎らしげに次々と語った。浜名は生駒の指示を受け、金銭に余裕のある高齢者が何に興味を持ち、どんな話をすればどんな反応があるのかを、ひまわり苑で調査していた。高齢者と話す練習も兼ねてだ。

「公判でシロになった悪人がクロになったな」

小野がぼそりと言う。ほどなく、二人の脇を私服警官に両脇を固められた浜名が通り過ぎていった。浜名はうつむき、暗がりにいるこちらを一瞥《いちべつ》もしなかった。それを見送る小野の目は、これまでになく冷たい。

小野は、と別府は思考を巡らしていく。新たな恩として生駒と浜名の共謀を刑事課長に売ったのだ。それで刑事課長のひと芝居と、警察が一週間も私を守ってくれた次第の説明がつく。芝居といっても外部に漏れれば大問題だし、演技には見えなかった。それにいくら私が浜名につきまとわれていても、普通は警察が動かない程度の被害なのだから。この一週間で彼らも薄々、こちらの狙いを読めただろうけど、問い質《ただ》してはこなかった。

……終わったんだから、もう尋ねてもいいはず。

「浜名を試す件、小野さんの発案じゃないですよね」

「S。誰かはわかるよな」

　もう警官や浜名に声は届かないだろうけど、小野は念のために名前を出さなかったのだ。司法の世界では検事をP、弁護士をBなどと略称で呼ぶ機会も多い。Sという略称はないけど、意味する人物は明らかだ。

総務課長――。

別府は左肩にかけたバッグの紐を握り直した。ヒリッと手の平が痛む。転んだ際に擦れた傷。浜名をテストした行動に後悔はないけど、満足感もない。どちらかといえば、心がすり減った気もする。S――伊勢は何度、こんな感覚を味わったのだろう。

「どうして、こんな危険な真似を?」

「話せる時がくれば、話してやる」

「もうケリはついたじゃないですか」

「勝負はこれからなんだよ。今ならまだお前は引き返せる。いや、こっちにくるな。危険だ」

小野は鋭い口ぶりだった。

まさか、生駒と浜名が振り込め詐欺犯だった奥にもまだ違う真相があるの? 底知れぬ深い穴をつま先立ちで覗いているようで、別府は心も体も張りつめた。

「伊勢さんに関係するんですよね」

「あいつは過去に色々あったんだよ」間を取るように、小野がトレンチコートのポケットに手を突っ込んだ。「その一部は俺の問題でもある。これ以上は話せる時がくるまでは言えん。お前なら深入りしちまうからな」

この人たちは何をしようとしているの？

いつか小野は教えてくれるだろうか。教えてくれたとして、その時、自分は何を思うだろう。

遠くで汽笛が鳴った。ひどくもの悲しい響きだった。

ふわっ、と髪の毛が肩の辺りから持ち上げられた。背後から、四月だというのに冬を思わせる冷たい潮風が倉庫街を吹き抜けていく。別府は、はらはらと頬にかかる髪を左耳にかけた。ヒリッと手の平の傷がまた痛む。

一生忘れない痛みになりそうだった。

血

1

私、永島亜美《ながしまあみ》は一九九九年三月、湊川大学法学部国際法学科進学に合わせて北海道《ほっかいどう》札幌市から湊川市内に転居して一人暮らしを始め、事務アルバイトとして入った製菓会社で夫となる五歳上の徹《とおる》と知り合いました。そして妊娠して、結婚、二〇〇一年に息子の太一《たいち》が生まれました。大学は中退となりましたが、太一の存在を思うと後悔はありません。

親の贔屓目《ひいきめ》を差し引いても、太一は他の同年代の子と比べて運動神経がよく、保育園の運動会での徒競走はもとより、地域の相撲大会では小学生の低学年に混じっても負け知らずで、夫は何度もその録画を見ては嬉しそうに笑っていました。夫は、太一が道で転倒して膝をすり剝いただけでも慌てておんぶするほどの可愛がりぶりで、たまに早く帰宅した日に太一と一緒にお風呂に入るのを何よりの楽しみにしていました。

二〇〇五年七月、業績悪化に伴う事業部の統廃合で夫は早期退職に応じざるをえず、職を失いました。廃止された課の研究専門職だったからです。それからの日中、夫は新たな仕事を探しながら、太一の面倒を見てくれました。もともと貯金が少ない上、退職金も微々たる額でしたので、私が朝から夕方までのパートに出ました。生活費が必要ですし、1Kの狭いマンションながらも、月七万円の家賃も払わねばなりません。

三ヵ月ほど経った頃です。帰宅すると部屋は真っ暗でした。電気をつけると、夫はおらず、太一がぽつんと部屋の隅で膝を抱えていました。電気のスイッチまで手が届かなかったからです。その時の、ひどく心細げな太一の顔。いま思い出しても胸が張り裂けそうです。太一から、保育園から一緒に帰った直後に夫が部屋を出たことを聞きました。

夫が帰宅したのは明け方です。「再就職がうまくいかずに悩んでいたら、友人から電話があり、つい飲みに出てしまった」と謝られました。「たまには息抜きもいいんじゃない」と慰めると、酒臭い夫の充血した眼がきつくなった気がしたのですが、その意味はわかりませんでした。

それから一ヵ月後、夫はまた太一を残して飲みに出ました。それが二週間に一度になり、私は太一が電気を点けられるよう踏み台を買いました。半年後には、夫は毎晩出かける有様でした。勝手に虎の子の貯金を引き出すだけでなく、消費者金融を利用して飲み代を捻出《ねんしゅつ》していたのです。

また、唐突にホールケーキを買ってきて、「今日は三万円勝った」とパチンコ通いを告白され、ギャンブルに手を出している実態を知りました。私の稼ぎは月十五万円程度です。お金は大事に使うべきだと窘めると、夫は「今まで俺の稼いだ金で生活していたくせに」と怒鳴りだし、寝ていた太一が起き出したため、私は追及の言葉を呑み込みました。

生活は日増しに苦しくなる一方で、なんとか保育園の月謝や食費をやりくりしているのに、夫のギャンブルと飲み歩きは止まりません。その上、たびたびシャツや頰に口紅の跡が見られるようにもなりました。問い詰めると、夫はスナックで働く女性にお金をせっせと貢いでいたのです。それも太一のために使わねばならないお金を使って。

夫と言い争う日々は続き、ある夜、私はとうとう平手で顔を殴られます。その日を境に、私への暴力は毎日続きました。夫は太一にも「俺になんか文句あんのか」と恐ろしい形相《ぎょうそう》で迫ります。息子を宝物のように扱った夫とはもはや別人でした。しつけと称して太一に長時間正座を強要し、近寄っても「あっちいけ」と邪険に追い払い、あんなに楽しみにしていた太一とのお風呂にももう入りません。いずれ太一にも激しい暴力が及ぶのでは、と心の底から恐怖を覚えましたが、家庭の問題なので恥ずかしくて、身内にも相談できませんでした。しかし、これ以上の夫婦生活継続は考えられませんでした。

二〇〇六年七月十四日、夫が帰宅したのは午前一時過ぎです。私はこの日、太一と二人で生きるために離婚届を用意していました。

話し合いのきっかけに無言で離婚届を出すと、夫の目つきは尖り、「俺の生活はどうなんだよ」といきなり私は胸部をど突かれました。続いて顔も拳骨《げんこつ》で何発も殴られ、鼻と唇の端から血が流れました。この時点で話し合いの余地がないのを悟りましたが、何とかして今夜中に夫の署名捺印《なついん》を得ないと、この状況が繰り返されるだけだと思い、暴力を受け続けても色褪《いろあ》せた畳に這《は》い蹲《つくば》って必死に耐えたのです。その時、視界に入った太一が小刻みに震えているのが、すっぽり被ったタオルケット越しでもわかりました。私は事前に「今日は何があってもタオルケットに包《くる》まっていて」と太一に伝えていました。

突然、夫が太一のタオルケットを力任せに剝がし、私は体が硬直しました。「お前はどっちの味方だ」と夫が荒々しく詰め寄るも、太一は怯えた目を伏せて震えるだけで何も答えません。業《ごう》を煮やしたのか、夫は太一の腹部を蹴り上げました。吹っ飛んだ太一は壁に頭から激突して畳に力なく転がり、「とうちゃん、いたいよ、とうちゃん」とか細い声を発しました。夫は、近くにあったタオルを太一の口に突っ込み、さらに腹部を蹴りました。私は咄嗟に止めに入りましたが、突き倒されました。夫はうっすら微笑むと、見下ろす恰好で太一に向き直り、ゴムボールでも相手にするかのごとく、また胸部や腹部を蹴り出しました。私は頭が真っ白になりました。

我に返った時、力の限り、太一を抱き締めていました。「かあちゃん、かあちゃん」という声が胸の辺りから聞こえます。

傍らには背中に包丁が突き立った夫が倒れていました。

無我夢中だったので、夫を刺した時の記憶はありません。包丁は義母に頂いた高級な代物でしたし、私は一ヵ月に一度は研《と》いでいたので、切れ味は購入時より増していたと思います。この日は台所に出しっ放しにしていました。夫には傷が数ヵ所あると警察の方から聞きました。頭の中が真っ白になっても、本能的に仕返しを恐れ、夫が倒れてから何度も刺したんでしょう。

義母には申し訳ない気持ちでいっぱいです。事件の二年前に両親を失った私にとって、義母は実の母のようでした。

＊

湊川地検六階の自室で十年前の供述調書を読み終えると、相川晶子《あいかわしょうこ》は肩まである艶やかな髪を耳にかけた。

司法解剖記録によると、永島徹は後ろから腰部を三ヵ所と右肺を刺されていた。いずれも包丁は体を貫通していないものの、右肺のひと刺しが致命傷だった。人間の背面は筋肉が硬くて腹部に比べると刃物は刺さりづらい。それでも、するりと入り込んでしまう部位もある。犯行に使用された包丁は、永島亜美の供述通りに質がよい上、よく研がれており、女子供の力でも可能な一撃だったそうだ。肺に血が溜まった末の窒息死。さぞ苦しみながら息絶えたことだろう。

司法解剖では、腰部の三ヵ所は死んでから刺された傷だとも判明している。夫の死が目に入らないほど、永島は冷静さを失っていたのだ。

弁護側の証人として出廷した湊川大学の法学部教授は「永島さんは明るく頭も良く、帰国子女とあって国際法に深い興味を持ち、勉強熱心でいつも落ち着いていた。犯行に及んだのは相当の事情があったからだ」と情状酌量を訴え、また、参考として残る息子・太一の供述は「何も見えなかった」という内容だった。

永島は懲役三年、執行猶予五年の判決となっている。妥当な量刑かな、と思う。

背後の窓から、降り続く六月の雨を相川は感じた。永島は現在三十五歳。自分の六歳下になるし、中退した大学では法学部だったというから、もしかすると同僚として机を並べていたかも。……いや、ないか。検察は、警察にも負けないほどの男性社会だ。今でこそ女性検事も増えてきたが、十数年前までは司法試験に合格しても、なかなか女性は入庁しなかった。

相川は供述調書を机の端にそっと置いた。午前十時、L字に配置された机の短い一辺では、立会事務官の久保信也《しんや》がデスクトップパソコンで作業にいそしむ横顔がある。久保は五十歳手前のベテラン男性事務官だ。法律書と証拠書類に囲まれた、この二十畳ほどの個室に日々二人で籠もっている。検察官と立会事務官は夫婦よりも長い時間を過ごすと言うが、まったくその通りだ。久保は、今は法務省にいる夫より私の思考を知っているはずだし、こちらも信頼している。公家っぽい薄い顔は、これっぽっちもタイプではないけれど。

ドアが乱暴にノックされた。久保がさっと目顔で尋ねてくる。相川が頷き返すと、どうぞ、と久保が穏やかに声をかけた。

間髪を容れずドアが蹴飛ばされたように大きく開き、相川の上司で特別刑事部長の鳥海隼人《はやと》が太った体を前のめりにして入ってきた。

特別刑事部は東京、大阪、名古屋地検の特捜部に相当し、告訴の処理や独自捜査を行っている。札幌や福岡などの「A庁」のみにあるエリート部隊で、相川は四十歳となった一年半前から湊川地検特別刑事部に所属していた。検事八人、副検事二人、検察事務官が二十人という所帯だ。庁舎六階に部を構え、検事と副検事には個室が用意されている。

「おい」鳥海の眼はぎらついていた。「『裏金の永島』、準備はどうだ？」

相川は強い違和感を覚えた。検察では「殺人の山田《やまだ》」「強盗の中村《なかむら》」などと罪名と被告人を結び付けて呼ぶのが慣習だ。でも、永島は罪に問われていない。衆議院議員の政治資金規正法違反の端緒を握る存在だと鳥海が睨んでいるだけだ。参考人段階で被告人じみた呼び名はいただけない。

「永島さんの件、準備万全です。十年前の供述調書も久保さんに引っ張り出してもらい、目も通しました」

懲役五年未満の判決が出た供述調書の保存期間は五年と定められているが、湊川地検では直ちには廃棄されず、そのまま倉庫に埋もれているケースも多い。

「いいか、俺の筋読みは絶対に正しい。確実にバッジに達する案件だ。必ず割れ」

割れ。すなわち、自白させろ——。

いいな、と鼻息荒く言い捨て、鳥海は相川の返事も聞かずにどかどかと足早に部屋を出ていった。別の検事を叱咤《しった》しにいくのだろう。永島さん、と私が敬称付きで述べたのにも気づいていなそうだ、と相川は微かに眉を寄せた。

ドアが荒々しく閉まると、久保が目を細めた。

「午後からの聴取に対する、部長の強いご期待が伝わってきますすね」

ですねえ、と相川は曖昧に笑った。あの態度は、鳥海が抱く野心の表れだろう。湊川地検異動に当たり、前任地の上司から聞いた話がある。

東京地検の特捜部長をやりたい、と鳥海は数年前から検察上層部に猛アピールしているそうだ。けれど、検察上層部は鳥海の取り調べ能力などは認める一方、捜査指揮では粗《あら》さが目立つため、特別刑事部長ならともかく特捜部長は無理だという意見が多いらしい。鳥海は東京地検特捜部で捜査を仕切る主任検事だった際、強引な指揮で無罪判決をくらった経験があった。だから過去を挽回する実績を残し、評価を覆して特捜部長の椅子に座ろうと、思い通りの結果を出さない部下を強く叱責し、慎重論を唱える部下を追放している、と前任地の上司は苦々しそうに言った。実際、相川も湊川地検でそんな場面を何度も見ている。

出世のためになりふり構わない熱量はすごい。だけど、検事の本分は出世や大事件を手掛けて名前を売ることじゃない、と相川は半ばあきれていた。少なくとも、私が目指している方向とはまるっきり違う。

ただし今回は、特刑部長なら鳥海じゃなくても入れ込む事案だろう。バッジ。国会議員立件に至るかもしれないのだから。検事にとって、バッジの立件は何よりの勲章になる。個人的には勲章なんて欲しくもないけど、権力者の監視は検察の大事な仕事だ。それも相手は……。

吉村泰二《よしむらたいじ》――。湊川市中央区、海浜区を選挙区域とする県一区選出の衆院議員で、昨夏に逮捕された県政のドン、石毛基弘の実弟だ。泰二は戦前から三代にわたって代議士を務める吉村家の婿養子となっていた。

吉村家にはいくつもの黒い噂が先代の頃から囁かれ続けている。地元の指定暴力団矢守組との交わりや企業からのヤミ献金、見返りのある公共工事への口利きなど。そこで鳥海は、石毛の逮捕を機に吉村家の黒い噂に切り込もうとしたが、任に当たった特別刑事部の検事は、証言も証拠も摑めなかった。渦中の吉村は国会でも報道陣からも石毛逮捕の追及をうまくかわして、厚生労働大臣と民自党県連会長の座を維持し、来年の民自党大会では総裁選に出馬するとも言われている。

しかし数ヵ月前に一筋の光が見えた。愛人殺害を矢守組に依頼した容疑で逮捕、起訴された八本木建設の社長から、「マル湊《そう》建設が吉村議員にヤミ献金しているらしい」との供述を担当事務官の活躍で刑事部が引き出したのだ。鳥海はその供述を耳にして、再び勢いづいた。マル湊建設は社員五十人ほどの小さな企業なのに、県内各地での公共土木工事のほとんどに携わっている。吉村の口利きがあったとしても不思議ではない。

鳥海は「今度こそ」と気合を入れ直し、検事四人、副検事一人、事務官十人という地検としては大掛かりな専任チームを特別刑事部内に作り、マル湊建設の出入金記録や社員口座などの内偵を進めた。すると一昨日、帳簿係である永島亜美の口座に原資不明の本人入金記録が多々見つかり、ヤミ献金に行き着く脈があるとして、鳥海は即座に同社関係者の一斉聴取の方針を固めた。一方、次席検事の本上は「まずは徹底的に内偵して、他にも考えうる理由を潰すべき」と反対した。鳥海は「その間に証拠を消されかねないし、これ以上時間と人員を使って内偵するくらいなら、同じ時間と人員を使って一気に口を割らせればいい。割るのが検事の本分だ」と主張し続け、本上の上席で地検トップの検事正を味方につけて押し切っている。

鳥海とすれば、自身の方針の正しさを是が非でも証明したいところだ。強気を貫いた背景には特捜部長への野心以外に、同期の本上に抱く敵対心もあるだろう。なにせ剝き出しの敵意は本上の周囲にも向いている。「次席の懐刀」と称される総務課長の伊勢雅行と廊下や庁舎ですれ違う時なんて、滑稽なほど、鳥海は刺々しい態度をとる。当の伊勢は無表情で、胸中はさっぱり読み取れない。それがまた鳥海の感情を炙《あぶ》っている。

――取り澄ました顔しやがって、本上が伊勢の野郎を増長させてんだよ。てめえらも伊勢ごときにビビってんじゃねえよ。こっちは検事なんだぞ、相手はたかだか一職員じゃねえか。

鳥海の腹立ちには頷ける部分もある。庁舎を歩いていると、別の検事からひそひそ声で話しかけられる時も少なくない。『今そっちに行くと伊勢さんがいますよ』。多くの検事が伊勢の奥に本上を見て、必要以上に気を配り、恐々と接しているのだ。

S――スパイめいた伊勢の逸話なら相川も知っている。数年前、ある検事が突如退官して郷里の鹿児島《かごしま》で弁護士開業した。自身と両親の健康に問題もない上、同僚や上司、立会事務官すらも弁護士開業の話を聞いておらず、前触れもない転身に誰もが驚いた。ほどなく、退官した検事の中学三年生の息子が小学生をカツアゲしていたと判明する。別の事件の証拠だった防犯カメラ映像に、たまたまカツアゲ場面が映っていたのだ。退官の数週間前、件《くだん》の検事が住む官舎マンションの部屋に伊勢が何度か入るのを見た者もいた。検事の身内の問題でも所属地検に与える打撃は大きい。どこからかカツアゲの事実を嗅ぎつけた伊勢が当時の次席に言い、厄介払いした――。

他にも奇妙な噂を久保から聞いた。以前、女性の下着を盗んだ元小学校校長が保釈中にまた下着を万引きして再逮捕され実刑となったのは、伊勢の仕掛けに元校長が引っかかったかららしい、と。さらに二ヵ月前、これも久保から教えてもらった。警察の杜撰な取り調べで無罪になった男が、判決の数日後に強盗未遂容疑で逮捕された事件についてだ。男は矢守組が糸を引いていた振り込め詐欺グループの一人だと判明したのだが、その逮捕劇の裏にも伊勢の存在があったというのだ。どちらも伊勢の具体的な行動までは、久保も知らなかった。

――伊勢を洗え。

鳥海が誰かに命じたとも特別刑事部内ではまことしやかに語られている。久保に聞いた類の話を鳥海が耳にしたら、内偵の指示を出しても不思議じゃない。真実だと突き止められれば、本上は伊勢の動きを黙認した、あるいは知らなかったという弱みを握れ、出世を手繰り寄せる取引カードにもなる。

相川は恐れからではなく、反感から伊勢には必要以上に近づかないでいる。庁舎ですれ違う際にひと言ふた言交わした程度で、今まで会話らしい会話はしていない。もちろん、総務課長として多岐に亘る仕事を完璧にこなす力量は認める。でも、伊勢なら周囲が自分を畏怖する現実を把握しているはず。それなのに自分への態度を是正しようともしないことに反発を覚える。

権力毒……。次席検事の懐刀として過ごすうち、いつしかそれに脳をも蝕まれた伊勢は、行動の抑制が利かなくなり、秘密警察まがいの『悪党狩り』にまで乗り出したのでは？　地検職員になるくらいだから、元々正義感は強い方だろう。自分には犯罪と対決する検事の人生も左右できる力がある、だったら悪党の人生だって――。

相川は久保を一瞥した。黙々と書類仕事をしている。伊勢はこうした立会事務官にはもう戻らないのだろう。相川は再び永島の十年前の供述調書を手にとった。

この一年半、特別刑事部では独自捜査での立件がない。その上、東京地検も吉村を狙っているという情報がある。東京を出し抜いて立件できれば、一気に停滞感を吹き飛ばし、鳥海だけでなく所属検事の評価も高まる。相川は長い瞬きをした。誰もが気負う場面だからこそ、私くらいは普段通りにやらないと。いや、鳥海があからさまに逸《はや》っている以上、いつもより冷静に真相を探るべく集中しないと。

2

パイプ椅子に浅く座る永島亜美をひと目見るなり、地味な人だなと相川は思った。衣料量販店で買い求めたとわかる、ありふれた白い半袖シャツに黒いスカート、履きこまれた安物の靴。身なりからは、なるべく目立ちたくないという意思が透けていた。永島はスカートの上に両手を置き、うつむき加減でいる。

今日もL字に組んだ机の一辺では、久保が気配を消していた。久保は聴取の間、こうして完全に空気となってくれる。

相川は組んだ両手を机上に柔らかく置いた。

「雨の中、それも土曜日においで頂き、ありがとうございます」

いいえ、と顔を上げた永島の小さな声が返ってきた。無理もない。誰だって地検に呼び出されれば、緊張する。過去に被告人として取り調べられた経験を持とうと、一般人なのだ。

「本日はお勤めの会社について伺いたい点があり、おいで頂きました。電話で出頭要請をした際にもお願いした通り、本日伺う件は内密にお願いします」

「はい」

専任チームはいま一斉に動き出している。相川が永島と対しているのと同様、他の検事はマル湊建設の総務課員三人と社長の個別聴取を始め、副検事と事務官は応援職員とともに事務所や社長宅などの関係先に行き、書類入手に努めている。書類については、すでに社長の承諾を得ており、社員立ち会いのもとで提出してもらう形だけれど、実質的には文字が書かれた紙を根こそぎ持っていく『ガサ入れ』に等しい。しかしいくら資料があっても、経済事犯における真相解明のカギは聴取だ。ヤミ献金は裏金なのだから、帳簿には残らない。どんなに書類を押収しようとも、自白や核心に迫る供述がないと解明は不可能に近い。

「では早速ですが、永島さんの業務を教えて下さい」

永島は、萎縮した面持ちでも、澱《よど》みなく丁寧に応じてきた。課長を含めても四人の総務課に在籍し、働きながら学んだ簿記を生かして帳簿付けを受け持っているのだという。これまでの捜査通りだった。

「総務課にいる三人が分担して帳簿をつけるのですか」

「いえ。私一人がやっています。課長は決裁印を押すだけです。あとの二人は備品管理や人事などの業務を行っております」

マル湊建設の主な金の流れを把握できるのは、結局のところ永島となる。

それから帳簿付けについて尋ねたが、特に不審点はなかった。傍らから久保が軽快にペンを走らせる音が聞こえてくる。いいペースだ。聴取相手が話しやすく、事務官も作業がしやすいリズムが生まれている。あとは肝心の内容ね――。

「永島さんがマル湊建設に入社された経緯をお聞かせ下さい」

しばし間があった。永島が大きく息を吸い、細く長く吐いた。

「検事さんもご存じでしょうが、十年前、私は夫を殺害し、執行猶予の身となっています。それでパート先を解雇され、職を失っていました。必死に再就職先を探しましたが、なかなか見つかりませんでした。仕方ないんです。正社員経験はありませんでしたし、犯罪者なんですから。書類を送っても断られる日が半年ほど続きました。そんな時、保護司さんに紹介されたのがマル湊建設でした」

執行猶予中の人間だけでなく、出所者の再就職も難しいのが現実だ。社会は犯歴のある人間を敬遠する。それが再犯に繋がっていく。雇う側の立場になってみれば、二の足を踏むのもわかる。かといって、面接のチャンスすらないのでは……。相川は胸裏で首を振り、思考を戻した。永島の聴取に集中しないと。

「苗字を旧姓に戻せば、仕事も見つかりやすかったんじゃないですか。籍は抜いていますよね」

パッと永島の眼差しが強くなった。

「ただの離婚なら戻しました。犯した罪を一生背負っていくため、永島の名で生きていこうと決めたんです。結果的に太一には辛い思いもさせていますが」

「なるほど。仕事がない間、お子さんの養育費はどう工面を？」

「逮捕された時から実兄の家に預けていました。仕事が見つかり、生活も落ち着いた後、兄と相談してこちらに引き取れました。その間は細々とお金を兄に送金していました」

「では、マル湊建設に入社できるとなった際、どうお感じになりましたか」

「おかげで息子とまた暮らせるようになるので、本当にありがたい、ただそれだけでした。他にも私と同じような感謝の念を抱いている社員は多いはずです」

マル湊建設はこれまでも犯歴のある若者を数人雇用しており、司法業界にとっては理解のある会社と言える。安く雇えるという面もあるのだろうけど。

永島が束の間目を閉じ、開けた。

「社長は私の恩人です。息子と暮らせているのも社長のおかげです。本当に感謝しています」

恩人——。相川は、執務机の上で組む両手に軽く力が入った。

「息子さんは大切な存在なんですね」

「はい。太一は私の生き甲斐です」

「おいくつですか」

「十五歳です。来年は高校受験です」

「これからお金がかかるでしょうね」

「ええ、覚悟しています。私立は無理かもしれませんが、大学までは何とかしてあげたいと思っています」

「失礼ですが、学業資金の目途はおたちで？」

「何とかします」

永島の声には力が宿っていた。

「これまでの教育費や生活費は、マル湊建設の給料だけで賄ってきたのですか」

「はい」

「正直にお答えください」

「しています」

「十日前、永島さんはご自身の口座に百万円を入金しましたよね」

捜査関係事項照会という各企業や役所に個人情報などを問い合わせられる手続きで、すでに当該銀行から永島の口座記録を入手している。入金の原資は何なのか。

はい、と永島が応じた。瞳からは先ほど見せた強さが消え、心持ち、声音も強張っている。

「そのお金は給与として会社から貰ったのですか」

いいえ、と短い返事だった。余計な発言はしまいという意思が窺える。

「では、どこから永島さんの手に渡ったお金でしょうか」

「言えません」

「副業されているのですか」

不定期でも水商売や風俗業に従事していれば入金の説明はつく。もしそうなら、検察の調べにも答えない心情もわかるし、今時珍しいが、手渡しで現金を受け取っているのかもしれない。

「言えません」

「私の口から永島さんがお話しになった内容が外部に漏れる心配はありません」

「申し訳ありません、言えません」

すっ、と永島はこちらを避けるように目を伏せた。いつまでも上がってきそうにない。

「永島さん、これは大事な点なんです。これまでも何度か、十万、二十万円単位で給与以外のお金を口座に入金していらっしゃいますが、それは何で得たお金でしょうか」

「言えません」

かなり硬い声だった。

昨日までに集めた情報で鳥海が組み立てた筋読みを、相川は心中でなぞった。永島は自分を拾ってくれた社長の恩に報いるため、あるいは断り切れずにヤミ献金行為の一端を担いだした。その関与の報酬《ほうしゅう》として口封じの意味もある十万、二十万円単位での現金を受け取り、口座に入金してきた。これまでの最高額は二年前の四月と昨年四月の五十万円で、それは年度初めのやや多額のヤミ献金に伴う報酬だと鳥海は踏んでいる。

そんな中、十日前の六月八日に入金されたのは百万という大金。となれば、当然何か裏で大きな動きがあるはずだ。とりわけ今年は参院選もあり、民自党県連では集金に余念がない。

鳥海の筋読みが正しいとすると、社長からの申し出を断れば、永島は会社を解雇される懸念があった。業績悪化などを理由にすれば、今時解雇なんて簡単だ。永島はまた就職先を探さなければならない。けれど、相手が少し調べれば、永島の犯歴やマル湊建設が元受刑者に好意的な企業だと判明してしまう。そこでも何かトラブルを起こしたから解雇されたのだと邪推され、新たな仕事はなかなか見つからない。息子との生活を守るために、断る余地はなかった——。

永島が頑《かたく》なな姿勢を崩さないのは、そんな見立て通りの弱い境遇にいるからにも思える。また、永島が素性《すじよう》不明の金を繰り返し受け取っていながらも、その収入を税務署に申告していない事実もある。

それから五時間、相川は永島と向き合った。

「で、結局割れなかったのかよ」

上座に座る鳥海の冷ややかな声が広い会議室に響いた。ロの字に並んだ机からは、他の検事の視線も刺さってくるようだった。中には嘲笑を浮かべる検事もいる。鳥海の腰巾着男だ。

はい、と相川は素直に応じるしかなかった。

午後八時半、専任チームの検事と副検事が、六階で最も広い会議室に集まっていた。今日の捜査結果を持ち寄るためだ。指揮官に情報を集約し、ヒラ検事は自分の仕事だけを全うするのが特捜部や特別刑事部の独自捜査における伝統的手法だが、次席の本上が嫌った。今回の一斉聴取に検事正が賛成に回ったのは、こうした情報共有会議を開くのを条件に本上も最後は賛同したかららしい。

鳥海は真顔で舌打ちした。

「言わないってのは、何かあるってことだろうがよ。相手が話さないのなら話すまで何時間でも耳元で怒鳴りつけろ、机を叩け、椅子の足を蹴って転がしちまえ」

かつては検事部屋から怒鳴り声や叫び声が漏れ続けたという。動物園さながらでしたよ、と古株の事務官からも聞いた。でも、鳥海は余りにも時代錯誤だ。数年前に大阪地検特捜部で起きた証拠改竄《かいざん》事件を契機に、特別刑事部による被疑者や被告人の取り調べは録音録画が義務化されている。加えて、まだ録音録画が任意の参考人聴取も、いずれ義務化となる方針が確定しているのだ。それなのに、そんな無茶苦茶な取り調べをしろって？ そもそも精神的に追い込んで得た自白は危うい。相手は厳しい状況から逃れたい一心から虚偽を言うケースも多く、冤罪を生みかねないし、それに恫喝《どうかつ》して情報を引き出す行為自体が情けないじゃない。最難関の国家試験を突破した者の意地はどこにあるの？

人は嘘を言える生き物だから、まずは十分に捜査し、全身を耳にして当事者らの話をよく聞くのが大切だ、と相川は信じている。そして、口を閉ざしたり誤魔化そうとしたりする者を見極め、彼らに人間としてぶつかり、本当の話をさせる。相手に信頼されなければ、不利な自白をしてくれるわけがない。情理を尽くして真相を探り出すのが、検事の職務だろう。

綺麗事に聞こえるのは否定しない。だからこそ、追い求めない限りできないはずだ。できない理由はない。父はそんな理想的な検事に出会ったのだから。

相川が中学三年の秋、突然、父が地検から呼び出しを受けた。勤務先の工場に有印私文書偽造で告訴されたのだ。

――大丈夫、何もしていない。娘からの問いかけに父は言ったが、強い不安は伝わってきた。

数日後だった。「検事はすごい、警察とは違う」と父は興奮していた。三時間近い説明でも言いたい事柄をうまく伝えられなかったのに、検事は、父が伝えたかった内容を口述して事務官に書き取らせ、あっという間に調書を作ったそうだ。父がすでに警察に事情を聞かれ、犯人という眼で見られていたのをその時に知った。

告訴は取り下げさせます、と検事は強い口調で言ったという。結局、工場側が銀行に支払い猶予を認めさせるため、父に横領の罪をなすりつけようとした、と後に判明した。

――ああいう人がいるから、俺たちは安心できるんだよなあ。

今も父の一言は忘れられない。あの一言があったから検事を志したのだ。

「いいか」鳥海が太い人差し指で苛立たしげに机を叩いた。「あの女は悪党の一味なんだよ、さっさと割れ」

「まだ決まったわけでは」

「甘いこと言ってんじゃねえッ」

相川は唇を引き結んだ。鳥海の決めつけには到底承服できないけど、確かに永島は何かを隠している。……この手で突き止めたい。今回みたいな簡単には進まない問題を一つ一つ自分が信じるやり方で解明していかないと、理想の検事には近づけない。検事になった意味もない。

「相川検事の感触は？」

見かねたのか、特別刑事部で最も若い八潮《やしお》から声が飛んできた。爆発したかのような天然パーマが印象的な風貌だ。いつも野暮ったい無地のネクタイを締めている。

「材料が乏しいので、まだ何とも。ただ、一つ確認したい件があり、明日は別の参考人に会う手筈も整えています」

すでに鳥海の許可は取っている。警察が送検した事案で検事が独自に洗い直すと、警察幹部が怒鳴り込んでくる時もある。今回は地検の独自捜査なので、警察の捜査結果に対するメンツを気にする必要もない。

「それと」と相川は鳥海に向き直った。「永島さんが副業しているかどうか、周囲を探ってはどうでしょうか。物証があれば、彼女も話さざるを得ないでしょう」

「バカ野郎ッ、ヤミ献金にまつわる金に決まってんじゃねえか。それを副業だと？それにな、ブツ読みやらなんやらがあんのに、人が割けるわけねえだろうが」

「他部から応援を回してもらう手もあります」

「んだと？　ガサはともかく、後は特刑単独で挙げんだよッ」鳥海が聞こえよがしにまた舌打ちした。「女同士の方が永島も話すと思って、お前を充《あ》てたんだ。ったく、しっかりしろ」

3

「日曜日の朝から一体何なんですか、主婦って忙しいんですよ」

永島亜美の義姉は細い眉を吊り上げ、非難がましく甲高い声をあげた。

永島の実兄が海外に長期出張中だったため、義姉を地検に呼んでいた。午前九時の出頭要請に、真っ白なワンピースに真っ赤なハイヒールという装いで来ている。センスはないのに、身に着けるものに強い関心がある性格らしい。きつい香水のニオイが相川検事室の隅々まで充満し、目に染みるほどだったが、相川は永島の義姉に深沈と対した。

いくつか簡単な質問をした後、核心を問いかけた。

「一時期預かっていた永島太一君に、今も金銭的な支援をされていますか」

「まさか。仕方ないから預かっていただけですよ」

義姉は切って捨てるように言った。愛情は毛ほども感じられない。

永島太一に実子同様の愛情を抱いたのなら、兄夫婦が永島に送金しているかもしれなかった。他に永島に金を渡すような親類は浮かんでいない。永島の実父母と祖父母は他界しているし、元夫の徹方には義母と義妹夫婦がいるが、肉親を殺されたのだから、いくら仲が良かったとはいえ、義母が援助するはずもない。

義姉は鼻の穴をぷっくりと膨らませた。

「こういっては何ですけど、太一は邪魔でした。自分の子を育てるだけで精一杯ですからね。何といっても人殺しの子供ですし、うちの子にも悪い影響が出るんじゃないかって心配で心配で。本当は預かりたくなかったんですけど、世間体もありますし、仕方なかったんです」

これで兄夫婦の送金という線が消えた。義姉の心境は正直なところだろう。太一自身は何も悪くなくとも、いざ預かる立場となったのだ。同感はできないが、理解はできる。

なおも義姉は捲くし立ててくる。

「預かっている時は、亜美さんから毎月十万円が送られてきましたけど、お金の問題じゃありませんよねえ。あの子が出ていった時は心の底からせいせいしました。太一は夜、何度も勝手に電話を使っていましたし」

「電話の相手は永島亜美さんでしょうか」

「さあ。違うんじゃないですか。太一は敬語でしたから。そんなのは問題じゃないいんです。勝手に使うのが問題なんです。一事が万事って言いますし、あの子の将来が心配になりますよねえ」

ねちっこい口調を聞き流し、相川は思考を巡らせた。永島の給与は毎月二十万円程度だ。半額を送れば、自身の生活はかなり逼迫するだろう。だからヤミ献金に加担し、現金を得ていた？

「永島亜美さんが副業されていたのか、ご存じですか」

この辺は、検察の独自捜査の弱点だと認めるしかない。提案した内偵をすっ飛ばした鳥海の捜査指揮の粗さを差し引いても、警察に勝てない。警察には人員がたっぷりいる。二十四時間態勢で監視し、とっくにこんな疑問は解消しているだろう。……弱点だろうと、何とか探り出さないと。

義姉の顔にうっすらと笑みが浮かんだ。

「副業？　風俗とか？　あら、やだ。どうしましょ」

「そんな事実は確認されていません。それに仕事に貴賤《きせん》はありませんよ」

相川は釘を刺した。

「最近は息子との会話もほとんどありません。反抗期という以外にも、きっと私の犯歴も影響しているんでしょう。私がこうして検事さんに色々と聞かれている話もしていません。するつもりもありません」

永島は静かな声で言った。今日も前回と同じで地味な装いだ。

午後一時から今日の聴取が始まっている。本題に入る前に、相川は太一について尋ねていた。話しやすい土壌を整えるためだったが、逆効果だったらしい。室内からは永島の義姉が撒き散らした香水のニオイは消えている。おかげで午前中は二時間近く窓を全開にして、湿気にまみれる羽目になったけれど。

電話が小さな音で鳴った。久保がすかさずワンコールで取る。ええ、はいと久保が低い声で応じる間、相川は永島を見ていた。うつむき加減で、膝の上で手をぎゅっと握っている。あたかも手にしているものが零れ落ちるのを恐れているかのように。

受話器を置いた久保が素早く立ち、相川の側に机を回り込んできた。耳元で囁かれた。

「鳥海部長がお呼びです」

「用件は？」

「さあ、来てほしいと仰るだけで」

相川は仕方ないので、腰を浮かした。

「永島さん、席を外します。少々お待ちください」

聴取中だと知っているのに、鳥海は何の用だろう。狭い廊下がやけに長く感じられた。

相川は木製扉をノックし、声をかけ、六階奥の特別刑事部長室に入った。ドアから二十歩ほど離れている重厚な執務机を見る。黒革の椅子に深々と座る鳥海の鋭い視線とぶつかった。相川が執務机の前に立つと、鳥海は威勢よく身を乗り出した。

「チャンス到来だぞ。永島の息子が万引きで警備員に補導された。事務官が現認してる」

万引き……？　相川は虚をつかれた。永島の携帯にも連絡が入っているだろうが、電源を切ってもらっている。昨日からガサ入れ対象外のマル湊建設関連各所も、特別刑事部の事務官が手分けして張っていた。聴取が始まると、関係者が不自然な動きを見せる場合もある。張っていた場所のひとつが永島の自宅で、息子を尾行したのだ。でも。

「チャンスとはどういう意味でしょうか」

「お前、どこまで甘ちゃんなんだ？」鳥海が目を剝いた。「これを利用して割れ」

「引き取りに行かせないのですか」

「ああ？　行きたかったら、さっさと話せばいいだけだろうが」

それって……。

鳥海の顔から表情が消えた。

「さっさと割ってこい」

部長室を出て無人の廊下を歩く間、相川は物憂さで全身が重たかった。息子の万引き。世間的には平凡な事件でも、永島にとっては一生を揺るがす大事件のはず。それを利用すれば、永島の頑なさを崩せるだろう。

立ち止まり、嵌《は》め殺しの窓から戸外に目をやった。雨は昼頃から激しくなり、一向に止む気配はない。青、白、赤紫。窓の向こうにアジサイの群生が見えた。しのつく雨にも凛《りん》と花を咲かすアジサイが、妙に胸に迫ってきた。

自室のドアを開けると、久保と目が合った。久保は鳥海から何か指示を受けたと察しているだろう。相川は頷きかけてから席にそろりと座り、永島を見た。

居住まいを正す。言わないわけにはいかない。

「永島さん、息子さんが万引きで補導されたそうです」

その瞬間、永島の顔が青くなった。目は泳ぎ、か細い体は今にも崩れ落ちそうだ。

「おそらく携帯にも連絡が入っているでしょう」

――割れ。鳥海の声が耳元で蘇る。

部屋の空気がぴたりと止まった気がした。

「永島さん」喉に力を入れる。「すぐ息子さんのもとに行かれた方がいいかと思います」

「いいんですか」

永島は驚いたように目を大きく広げた。

「構いません。改めて別の日に話をお聞かせ下さい」

すみません、と永島が弱々しく頭を下げた。

綺麗事を捨てきれない自分がいた。万引きとヤミ献金が明らかに別問題である以上、聴取には利用できない。……割ってなんぼの検事の世界では、甘い選択だと認識している。けれど、これまで信じてきて、これからも信じていきたい一念は曲げられない。割ればいいんじゃない。割り方にこだわりたい。私が目指すのは、と相川は胸の内で呟いた。その人にとっては不利な事柄をも進んで話してもらえる検事だ。そのためにはまず、この検事は客観性を保って事実を見極める人間だ、と信頼を得ねばならない。

決心できたのは、先ほど鳥海の声に別の声が覆い被さったからだった。

――ああいう人がいるから、俺たちは安心できるんだよなあ。

「久保さん、永島さんを外まで送って下さい」

小さく頷き、久保が滑らかに立ち上がった。二人が出ていくと、部屋は静寂に包まれた。

4

「相川、久保とブツ読みに回れ」

鳥海は眉間に深い皺を寄せ、突き放す調子で言った。

午後八時半の会議室には、今日も専任チームの検事と副検事が集まっている。見せしめね、と相川は唇を嚙んだ。ブツ読み――資料分析は大事な仕事だけど、配置換えには聴取担当失格の意味がある。部長室に呼び出すなど個別に処置を言い渡せたのに、こうして皆の前で言ったのだ。胸の内に口惜しさがじんわりと広がっていく。組織である以上、上司の指示は絶対だ。それを承知で永島の弱みにつけ込まないという判断をしたのも自分自身だけど……。

次、と鳥海の荒い声が飛ぶ。「社長サンはメモの件、どう言ってんだ？」

永島を帰した直後、押収書類を分析していた副検事が、経費や売上と見られる数字とともに正体不明の記号が書かれた一枚のメモを発見していた。もしかすると計算式や数字の暗号ではないのか。永島を帰していなければ、自分もメモについて尋ねられたはず……。

「心当たりはない、と。会社の金に関わるとすれば、永島さんが着服した金を隠すための、記号だろうと言っています」

「着服？　んなもん、言い逃れだろうが。だいたい着服を隠すための記号って何だよ。どんなニュアンスだったんだ」

鳥海が厳しく言い、社長担当の八潮が粛々と続ける。

「社長は永島さんについて、『更生したと頭から信じてしまい、性根を見抜けなかった私も悪いんです。社員で唯一、息子の同級生の親でもあるので目をかけていたのに裏切られ、残念です』とかなり落胆した口ぶりでした。本心なのか、言い逃れの演技なのかは摑み切れていません」

それから別の検事の報告が続き、相川は最後に鳥海の険しい声を浴びた。

「てめえのせいで捜査が遅れてんだ。ヤマが潰れたら、どうなるか覚悟しておけ」

返す言葉はなかった。昨日も嘲笑を浮かべていた検事と目が合うや、ふん、と鼻でせせら笑われた。その腰巾着検事が相川の後、永島の聴取担当になると決まった。

午後九時過ぎ、いつもより三十分ほど早く会議が終わった。――どっかの誰かが報告できねえから、早く帰れんなァ。鳥海が憎々しげに発した言葉を背中に受け、相川は会議室を最初に出ると、薄暗い廊下を足早に進んだ。目指すのは先ほどまでいた会議室とは反対側にあり、検事部屋が並ぶ一角からも少し離れた給湯室だ。冷蔵庫に入れてある板チョコを一枚ぼりぼりと食べてやろう。そうでもしないと、やりきれない。

給湯室の扉から灯《あか》りが漏れていた。誰かが消し忘れたのだろうか。

給湯室には腰巾着検事とコンビを組む四十代の男性事務官がいた。手には地検にも近い和菓子店、梅林庵の紙袋がある。

「あれ、相川検事？　もう会議は終わったんですか」

「ええ、ついさっき」

「ちょうどよかった。先ほど、特刑への差し入れにと豆大福を頂きました」事務官が紙袋から豆大福を二個取り出した。「これ、検事と久保さんの分です」

どうも、と相川は受け取る。「あの、差し入れって誰が？」

この一年半特別刑事部にいるが、差し入れなんて一度も貰っていない。

「伊勢さんです」

どうして？　それもわざわざ日曜の夜に？

「じゃあ、私は豆大福を各部屋に配ってきますので」

事務官が給湯室を忙しげに出ていく。相川は手の平にのせた豆大福を見た。伊勢が特別刑事部に差し入れ？　伊勢だって自身に向けられた鳥海の敵意に気づいているだろうに……。

相川は豆大福片手に冷蔵庫から板チョコを取り、給湯室を出た。自室に戻ると、久保が待っていた。

「これ、伊勢さんからの差し入れだそうです」

「へえ。梅林庵の豆大福ですか。いつ食べてもおいしいですよねえ」

「久保さん、私たちは明日からブツ読みに回ります」

相川が鳥海の指示を説明すると、久保は口元を引き締めた。

「永島さんは検事に感謝していました。的確なご判断だったと思います」

それから二時間、引き継ぎ資料を作成した。久保が帰宅しても、相川は部屋に残っていた。

帰宅する気が欠片も起きない。

時間が経つにつれ、自分の後任が鳥海の腰巾着検事なのが強く気になってきた。

検事が交代したからといって、永島亜美が急に話し出す見込みはない。後任は鳥海の乱暴な指示にも唯々諾々と従い、無茶苦茶な聴取を行うだろう。相川は眉根を強く揉み込んだ。これでは結果的に、私が守ろうとした信念を捻じ曲げられるも同然だ。何か手立てはないのか。一番いいのは、私が永島担当に戻ることだけど――。

たとえブツ読みで決定的な端緒を見つけても、鳥海の性格からして永島担当には返り咲けないだろう。それなら検事正に頼むのはどうか。検察も官僚組織だ。上司の指示なら、鳥海も一考せざるをえない。だめだ。検事正は一度鳥海の主張を支持した以上、鳥海が適当だと下した人員配置に口を挟もうとしないはず。そんな頑固さがある人だ。

……まだ本上がいる。本上を通じ、鳥海の翻意を引き出せないだろうか。派閥争い真っ最中なのだから、本上は鳥海に異を唱える好機を窺っているとみていい。たとえ永島を割れても、精神的に追い込んで得た供述の危うさは、鳥海を責める論拠になる。いや。直接本上に近づいても、特別刑事部にいる自分には説得できない。鳥海の差し金で、何か裏があると勘繰られてしまうのがオチだ。

差し金――。

相川は、心の中で膝を打った。豆大福だ。わざわざ伊勢が日曜の夜に差し入れにきた件と、本上と鳥海の軋轢《あつれき》を重ねると、ある絵が浮かぶ。

伊勢は本上の指示を受けて、捜査の進展具合を探りにきた。給湯室でも事務官から情報を引き出そうとしたんだ。本上は今頃、気が気じゃないのだろう。ここで鳥海が結果を出せば、自分の消極的な意見が非難の対象になる恐れが出てきて、今後の人事にも影響を及ぼしかねない。日々の報告でも鳥海はすべてを明かしていないはず。想像通りなら、こちらの立場上、食い込める余地は十分ある。

本上を動かす近道は、伊勢をてこにすること。好んで近づきたい相手じゃないけど、背に腹は代えられない。自分の理想が汚されるのは明白なのだ。それを見過ごすことに比べれば、寝業なんて何でもない。

午後十一時過ぎ。伊勢はまだいるだろうか。さすがにいないか。確かめるだけ、確かめてみようか。確認するのは検事の仕事でしょ、と自分に言い聞かす。

自室を出ると、薄暗い廊下を歩き、階段を急ぎ足で五階に降りた。同じ湊川地検内だし、狭い組織なのに、いつもいる六階以外は別組織に出向く気がする。

五階の電気はすっかり消えていた。普段は足を運ばないフロアだからなのか、誰もいないがらんとした空気がどこか薄気味悪い。踵を返しかけた時、フロアの奥に人の気配を感じた。咄嗟に振り返り、目を凝らした。暗がりには何も動きがない。

……見間違いか。相川は今度こそ踵を返した。

翌日、相川は副検事らと押収書類を入れた段ボール箱に囲まれた五十畳ほどの部屋で、紙の山と格闘した。しかし収穫はなく、午後八時からの会議にぐったりした心身を引きずって向かった。

「強情に口を開きませんが、じきに割れますよ。さんざん責め立てましたから」

腰巾着検事が得意げに発言した。頼むぞ、と鳥海が発破をかけている。予想通り私の理想が踏みつけられている、と相川は痛感した。

午後九時半に会議が終わり、自室に戻ると久保が口元を歪めた。

「永島さんの聴取、どうもひどいらしいです。威嚇《いかく》じみた大声で過去の犯歴を聞いたり、ねちねち息子の万引きを責めたり、聴取が長引けば満足な勤務ができないから解雇されるんじゃないかと言ったり」

引き継ぎも兼ね、事務官同士で情報交換しているのだろう。久保は、聴取手法に心を痛めている様子だ。相川は会議内容を簡単に説明し、ついでの雑談という体で切り出した。

「あの、伊勢さんってどんな方ですか」

つるんとした顎を久保が思慮深げにさする。

「そうですねえ、いつも地検の仕事が心にある人じゃないでしょうか」

「だから昨晩も梅林庵の差し入れをくれたんでしょうか。でも、差し入れなんて今まで一度も貰っていませんよね」

「それはまあ、うちの部長と次席の仲がありますから」

誰が考えてもそうなる。じゃあ、昨晩来たのはやっぱり。

「何時頃まで庁舎にいらっしゃるかご存じですか」

「さあ、でもどうしてです？」

「昨日の差し入れの件、できれば、顔を合わせてお礼を言いたいんですよね」

「なるほど、総務課の人間に聞いてみましょう」

久保が受話器をとって誰かと話しているのを見ながら、伊勢との話の運び方を思案した。

相川検事、と久保がもの柔らかに言う。「いつも午後十一時くらいまではいるそうです。人事の出退勤記録を調べてもらいました」

「総務課の皆さんは、いつもその時間までいらっしゃるんですか」

「部署や時期にもよりますが、今はみんな十時過ぎには帰りますよ」

周囲に誰もいない状況で切り出したい。伊勢も聞かれたくないだろう。

久保が午後十時に帰り、相川は給湯室の冷蔵庫から板チョコを取り出して空腹をしのぎ、時間をやり過ごした。念のため、午後十時半まで待った。席を立ち、自室を出ようとした時、ドアが控えめにノックされた。こんな時間に誰？　訝りつつも、どうぞ、と気のない返事をする。

ドアが開くなり、白髪が目に飛び込んできた。

「本上派が入っても構いませんか」

伊勢は口の端だけであるかなしかに笑った。

……本上派、差しずめこっちは鳥海派ね。相川は特別刑事部に所属しているだけで、鳥海派でもなんでもないのに自分がそう見られているのを知っている。

失礼します、と伊勢は参考人や被告人が座るパイプ椅子に音もたてずに座った。

「ドアの隙間から灯りが漏れているのを見て、そういえば、相川検事とよくお話しした憶えがなかったものですから。こんな時間ですが、思い切ってノックした次第です」

そんなわけないでしょ。相川は苦笑を嚙み潰した。出向く手間は省けたけど、本当は何のために来たのだろうか。ひょっとしてこちらの動きを察した？　まさかね。久保が総務課に問い合わせた際も、相川という名は出していない。

「相川検事、アレは実にくだらないですよね」

「アレというと？」

「本上派だの鳥海派だのという争いです。湊川地検は地検としては規模が大きい方ですが、何千人単位の職員がいる警察や県庁に比べれば、検事と事務官を合わせても、たった三百五十人弱の小さな組織です。皆が協力しあうべきでしょう」

「私も同感です。鳥海部長はどうお考えなんでしょうね」

あえて本上の名を出さなかった。まずは伊勢と鳥海の距離を測りたい。鳥海が伊勢につっけんどんな態度をとる場面を見ていても、伊勢自身の胸中は把握していない。次席の懐刀とはいえ、鳥海に御注進しかねないのだ。

「さあ。私は鳥海部長に嫌われていますから。毛虫でも見る目を向けられるんです。潰されないよう、近づけません」

伊勢は事務的な口調だった。やっぱり鳥海との距離は遠いと推察できる。

「本上次席の方は？」

「なにしろ次席検事にまで上り詰める方ですから」

はっきりとした答えではないけど、これが腹心としては精一杯の表現か。次席検事になったのだから検事間の競争にも勝ち抜いてきた、派閥争いも辞さない人物だ、と言外でいっている。伊勢を通じて本上を動かせば、永島担当に戻る目はありそうだ。

伊勢が内緒話でもする雰囲気で少し前屈みになった。

「身内で争う前に、地検が一丸となって闘うべき相手は他にいるんですけどね」

「というと？」

「簡単な話ですよ。悪です。それが検察、地検の仕事でしょう」

普通なら、心にあっても気恥ずかしくて口にできないほど真っ直ぐな言葉だけど、伊勢は真顔で、まったく照れも見受けられない。

「相川検事もご存じの通り、世間には、何人も次々に無差別に刺殺する人間や、自分の手は汚さず、誰かに犯罪行為をさせて何かを得る連中、誰かを騙して金を巻き上げる輩《やから》など、何の躊躇《ためら》いもなく他人を傷つける悪党が蔓延《はびこ》っています」

検事をしていれば、どうしようもない悪人に出会うケースもある。同時に、どうしてこんな善人が犯罪者になってしまったのか、と嘆きたくなる事例もある。

「確かに心がない悪党はいますね」

ただ、と伊勢がゆったりと姿勢を戻した。「検察で働いているからといって、誰もが悪と闘えるわけではありませんよね。悪と正確に相対するには、三つのSをめぐるバランス感覚が不可欠ですから」

三つのS？　相川は検事を十五年務めているが、初耳の語句だった。

「不勉強ながら、三つのSとは何を表しているのでしょうか」

「正義、親身、真相の頭文字です」

伊勢はあっさりと言った。相川の脳裏には、横浜《よこはま》地検で新人検事だった頃の出来事がありありと蘇っていた。五歳年上で気の置けない先輩男性検事との会話だった。当時の次席検事がやたら「正義」「繋がり」「愛」「仲間」といった前向きな言葉を使って鼓舞してきたので、うんざりするとつい愚痴をこぼしてしまったのだ。

――確かに、「正義」だの「希望」だの、安易に使われると嘘くさく聞こえる言葉ってあるよな。

――私たちの根性が捻《ひね》くれているだけかもしれませんけど。

――そいつは違うな。俺たちはむしろ言葉と真摯《しんし》に向き合っているから、大事に扱うべき語句を安直に使われて、拒否反応を起こしてんだよ。

いまや東京地検特捜部副部長の座にいる先輩検事の一言には深く頷けた。そういえば、この先輩検事はまさに湊川地検経験者だ。伊勢について電話で聞いてみようか……って無理か。もう年賀状のやりとりを細々と続ける程度の付き合いで何年も話していないし、特捜部の副部長は多忙で知られている。私事で時間を割いてもらうのも申し訳ない。

正義、親身、真相。伊勢が発した言葉も、私としては総じて胡散《うさん》臭さや頑迷さがぷんと鼻につく類の語句だ。でも、伊勢の乏しい表情と口ぶりのせいなのか、それらを帯びていない。

「中には」と伊勢が続ける。「青臭いことを言う人間だ、と私を嗤う方もいるでしょう。けれど、本当に青臭いのは、やたら分別臭いツラを浮かべて、物事の本質を無視し、何でもかんでも字面《じづら》や前例に準じて頭だけで賢《さか》しげに処理していく書生じみた人間だと、私は思っています。保身や栄達のために他人を踏み台にする連中よりはましでしょうが」

相川は背中にうすら寒さを覚えた。他人を辛辣《しんらつ》に批判する際、人は大抵熱っぽい口調になるのに伊勢のそれは醒めきっており、発言との落差が妙な迫力を生んでいる。返答を求められているとも思えず、相川は黙って次の言葉を待った。

「ところで、特刑の独自案件で永島亜美さんが参考人として呼ばれ、相川検事が聴取に当たったと聞いたのですが」

話題が変わっても伊勢の調子に変化はない。感情が硬直しているのか、よほどその容量が大きいのか。

「ええ。彼女をご存じなのですか」

「はい。私が刑事部の事務官時代に彼女が夫殺害容疑で送検されてきましたので。とても印象深い事件でした。検察の人間が言うべきではないんでしょうが、あの時は執行猶予がついて本当に良かったですよ」

その外見からはまるで体温を感じさせないけど、伊勢はわりに人間臭いらしい。むしろ人間臭いがゆえ、権力毒に侵されて『悪党狩り』に乗り出してしまったのか。

相川の頭の中を永島の供述調書が掠めた。あれは伊勢が作成したのだ。調書は検事の聞き取りを立会事務官がまとめる。

「それで、独自案件には永島さんが関与していそうなのですか。感触はいかがですか」

派閥争いを否定しておきながら、マル湊建設の件を探ろうとしているのか。伊勢は、どこかで配置転換を耳にし、絶好機と捉えた。永島担当を外された相川は不満分子となり、本上側になびくだろうと——。それなら、こっちも。

「本上次席は永島さんの捜査状況を気にされているんですね」

「独自案件が気にならない次席検事なんていらっしゃいませんよ」

「捜査情報を私から引き出したいんじゃないですか」

ずばっと聞いた。

「次席は関係ありません。相川さんと話すにはいい材料だっただけです」

伊勢の無表情は揺るがず、拍子抜けするほどさらりとした口ぶりだった。この方向で話を繋げる隙間もない。次の糸口は――。

「失礼しました。まだ先ほどの質問にお答えしていませんでしたね。率直に申し上げて、永島さんがバッジに絡む存在かどうかの感触は摑めませんでした」

「そうですか」

「永島さんが再び犯罪に手を染めるかどうか、元担当者としての意見を聞かせて頂けませんか」

「私の意見など無意味ですよ」

「では一般論として、伊勢さんは再犯者をどうお考えですか。全国で後を絶ちませんが」

うまく話を運べた。伊勢の『悪党狩り』に関する噂を鑑取《かんど》りたい。それは一見、常習犯や隠れた犯罪者の逮捕に至り、社会に貢献している風だけれど、どんな動機があれ、司法関係者が罪を作り出すなんてもってのほかだ。司法関係者の職分とは法で社会秩序を守ること。その守るべき対象を自分で乱しているにも等しい。『悪党狩り』が事実だと確知できれば、伊勢を動かす材料になる。卑怯な方法にも感じるけど、他に伊勢を操れる手立てが見出せない。

「そうですね」伊勢は乾いた口調で言った。「何度収監されても反省しない犯罪者はいます。いわゆる根っからの悪党です。でも、かつて犯罪に手を染めた全員を色眼鏡で見るのは違うでしょう」

「個人による、と?」

「ええ。犯歴がある人間を一括りにするのは、『日本人はこうだ』『男はこうだ』『A型はこうだ』といった乱暴な決めつけと同じですよ。犯歴の有無はその人間の値打ちを左右する要素ではありません。反省しない人がいる一方で、心から悔いて罪を一生背負う人もいます」

「どう見極めればいいのでしょうか」

「他人の頭に入れない以上、完全には見極められないでしょう。見当はつくでしょうが」

「見当をつける方法ならあるんですね。ぜひその方法を教えて下さい」

テスト、試す、罠……。そんな単語がぐるぐると相川の脳内を巡る。対象者が犯罪に手を染めやすい状況を作り、推し量る行為こそ『悪党狩り』じゃないのか。久保から聞いた話でも、小学校の元校長は伊勢の仕掛けに引っかかったらしい、とのことだった。

「検事、トマトはお好きですか」

トマト？　予期せぬ単語に、相川は束の間言葉に詰まった。

「ああ、はい。それが何か」

「妹の話なんですが、スーパーや青果店で陳列された山盛りのトマトから、色や形に規則性はないのに、ひと目でどれがおいしいのか目星をつけられたんです。どうしてそんなことが出来るのかを尋ねたら、こう言われました。幼い頃からトマトが好きでずっと見てきたからだよ、と。何事もこの一言に尽きるんじゃないでしょうか」

「悪人かどうかも見続けることで見当がつくと？」

「ええ、行動に現れますから。私も地検の一員として絶えず『見続け』を実践しています」

絶えず実践……。手始めの言質を取れた。

「どこでどうやってです？　総務課長という職は普段被疑者と接触しませんよね」

「私の言う『見続け』は直に見るばかりじゃなく、対象者の動向把握も含んでいます。もう長い間地検にいるので、私もそれなりの人脈を築いています。各方面から情報を集めるんです」

相川は一気に間合いを詰めるように声を発する。

「例えば、振り込め詐欺グループだった男や下着の窃盗犯についての？」

伊勢は何も言わず、ふっ、とどこか寂しそうに目元だけを緩ませた。

勝負質問だったのに軽くかわされてしまった。否定の言葉はないが、口を開く気配もない。

しばらく二人は黙りこくり、相川が話を再開した。

「そもそも、動向を把握する対象者をどうやって選ぶんですか」

それがわかれば、伊勢が誰を見続けているのかを逆算する手がかりになる。振り込め詐欺グループの男や下着の窃盗犯だったと割り出せるかもしれない。

「現『見続け』対象者以外の――つまり日常的に集めた雑多な情報を精査し、選ぶしかありません。また妹の話になりますが、彼女は旅行先の近くにトマト産地があれば畑に足を運び、栽培環境や風土、農家さんの手のかけ方などを聞いて回るくらい情報収集に熱心で、そこまでするかと言いたくなるほどでした。そうして得た情報を生かして、トマトを選んだからでしょうね。妹の娘、姪っ子もトマトに目がなかったんですよ」

伊勢は苦笑交じりに言うと、しかしながら、と元のポーカーフェイスに戻って続けた。

「精査せずとも、直感で一瞬にして選べる時もあります。直感は馬鹿にできません。あてずっぽうなのではなく、個人の知性と豊富な経験から物事の本質を導き出そうとした結果ですから」

「伊勢さんが現在見続けている悪党も直感で選ばれたんですか」

「ケースバイケースですかね」

標的は複数いるようだけれど、探し出すのは無理か。この返事はヒントにもならない。

「選ぶといえば、相川検事は間違った選択、判断をする方ではないと感じ入っています。さすが素晴らしい経験から検事を志した方だ、と」

父親の件については、歓迎会で話している。伊勢は本上に聞いたのだろう。……そんな憶測はいい。相川にはどうにも引っかかる点があった。当然、仕事で間違うつもりはないし、そんなの他人に言われるまでもない。検事は、ミスをしてはならない職業なのだから。

「私たち司法関係者は他人の人生を左右する立場にいる以上、判断を間違えられません。誰にでも誤りがある、と自分を甘やかせば、それこそ致命的な失敗に至る恐れがあります」

「仰る通りですね。検事も弁護士も裁判官も、皆さん、いま相川検事が言われた存念を共通認識としてお持ちなんでしょう。ですが、先ほど犯歴のある人間を色眼鏡で見ないと申し上げたのと同じで、私は、その方が法曹界の人間だからという理由では信用しません。相川検事は、悪と正確に闘うためには妥協せず、三つのSを大事にし、正しい間違いを除けば選択を誤らない方だと信じられるという趣旨で申し上げました」

「正しい間違い？　どういう意味ですか」

「間違いにも色々な種類があるのではないでしょうか」

「正当化できる間違いも存在すると？」

「人間的な間違いという意味です。正当化する理屈なんて、いくらでも後付けできますから。ヒューマンエラーという意味でもありません。正しくないとされる行動が、実は人間としては正しかったと解していい場合も、時には存在するのではないでしょうか。ひょっとすると相川検事にも、もうご経験があるかもしれませんね」

「私も経験？　にわかには思いつかないんですが、伊勢さんご自身はいかがなんです？」

「さて。機械的な、無味乾燥な間違いはしないよう日頃から心掛けているつもりですが」数秒の沈黙が流れ、伊勢がやおら立ち上がった。「お疲れのところ、遅い時間に失礼しました」

「あの」と相川は声をかけた。「いいトマトの銘柄を見つけたらお伝えします。妹さんや姪御さんにもよろしくどうぞ」

丁重な一礼が返ってきた。目元にまた寂しげな笑みを溜めたまま、伊勢は静かに出ていった。

相川は伊勢がいたパイプ椅子に視線を置いた。伊勢を動かせる決定的な言質は引き出せなかったし、何度試みても結果は同じだろう。残された手段は一つしかない。

永島の周囲を独自に探る――。得られた情報を材料に、駄目元で永島担当復帰を鳥海に直訴する以外にない。

5

永島太一の通う中学校の校長は困惑顔だった。

「CDショップ側は今回の件を裁判沙汰にしないという話でしたが、まさか方針の変更が?」

永島太一が万引きしたのは、人気女性アイドルグループのCDアルバムだ。店側とは話がついたと相川も聞いている。午前中に補導を目撃した事務官から一部始終を教えてもらった時、最近の中学生がCDを欲しがるのか、と意外だった。

「いえ。しかし、店側が心変わりする場合もあります。そうなった際に備えての下調べだと思って下さい。検察に身柄が送致されてきても不起訴処分が妥当ですが、あらかじめ根拠を摑んでおきたいんです」

永島太一が窃盗容疑で逮捕されたとしても、調べは警察が行う。検察はそこで集められた情報から判断を下す程度の事案だけれど、本当の流れは言えない。

応接室には歴代校長の写真や表彰状が飾られていた。開けっ放しの窓からは、授業でサッカーボールを追う生徒たちのはしゃぐ声が聞こえてくる。

部屋の時計は午後二時半を示していた。三十分ほど前、相川は久保たちにブツ読みを任せて地検を出た。急に歯が痛み出して、とても仕事に集中できそうにない、と言って。久保は含み笑いを浮かべていた。鳥海は今日の午後から終日外出している。動くなら今しかない。

鳥海の読みがどうあれ、永島亜美が犯罪に手を染めたとすれば、学費を含めた養育費目当てというのが本筋だろう。息子のために、お金を手に入れたい心情は理解できる。繰り返された本人入金の出所は副業かもしれないし、ヤミ献金関連かもしれない。永島亜美本人に確かめる手段がない以上、永島太一に接触するしかない。その前段階として永島太一の人間性を少しでいいから摑みたかった。

子どもから攻める方法は、鳥海の方針と根本は同じだと承知している。場合によっては、自らの手で「信頼される検事」という理想も壊しかねない。でも、手をこまねいていては、状況は悪くなる一方だろう。細心の注意を払って行動あるのみだ。

中学校は地検から電車で三駅ほど東に離れた海浜区にあり、駅からは十分ほど歩いた。運よく、学年主任で担任でもある男性教員の授業時間ではなかった。

相川は校長から担任に視線を移し、永島太一がどんな生徒かを尋ねた。

四十歳前後の担任は深い溜め息をついた。

「彼は非常に優秀です。一年生の頃から、スポーツも学業も学年トップテンに常に入っていました。生活態度も良く、何もなければ推薦でトップクラスの県立高校に入学できたでしょう。ある生徒と競い合っていたんですが」

もう推薦は出来ないのだろう。担任はゆるゆると首を振る。

「永島は厳しい家庭環境を受け止め、闘い、自分自身を築いていました。なぜこの大事な時期に万引きなどしたのか、私たちも首を傾げているんです」

「本人は何と？」

一昨日は担任も現場に赴いたと、警備員による補導を目撃した事務官から聞いている。

「欲しくなったからと繰り返すだけで。お母さんは、ひたすら頭を下げ続けていました」

「その時、永島君の様子は？」

「永島は一度もお母さんの方を見ず、ずっとうつむいていました」

相川はそれからしばらく話を聞き、授業が終わると校長と一緒に応接室を後にした。そして教室から出てきた永島太一の顔を、誰もいない物陰で目立たぬように眺めた。永島太一は背筋を伸ばし、ひとりで真っ直ぐ前を見て歩いている。

いい顔立ちだが、悲壮感にも似た鋭さが表情に滲んでいた。

梅雨の合間を縫う晴れ間が広がり、湿り気はあっても頬に心地良い風が吹いている。ぐずついた一週間分の天気を取り戻すかのようだ。空を見上げると、鳥が飛んでいた。スズメにしては大きく、鳩にしては小さな鳥。鳥を目にするのも久しぶりな気がする。平日のこの時間に外にいるのは数年ぶりだ。朝庁舎に入り、夜遅く出る。そんな日々が長い間続いている。

相川は永島太一の背中に目を戻した。機会をみて本人に声をかけるつもりだ。中学生たちが笑い声をあげて脇を通り過ぎていく。自分もつい最近まであんな制服を着ていた気がするが、いつの間にかはるか遠い昔になっている。

五分ほど歩いた時、突然、男子生徒三人が永島太一の前に立ち塞がった。彼らは素早く取り囲むと、右端の生徒がにやけ顔で永島太一を小突いた。

「犯罪者の息子って、やっぱ犯罪者なんだな」

「近所のみなさぁん、湊川第四中学校の永島太一は万引き犯です。気をつけて下さぁい。きちんと戸締りして下さぁい」

今度は左端の少年が両手を口にあててメガホン状にし、大声をあげる。真ん中の背が高くて彫りの深い顔立ちの生徒は、何も言わず成り行きに任せているが、笑い出すのを堪えているようだった。鼻や頬をぴくつかせている。

どいてくれ、と永島太一が明らかに感情を押し殺した低い声で言った。取り囲む三人は一向に動かない。

四人を遠巻きに女子生徒たちが追い抜いていく。永島って犯罪者になったんだって。やだ、幻滅なんだけど。無理もないよ、お母さんがだって――。ひそひそ声が耳に入った。今どきの中学生の多くは携帯電話を所持している。そこではもっとひどい陰口が飛び交っているのだろう。

永島太一は立ち塞がる生徒を腕で払い、毅然と歩き出した。なにすんだよ、暴力反対ッ、犯罪者の子供って乱暴だなァ。男子生徒たちが口々に喚いた。彫りの深い生徒だけは黙したまま、遠ざかる永島太一を半笑いの目で追っていた。

相川も歩みを進めた。後ろから、男子生徒たちの声が聞こえてくる。楽しそうに話し始めたのは、永島太一が盗んだCDのアイドルグループについてだ。彼らは、永島太一の存在なんてすっかり忘れたかのようだった。

十分ほど歩くと、大型マンションや立派な戸建ての合間に木造の古いアパートが見えた。外階段は錆び、元は白かっただろう壁も風雨で黒ずんでいる。

一階に紙が何枚も張ってあるドアが見えた。永島太一はそこに向かっていく。相川も近づいていくと、紙に太字マジックで書かれた汚い文字が目に飛び込んできた。

——犯罪者の子供も犯罪者。

気持ちがじめっとした。永島太一は丁寧に紙を剝がしていたが、相川の足音に気づいたのか、緩やかに振り返ってきた。

「こんにちは。先ほども僕を見ていましたよね。警察の方ですか」

大人相手にも臆せず、堂々とした物腰だった。

「ちょっと違うかな。検事ってわかる?」

「はい。司法試験を突破して、検察庁に進まれたんですよね。すごいです。あの、一昨日の万引きの件ですか」

永島太一の受け答えに怯みはない。不貞腐《ふてくさ》れて開き直った態度とも明らかに異なる。

「その件は耳にしたんだけど、違うの。だけど、どうして万引きなんか? 君はあのアイドルグループが好きなの?」

「いえ、魔が差したんです。僕は昔の海外ロックが好きなんです。ニルヴァーナとか、ストーン・ローゼズとか」

永島太一は目を逸らさずに言った。その眼差しの強さは永島亜美を彷彿させる。罪を一生背負うべく永島の名を変えなかった旨を述べた時にそっくりだ。罪に対する思いが似ているのか。……万引きの件はここで追及する一件ではない。相川はドアに視線を振り、戻した。

「嫌がらせの紙は毎日貼られているの？」

「いいえ。どうせ、さっきの連中がやったんでしょう」

「我慢強いよね。私なら殴りかかったかも」

「耐えているだけです」と永島太一は剝がしたビラを慎重な手つきで畳んだ。

「余計なお世話だろうけど、さっきの暴力うんぬんが学校で問題になったら言って。君が何もしていないと、私が証人になるから」

「検事さんが？　僕は万引き犯ですよ」

投げやりではなく、ちゃんと自分と対峙している者の口調だった。十五歳にして内面に相当強い芯があるのだろう。どんな理由で万引きしたにせよ、二度目はなさそうだ。

「君はまだ若い。十分にやり直せるよ。検事はね、許すのも仕事なの」

そう。検事は起訴するかしないかを決められる。罪の公平性という観点や、組織である以上は好き勝手に判断できず、上司を説得しなければならないけれど。

永島太一の表情が止まり、数秒あってからその口が動いた。

「もう何もされないですよ。彼らも目的は達成しただろうし。ところで、ご用は何ですか」

相川は意識的に深く息を吸った。永島亜美は、聴取されている件を太一に話さないと言っていた。ここでの言い方次第では示唆になりかねず、そうなったら、永島亜美の意志を無視する結果になってしまう。信頼される検事、という理想を自らの手で壊すようなものだ。けれどこの一歩を踏み出さないと、現状打破の糸口すら手に入れられない。それに、と相川は記憶を呼び起こした。自分の中学時代の経験がある。父親がどんな苦境にあるのか知りたかった。言い訳めいてしまうが、たとえ示唆になってしまっても、永島太一のためにはなるはずだ。

「お母さんについて聞きたいの。どんな方？」

「どうして母の話を？」

「職業上聞いておきたい事情があるとしか言えないかな」

永島太一の目の輝きがやや増した。

「母は強い人です」

相川も内心でこくりと頷いた。……私の時はもとより、今の厳しい聴取にも頑なに供述を拒み続ける面から見ても、永島亜美の意志は相当強い。

「どうしてそう思うの？」

「朝から晩まで働きっぱなしなのに一度も愚痴を聞いたことがありませんから」

朝から晩——。

「お母さんは夜も働いているの？」

「はい、一年くらい前からウチで毎晩遅くまで。昔お世話になった大学の教授から個人的に翻訳の仕事を何本も回してもらっているんだそうです。法律の専門書とかレポートとかで、一度興味本位に覗いてみたんですけど、僕にはさっぱりでした。国際法がなんたらかんたらって、母は言っていました」

一年前……。受験が迫る息子のため、新たに学費を稼ぎ始めたのだ。私立は難しいと言っていたが、それも見据えて。仕事を回しているのは、永島亜美の裁判に参考人として出廷もした、湊川大学の教授だろう。永島亜美の才能を惜しんでいるのか、厚意からなのか。どちらにしても税務署に未申告の件をあげつらうつもりはないし、これで過去一年間における十万円単位の入金は、翻訳の報酬として理解できる。

検察上層部が鳥海の特捜部長就任を危ぶむのも、もっともだ。永島太一の発言は裏を取る必要があるけど、今回みたいに目星をつけられる内偵もろくにしようともしないのだ。ただし、永島亜美の入金は翻訳の内職以前から続いているし、百万円単位の金も説明がつかない。彼女が口を閉ざし続けている点も不可解だ。やはりヤミ献金加担の報酬を得ているのだろうか。

つと永島太一の顔がきりっと引き締まった。何かを決心したように見える。相川は何度かこうした顔と向きあってきた。

「検事さん、ウチの十年前の事件をご存じですか」

ええ、と短く応じた。相手が進んで何かを話そうとしている時は、こちらは無駄な言葉も振る舞いも要らない。

「あれは僕を守るためでした」永島太一が大きく深呼吸した。「これまで誰にも話していないんですが、今でもふとした拍子にあの時に顔に降りかかった血の、黒ずんだ赤色が目の裏に蘇ってくるんです。僕にはそんな危険な血が流れています。そうわかっているから、苛ついても暴力性を律せられるんです」

危険な血、か。自分と母親を力任せに殴りつけた父親の血、自分を守るために父親を殺した母親の血――。どんな血が体に流れていても、それで暴力や犯罪が誘発されるわけじゃない。けれど、永島太一は過去や境遇から重くみているのだ。

「理由がどうあれ、自分を律せられるのは立派だよ」

検事として、一人の人間として相川は言っていた。

すっ、と永島太一の肩から力が抜けるのが見て取れた。

「あの、そろそろいいですか。期末テストの勉強をしなきゃいけないので」

「ええ、頑張って」

失礼します、と永島太一が頭を下げて部屋に入った。

相川はしばらく閉まったドアを眺めた。あの少年は最後、なぜ唐突に血の話を持ち出したのだろう。それも、誰かに話を聞かれるかもしれない玄関先で。十年前の事件については、なるべく話したくも知られたくもないだろうに……。


地検に戻ると、六階の狭い廊下を中年の男が向こうから歩いてきた。どこかで会ったような気がする。中年男の後から八潮と組む若い女性事務官が続いてきた。形式的に目礼し、二人とすれ違った。廊下は梅雨時らしく、湿ったニオイで満ちていた。

相川は押収資料を運び込んでいる部屋に入った。シャツの袖を捲りあげた久保らは今日も紙の山と格闘している。外出を詫《わ》び、現状を尋ねた。

「苦戦中です。字が書いてあるものを根こそぎ持ってきた典型的なガサなので」

久保は困った口ぶりでいて、軽やかに微笑んだ。大変さを表に出さない気遣いは、根っからの事務官気質なのだろう。

「じゃあ、気分転換に電話一本して頂けませんか」

相川は湊川大学の教授に永島亜美の副業の件を問い合わせるよう頼んだ。久保は勇んでブツ読み部屋を出ていくと、たちどころに戻ってきた。

「間違いないそうです。報酬は本一冊で二十万から十万円、レポートは数万円単位でした」

これで永島太一の話は裏付けられた。あとは百万単位の入金の正体だけど、どう明らかにしたらいいのか。とにかくここはひとまず。相川もジャケットを脱ぎ、資料の選り分けに加わった。

他のメンバーが休憩に入っても、相川は手を止めなかった。外出した分を取り返さないといけない。部屋を出たばかりの久保が、二本の冷たいペットボトルのお茶を持って戻ってきた。

「これ、どうぞ」久保は一本差し出してくると、室内には他に誰もいないのに声を潜めた。「伊勢さんとお会いになれましたか」

相川は瞬きを重ねた。……こちらの行動を尋ねてくるなんて珍しい。そうか。久保のことだ。伊勢を介して本上を動かし、永島担当に戻ろうとした私の狙いを汲み取ったのだろう。久保は、永島の聴取方法に心を痛めていた様子だった。担当に戻りたいのだ。

「空振りでした。すみません、期待に応えられなくて」

「いや」久保は顔の前で右手を細かく振った。「そんなつもりじゃないんです」

「収穫は、伊勢さんの妹さんが筋金入りのトマト好きらしいって情報だけですかね」

相川が冗談めかすと、久保が微笑んだ。

「へえ、そんな話を。トマト好きといえば、数年前に退官して鹿児島で弁護士開業された方が頭に浮かびますね。トマト好きが高じて官舎のベランダで育てた大量の実を、頂戴したんです」

「中学生の息子さんがカツアゲして、伊勢さんが辞めさせたっていうあの？」

「それは話がねじ曲がっていますね」久保が真面目な顔つきになった。「その辞めた方をAさんとしましょう。息子さんは湊川に転校してきていじめられるようになり、カツアゲを強要されていたんです。息子さんはカツアゲした小学生を探し出しては、こっそり自分の小遣いからお金を返していたそうで。Aさんは息子さんをいじめから解放するため、また、身内がカツアゲした一件から検事を続けても難しい立場に置かれることから退官を決意したんです。でも、仕事に穴をあける申し訳なさで直ちには実行できず、定期異動の希望調査まではと胸に秘めていたら、なぜか伊勢さんがそれを知って、『あとは自分が何とかするから』とすぐ郷里に戻るのを勧めたんです」

「どうして久保さんはそんな裏話をご存じなんですか」

「単なる古株ってだけですよ」

そこで他の事務官が戻ってきたので話は止まり、ほどなく各自ブツ読み作業を再開した。

「これはこれは」久保が面白がった声を上げた。「いやはやこんな歌詞カードまで押収するとは」

それは社長の自宅からの押収品で、永島太一がCDを万引きしたアイドルグループの歌詞カードだった。

午後九時、ブツ読み作業を久保たちに任せ、相川は専任チームの会議に参加した。各検事の聴取結果を聞きつつ、頭の片隅では自然と今日の出来事を反芻し始めていた。

不意に何かに手が届きそうな気がした。全身の細胞がむず痒《がゆ》くなるような、沸き立つような、自白を引き出した時に似た感覚がある。何でだろう。慌てて考え直すも、原因はおぼろげな輪郭すらも見せなかった。

単なる直感、か。直感は馬鹿にできないと伊勢は言っていたけど、何に働いたのかが不明なら、役に立たない。伊勢といえば、気になることを言われた。

正しくないとされる行動が、実は人間としては正しかったと解していい場合――。

伊勢は、私もそんな行動をした経験があると示唆した。鳥海の指示に逆らい、万引きした息子のもとに永島を向かわせた件を言ったのだろう。伊勢なら絶対耳にしている。

当の伊勢は『人間的な間違い』と口にした時、脳裏に『悪党狩り』があったんじゃないのか。今も悪人を見続けていると認めてもいる。そうならば、私とは次元が全然違う。永島亜美の執行猶予付き判決に安堵したり、息子をいじめから解放する退官を検事に促したり、伊勢にも人間臭い面があるのを知った。けれど、いくら人間臭さが転じての『悪党狩り』だろうと、同意できない。許せば、何でもありになってしまう。

検事の報告が遠く近くで聞こえていた。鳥海の強い口調での指示を、八潮がいなしている。

――永島を精神的に追い込んで自白させるため、社長から永島解雇の方針を引き出せ、いや、そう持っていけ。

――それじゃあ、自白の任意性が問われますよ。

自白。

パンッ、と平手でやにわに両頰を同時に張られた心地だった。そうだ。さっきから被告人が自白した後に似た感覚が体にある。昨日まではなかったのに、どうして？　自白を受けるような相手は……。再び今日の出来事を順番に振り返っていく。呼吸すらもどかしいほど一心に考え合わせていく。

ひょっとして――。

もう鳥海と検事たちとのやり取りは聞こえてこなかった。相川の頭はいま形作られた推測で一杯になっていた。明日は外出できる保証はない。だけど、幸い電話で確認できる。この一点さえ突破できれば……。これまでの経過をいっそう念入りに考察し始めた。

午前九時、相川は検事室で受話器を置いた。体温が上がっている。心が騒いでいる。

廊下に出た。嵌め殺しの窓からは今日も鮮やかに咲くアジサイの群生が見えた。雲の合間から一筋の綺麗な朝陽が射している。一瞬たりとも立ち止まらず、足早に進んだ。自分の足音に後押しされているみたいだった。

フロア奥にある特別刑事部長室の木製扉前に立った。日曜にこの部屋を出た時とは心持ちが大きく違う。力強くノックする。どうぞ、と鳥海の無愛想な声が中からした。

重い扉を開けると、鳥海が執務机での書類作業から顔を上げ、疎《うと》ましげに眉を寄せた。相川は構わずに進み、執務机の前に立った。

「お願いに上がりました」

「ああ？」

「もう一度、今日午後一番から予定されている永島亜美の聴取を私にやらせて下さい。割れます。いえ。私にしか割れません」

6

「永島さん、話を聞く検事がころころ替わってすみません」聴取開始と同時に相川は詫び、久保を見た。「しばらくメモはとらなくて結構です」

　午後一時を過ぎていた。検事室には三人の息が重なっている。久保が手にしていたボールペンを静かに置くと、相川は今日も地味な身なりの永島亜美に向き直った。

「息子さんと色々と話し合われたと思いますが、万引きした理由は聞けましたか」

「ええ。魔が差したと」

「同感して頂けるでしょうが、それは嘘ですよ。県内一の高校への推薦を得るのに、今がとても大事な時期だと息子さんは認識しているはずです」

　永島の瞳が大きく揺れた。しっかりと見返す。

「私の推論をお聞き下さい。息子さんの万引きには、前提があったんです。あなたが警察や検察に聴取されていると彼が知っていた、という前提です」

　永島は絶句している。なぜ、どうして、どういう意味……と脳内は疑問符で一杯だろう。私との接触後、太一は母親に確かめているかもしれない。が、万引きの段階では永島亜美は検察に呼び出された件を息子に話していない。

「誰かから聞いたのでしょう。警察や検察が永島さんを聴取している、と」

　永島宅に出向いた際、太一がまず警察かどうかを尋ねてきた点と、検察だと名乗っても動じなかった様子が根拠だ。あらかじめ聞いていないと、あの落ち着きは説明できない。

相川は、なおも表情を強張らせる永島を注意深く見つめ続けた。

「おそらくそれは同級生から聞いたんです。さらにその生徒から息子さんは興味もないCDを万引きするよう、指示を受けたんです」

マル湊建設社長の息子――。地検ですれ違ったマル湊建設の社長について、会ったことも写真を目にした憶えもないのに見憶えがあった。昨晩の会議中、改めてなぜかと自問すると、思考が弾けたのだ。太一を囲み、自分では何もしなかった背の高い生徒に顔がよく似ていた、と。そして下校途中の小競り合いやドアに貼られたビラと結びついた。あの三人が罪をでっち上げるのなら相談してほしいと伝えると、永島太一はこう答えた。

――彼らも目的は達成しただろうし。

今日の午前中、太一の担任に問い合わせた。案の定、マル湊建設社長の息子が太一と推薦を争っていた。もし読み通りなら、と昨晩から吟味していた線がある。

父が検察に呼ばれた時の実体験からの推測だ。あの時、父は何も言わなかったが、それとない雰囲気から私は何があったのかを尋ねている。マル湊建設の息子も私同様、何が起こっているのかを聞いていたら？　社長の返事は、担当検事の八潮への受け答えを鑑《かんが》みれば予想がつく。

　――社員が横領した件でな、お前の同級生の親だよ。

　その一言で社長の息子は太一を蹴落とせる絶好機だと捉え、実行したのではないのか。お前が万引きしたら親父に言って告訴を取り下げさせるよ、とでも言って。久保が押収物から見つけたアイドルグループの歌詞カードが間接証拠だ。太一は件のアイドルグループに興味がない一方、囲んだ生徒たちは楽しそうに話していた。この筋読みの確度は高いはずだけど、本人たちに質していないため、鳥海に伝えておらず、ここでも口に出せない。社長の供述を永島に教える流れになってしまう。

「太一君はあなたのために万引きしたんです。あなたを何としても助けたいんです」

　相川は筋読みの結論だけを述べた。

　どうしてそんな、と永島がか細く呟いた。……その通りだ。太一には嫌がらせを克服してきた精神力がある。社長の息子が何を言おうと、もし実際に母親が横領していれば相手は告訴を取り下げるわけがないと理解できる明晰さもある。それに、いくら親でも普通は自分の将来を捨ててまでは助けようとしないだろう。太一の行動と中身の間に深い溝がある。つまり、その溝を飛び越えるだけの理由が、太一にはあった。確実に会ったと知られるけど、ここはぶつける。

「彼は」相川は声を強くした。「今も十年前に顔に降りかかった血の色が、ふとした拍子に目の裏に蘇ってくるそうです」

永島が張り裂けんばかりに目を見開いた。

相川は太一の引き締まった表情を思い返した。あれは——。

自白だったのだ。

永島の夫は背面から四ヵ所を刺された。いずれも正面の皮膚から刃物が突き出た傷はない以上、血は背中側からしか流れない。夫が見下ろす恰好で太一を足蹴にする最中に永島亜美が襲いかかったのなら、その血は太一の顔に降りかからない。では、どんな状況でなら太一の顔に血が降りかかるのか。

もちろん記憶が見聞きした経験に上書きされ、変化したという見通しも成り立つ。しかし当時の調書によると、包丁は台所に出しっ放しだった。太一が電気スイッチに届くよう踏み台も購入されている。踏み台を使えば、太一も包丁を手にできた。子どもの腕力は侮れないし、太一は小学校低学年に混ざっても相撲で負けない筋力を持っていた。顔や体についた血も、永島が抱き締めた時についたとでも言えばいい。

太一が言った、危険な血……。

彼の中では十年前に立証されていた。だからこそ、周囲に何を言われても耐えられる強靭さを築いた。彼は刑罰に問われずとも、十分に罪を意識して生きていると言えよう。

そんな彼にとって、盾となり続けてくれる母親の存在は大きかった。人生を懸けて助けてくれた母親を、今度は自分が救う番。そう心を固めた太一は、母親の犯歴が疑いを強めてしまうと思い至った。十年前の犯人は母親ではない、公平な目で見てほしい。強い訴えを込めつつも、母親の気持ちを知るだけに、あからさまには言えず、あれがぎりぎりの発言だった――。

いわば太一は、検事に自分が父親を殺したと仄《ほの》めかしたのだ。彼にとってみれば一生を左右する賭けにも等しい。ゆえに、玄関先での発言だった。誰に聞かれても構わないという、罪を背負う覚悟の表れだ。

永島亜美の視線は逸れていかない。むしろ逸らせない気配がある。十年前の真相を知られたと悟ったの？　……だったら、と相川は自分の視線に願いにも似た思いを乗せた。

太一君の勇気を踏みにじる気ですか。十年間の努力を無駄にするつもりですか。これからの生活を棒に振るんですか。

当時ありのままを永島が話しても、太一は罪に問われなかっただろう。しかし幼児が殺人犯というニュース性から大きく報道され、太一の将来は傷ついたはずだ。十年前ならすでにネット社会となっており、ひとたび名前が漏れ出てしまえば、取り返しがつかなくなる。永島の選択を責めようとはさらさら思わない。当然の親心だ。それだけに、今を、将来を大事にしてほしい。

「永島さんが口座に入金していたお金の話を聞かせて下さい。給与、副業の翻訳以外で手に入れたお金です」

永島に送金する理由がある人物が一人だけいる。話してほしい。さもないと、推測、いや真相をこちらが切り出さねばならない。それも永島母子が秘してきた出来事を根こそぎ掘り返し、言い逃れできない状況を作ってから……。永島が話してくれれば、まだ送金相手への裏取りだけで終えられる。

この繊細な聴取を、他の検事には任せられなかった。殺人は殺人だけれど、永島母子は罪を十分に背負っている。そんな彼らを最も知る検事は自分だ。鳥海に啖呵を切り、何とかこの場を設けられた。ラストチャンスだろう。ここで割れなければ、いずれ専任チームの誰かが真相に感づき、二人の過去は暴かれる。この母子をもう苦しめたくない。苦しむ必要もない。

足踏みしたくなるほど、じれったい沈黙が過ぎていく。永島が華奢な体を引き攣らせるように息を吸った。

話して。相川は強く願った。永島の唇が微妙に動く。話して。再度、胸の内で相川は祈りを込めて声をかける。

つと永島亜美の顔がきりっと引き締まった。ちょうど自白する直前の太一みたいに。

……あのお金は、と芯の太い声が漏れてきた。

「義理の母からです。最近頂いた百万円は来たる太一の入学金などに使って、と。もう何年も十万円単位のお金をほぼ毎月頂いています。ですが、向こうには娘さんもいます。お互い誰にも言わない約束でした。ただしお金を頂くたび、太一には電話で礼を言わせています」

予想通りだった。

義母は、息子・徹の暴力で孫が人殺しとなり、永島が罪を被った真相をどこかで推断した。あるいは永島自身が明かした——。

調書で永島は、夫の所業を誰にも相談できなかったと述べる一方、義母が実母のようだったとも語っている。実母同然なら暴力を振るう夫について相談できる。また、夫の籍から離れたのに『義理の母』と言う以上、かなり深い信頼関係が二人にはある。これも永島亜美が姓を変えない訳なのだ。犯行の背景を知る義母は二人のために出来る行動を考えた。それが何年も繰り返されてきた入金の正体だった。

永島が、義母からの入金を誰にも明かさなかった理由もわかる。いくら永島徹にも非があり、孫のためとはいえ、息子を殺した人間に金を渡していると知られれば、身内で問題視されるだろう義母の立場や心情を慮ったからだ。義母の入金が止められれば、途端に生活も苦しくなる。

こういった諸々の事情はどうあれ、永島は人として太一に礼だけはさせた。永島亜美の義姉が言っていた太一の電話相手は祖母だったのだ。

「副業の翻訳について仰らなかったのはなぜですか」

「仕事を頂いている先生にご迷惑をおかけする懸念があったからです。検事さんに事実かどうかを聞かれた際、『数年前から頼んでいる』と庇ってくれる気がしたんです。その優しさはいずれ先生を不利な立場に追い込みかねません。だから何も言いませんでした」

「そうですか。いずれにしても、お義母様《かあ》には今の送金のお話を確かめなければなりません。もちろん、その件を私たちは漏らしません。ご安心下さい」

永島が細い肩を震わせた。彼女が押し隠し続けた、十年分の重たい緊張が音を立てて崩れていくようだった。相川は永島をじっと見たまま、落ち着くのを待った。

五分ほどして、永島がおもむろに背筋を伸ばした。

「相川さん、一つ教えて下さい。太一にお会いになったんですよね」

なじる口調ではなく、むしろ柔らかかった。

「ええ。どうしても知りたい件があって。その際、息子さんに血の話を伺いました。

私の訪問は、息子さんからお聞きに？」

「いえ。太一は何も言ってきていません」

「では、どうして？」

「あの子、『司法試験を受けたいから、まず大学に行かせて下さい。ご迷惑をかけますが、よろしくお願いします』と急に改まってきたんです。『自分に不都合なことでも話してもらえる信頼感溢れる検事になりたいから』って。太一には十年前に顔に降りかかった血の色が目の裏に蘇る時がある、と相川さんに伺った際、そういう背景だったのかと」

永島が目元を緩めた。

「私は相川さんだから安心して明かせました。この人なら大丈夫だと心から信じられたんです。きっと太一も直感的にそう思ったんです」

直感、か。特別な言葉は何も発していない。それでも太一がそう感じてくれたのなら嬉しい。

永島亜美と久保が部屋を出ていくと、相川はそっと目を閉じた。

十年前の殺人事件の調書を作ったのは伊勢だ。当時、伊勢はことの真相を見抜いた。太一も包丁を手にでき、刺せる力もあった点は調書でも読み取れる。担当検事の考えが及ばなくても、伊勢なら気づく。間近で供述を見聞きしていたんだし、太一の示唆があったとはいえ、十年後に私が辿り着くほどだ。

太一は血の記憶について初めて口にしたと言った。すなわち伊勢は確認すべき点を確認していない。それこそ伊勢が見抜いていた何よりの証拠になる。

母親が口止めしていても、当時の太一は五歳児。尋ねれば、たとえ口を噤《つぐ》んでも態度が何かを物語ってしまう。検察側はあの手この手で、それをこじ開けようとし、五歳児が秘密を隠し通すのは不可能だ。だから、伊勢は永島亜美の筋書きで良いとした。それが伊勢の言う『正しくないとされる行動が、実は人間としては正しかったと解していい場合』の正体だ。しかも調書には、情状酌量の一要素となる義母への思いを最後に書き加えている。永島が実刑にはならないと見通していたはずだが、ダメを押した形だ。

伊勢にうまく操られた……。

取り調べを受けたり逮捕されたりすれば、秘した過去まで表に出る恐れが高い永島が、裏金作りという危うい行為に与《くみ》するわけがないと伊勢は知っていた。だから永島担当を引き継いだ検事の無茶な取り調べを知った夜、この部屋に来た。あの前日に私が五階に行った際、フロアの暗がりに伊勢はいたのだ。伊勢は、永島聴取に戻ろうとするこちらの魂胆を読み取った。その上で、永島周辺を探るしかない状況に私を追い込んだ。鳥海の筋読みが間違っていると悟らせるために。相川は細く長い息を吐いた。

法律的には永島の身代わり行為も、伊勢の十年前の判断も許される話ではない。もとより、今回私が察しながら見逃したことも。

でも、永島亜美は私を頼り、真相を語ってくれた。それは私が永島母子に対し、肩入れや同情ではなく、平等な目線で親身になり、ぶつかったからだと言える。

正義とは一体……。

――ああいう人がいるから、俺たちは安心できるんだよなあ。

目を細めていた父の顔が、ふっと瞼の裏に浮かんだ。

相川はゆっくりと目を開いた。背中の窓から射し込んだ六月の強い陽が、見慣れた検事室に満ちていた。

証拠紛失

1

三好正一《みよししょういち》は真意を計りかねていた。ガラストップのローテーブルを挟み、向かい側のソファーに座る伊勢雅行はいつもと変わらず無表情でいる。

どうして俺が……？

すっ、と脳裏に伊勢の異名が浮かんできた。

エス――S。

記者たちが呼ぶシロヌシというあだ名、さらには総務課長をローマ字表記した時の頭文字であるエス。そしてスパイじみた噂からくる、警察用語でそれを表すエス。Sの一文字には様々な意味が含まれている。

伊勢が軽く頷きかけてきた。

「業務の調整は私がしておきますので」

引き受ける以外の選択肢はないらしい、と三好は内心で独りごちた。

十分ほど前、三好に内線が入った。液晶モニターに表示された番号に我が目を疑った。次席検事室からだったのだ。自分はただの事務官、それも現在は検事と直接関わらない総務課員であり、地検ナンバーツーからの内線などあるはずがない。少なくとも総務課に配属されて三年、三好に経験はなかった。訝《いぶか》りつつも受話器をとると、伊勢の平板な声が返ってきた。

「三好さん、今すぐこちらにいらして下さい」

何の用かは定かでないが、伊勢は直属の上司だ。あの男なら、部下の業務も細かく把握している。従うしかない状況だと知った上での内線なのは間違いない。伊勢は部下にも折り目正しい言葉遣いをするが、それがまた得体の知れなさを強めていた。

まさか――。

三好は気持ちを鎮めようと、ゆっくりと受話器を置いた。

次席検事室のある七階は総務課が入る五階とは違い、しんと静かだった。右手には会議室が並び、左手には無機質な壁が続いている。このフロアの最も奥に検事正室があり、次席検事室はその手前に位置している。湊川地検における殿上人《てんじょうびと》が集う最上階。自分は明らかに場違いだ。硬質な空間に三好の足音だけが響いた。

誰とも会わず、次席検事室に着いた。厳《いか》めしい観音開きの木製ドアの前に立ち、一つ呼吸を置いてからノックする。必要以上に大きな音が鳴ったようだった。

入ってくれ、と中から本上のざっくばらんな返事があった。三好は腹に力を込め、押し開けると、かなり広い空間が目の前に広がっていた。

「どうぞこちらへ」

左奥から、棒読みじみた伊勢の声が飛んできた。伊勢は一面ミラーガラス張りの窓際に置かれたソファーセットに次席の本上と並んで座り、大部分の事務官は一生踏み入れる機会もない次席検事室にいるのにも慣れた様子だった。

二十二歳で入庁して十八年、三好には初めての次席検事室だった。執務机や黒革の椅子は威圧的なほど重厚で、深紅色の絨毯は毛足が長い。湊川市内を描いたとみられる風景画が壁に飾られている以外に装飾品はなく、殺風景だが、七月下旬の強い陽が入る窓からは湊川市内が一望できた。高層ビルに家々、大桟橋倉庫街、海にはタンカーが数隻浮かんでいる。

失礼します、と三好は本上の正面に腰を下ろした。

さて、と本上が落ち着いた声を発する。「早速だが、頼みがある。伊勢、説明を」

頼みがあると言いながらも、その説明は伊勢にさせる。二人の関係性が窺えるな、と三好は思った。

「では」と伊勢が気負う素振りもなく話を引き取る。「現在、特別刑事部では三好さんもご承知の通り、独自案件を扱っています」

県一区選出の衆議院議員で現厚生労働大臣、次の民自党党大会では総裁就任が確実と昨夏から言われている、吉村泰二へのヤミ献金疑惑だ。

政治家個人への企業献金は政治資金規正法で禁止されているが、民間企業から吉村本人に金が渡っていると特別刑事部は読んだらしい。先月には関係先と見られる社員五十人ほどの建設会社、マル湊建設の社長らが聴取され、関係書類も大量に押収されている。三好も押収に参加した。書類の押収――ガサ入れは事務官の仕事だが、特別刑事部所属の事務官だけではとても手が足りない。独自案件のそれには大抵、他部署の応援も入るのだ。

件の専従捜査班に加われとの指示だろうか。十日ほど前、特別刑事部の検事が一人、東京地検特捜部への応援に出ている。手は足りないだろう。しかしそれなら次席検事室に呼ばずとも指示できるが……。

「マル湊建設本社の社長席で押収した書類から、あるメモが発見されました。経費や売上と見られる数字とともに、パッと見ではわからないよう、記号を使って裏金を生み出す計算式が書かれていたんです」

「社長は計算式の用途を認めたのですか」

思わず尋ねていた。裏金の解明は資料分析だけでは難しい。はじめから帳簿に記録を残さない種類の金だからだ。計算式や数字が書いてあったとしても言い逃れはできるので、自供は絶対に必要になる。

「五日ほど前に割れました。出張費や物品購入費、工事代金などを計算式に当てはめて水増し額を弾き出し、百万で出来る工事を百二十万で請け負うといった要領で裏金を作っていたそうです。その裏金をヤミ献金に使ったことも認めています。特刑ではマル湊建設社長を突破口にし、バッジまで辿り着きたい意向です」

バッジ——。国会議員、つまりここでは吉村を指している。伊勢は間を置いた。随分と重たい間だった。

「この段階で、マル湊建設社長を政治資金規正法違反で逮捕、起訴するか否か、その方針を決める会議が明後日の午後三時からあります。出席するのは検事正、次席、特刑部長、主任検事です」

重要な会議となるだろう。だが、なぜこんな仔細を聞かされているのか。三好の疑問を汲み取ったかのごとく、伊勢が粛々と続ける。

「ここまでは、お願いする案件の重要さを理解して頂くための前段階です」ただでさえ動きの乏しい伊勢の表情が、より一層なくなった。「昨日、計算式が書かれたメモの紛失が発覚しました」

な……。供述はむろんだが、それを支える物証も欠かせない。先ほどの話を聞く限り、メモは裏金作りの肝と言え、最も大事な物証になる。それが紛失？

湊川地検では地下一階の保管倉庫に証拠が収められている。平日は証拠係の事務官が倉庫前の受付に常駐し、夜間休日は施錠される。倉庫に出入りする事務官と係が行う証拠のやり取りも記録に残る。また、検事が自室での証拠検討を終えれば倉庫に戻す決まりになっており、それは徹底されているはずだ。ましてや今回は特別刑事部の独自案件。特刑の担当事務官はとりわけ扱いに注意する局面と言える。

「三好さん」伊勢が淡々と言った。「紛失したメモを明後日の会議までに探し出して下さい。探索の責任者となってもらいます。私はオブザーバー的な立場になります」

……どうして俺なのか。三好はまた胸の内で問うていた。いっそ、聞いてみるか。

「なぜ、私なのでしょうか」

「三好さんは優秀ですから」

伊勢はこともなげに言った。自分が指名された理由は、つまびらかになりそうもない。ならば、せめて確かめておきたい。

「なぜそれを次席が？」

特別刑事部の案件なのだから、特別刑事部長の鳥海からの指示が筋だろう。

本上が重々しく腕を組んだ。

「鳥海は計算式の書かれたメモがなくても、他の証拠と自供がある以上は起訴できると息巻いている。おそらく検事正も賛成に回るだろう」

そういうわけか、と三好は納得した。今回の一連の捜査は、本上が発端となる聴取を時期尚早だと諫《いさ》めた一方、鳥海が地検トップの検事正を味方につけて押し切ったと聞いている。本上と鳥海は同期のライバルだ。本上は、ここで自分の意志を示したいのだろう。

「取り調べの録画を見たところ、少々問題もあってな。弁護側から開示請求されれば、公判で公開するしかない。そうなれば、必ず公判は紛糾《ふんきゅう》する」

「しかし、マル湊建設の社長は裏金もヤミ献金も認めているんですよね」

「だとしても、相手側にやり手の弁護士が就くのは明らかだ。水も漏らさぬ手配が求められているのに、鳥海の奴は」

本上は腕を組んだまま、どかっと背もたれに寄り掛かった。

「いずれにせよ、逮捕、起訴するには計算式のメモが欠かせん。明後日も、それがあった上で討議すべきだ」

「バッジ側の聴取はどうなっているんですか」

「それを話し合う会議でもある」

含みのある言い方だった。数秒の沈黙が過ぎ、本上の声に心持ち力が入った。

「この事件で狙う着地点はわかるか」

「おそらくは」

「言ってみろ」

試されているのか。

「その前に、マル湊建設社長のヤミ献金の総額はいくらでしょうか」

「ここ三年で五百万というところかな」

「なるほど。では、入り口が献金側の政治資金規正法違反でも、最終的には吉村側を含めた贈収賄まで持っていきたい思惑かと」

本上が目を微かに細めた。

「なぜ、そう思う？」

「ヤミ献金はもともと『存在しない』とされる行為ですから、確かな証拠や証言がない限り、受領側は何とでも言い逃れられます。加えて、いくら『ヤミ』の献金受領でも、政治資金規正法での処罰理由は寄付事実を収支報告書に記さなかった不備に過ぎません。政治資金である以上は賄賂ではない、腐った金ではないという理屈です。つまりはヤミ献金が億単位でもない限り、捜査対象が実務担当者であっても検察が動くほどの法的価値を政治資金規正法が持っていないと言え、ましてや政権与党の次期総裁候補、いわば首相候補を立件するには無理があります」

「君は政治資金規正法のあり方をどう捉えている？」

「いち有権者としては、百万でも十万でもヤミ献金を許したくない気持ちはあります。ただ検察組織の一員としては意見が異なります。検察が動けば政治家生命を左右しますし、場合によってはそれを奪います。従って、たとえば人の命が失われた現実か、失われる恐れなどがない限り、少額のヤミ献金くらいで手を出すべきではありません」

「なぜだね」

「政治の駆け引きに司法が利用されかねないからです。実例もあります。数年前、野党党首の公設秘書が政治資金収支報告書に千五百万円の記載漏れをした政治資金規正法違反で東京地検に逮捕、起訴された件です。結局秘書は不起訴になり、不記載を指示したとされる野党党首も議席は確保していますが、もはや政界にいるだけの存在です。与野党を図太く渡り歩いてキングメーカーとして君臨した権勢は、いまや露ほどもありません。検察が政治家生命を左右したと言えるでしょう」

当時の東京地検特捜部による野党党首への捜査には現在、政府の意思に沿って行われた『国策捜査』という不名誉なレッテルが貼られている。

「ふむ。それで贈収賄だと？」

「はい。贈収賄は『腐った金』のやり取りですから、数十万円単位の授受でも検察が動き、処罰すべき法的価値を持ちます。しかし今回、先ほど伺った限りの供述では贈賄とは言えません。そこで社長の身柄を確保し、徹底的に取り調べたい意向かと思いました」

贈賄の線を固めて海千山千の吉村を言い逃れできない状況に追いこみ、収賄に持ち込む――その勝算も、明後日の会議で議論されるのだろう。

「ご明察だ」

「では、やはりまだ見返りの供述を引き出せていないのですね」

「ああ。聴取を続けているが、吉報はない。傍証ならあるんだ。マル湊建設は小さいながらも県内の公共工事で大手ゼネコンからの指名が切れない。他社と比べると指名が八割ほど多くてな。口利きがあるとしか思えん」

いまだ政治家は公共事業に口を出してくる。その見返りは金であったり、選挙協力であったりする。つい数年前も菓子折に隠された現金を秘書が受け取るという、嘘のような前時代的手法で建設会社からの賄賂受領を問われた大臣もいたが、そんな間抜けな例は稀で、口利きの実態解明は難しいのが現実だ。

本上が満足そうに頷いた。

「よく勉強しているな。副検事や特任検事になる気は？」

「まったくありません。湊川から離れたくないので」

「三好さんには」と伊勢が滑らかに割って入ってきた。「ご家族の事情がありますので」

「どっかでも似た話を聞いたな。なあ、伊勢」

伊勢は何も言わないが、本上は気に障った気配もなく、腕を解いて身を起こした。

「弁護士の道もあるぞ。君には司法のセンスがある。このまま事務官で終わるのは惜しい」

「弁護士にはなりたくありませんので。昔から好きになれないんです」

「ふうん、そうか。まあ、今回の捜索の意義を理解してくれただけで十分だ。安心して任せられる。伊勢、いい職員だ」

「ええ、三好さんは実に優秀です」

事務的な口調に、今日もどこか遠くを見ていると思しき眼差しの伊勢からは何の感情も読み取れない。この男は何を考えているのか。……業務を達成するだけだ。

「伊勢さん、紛失発覚が昨日だったら、すでにメモを探し始めているんですね」

「ええ。証拠係を呼び出した上で、特別刑事部の事務官十人で地下倉庫や担当検事室、特別刑事部のフロアなどを今日の午前中いっぱいまでかけて。ですが、見つかっていません」

そんな動きがあったとは知らなかった。捜索の噂も漏れてきていない。捜索班は外野の職員に愚痴をこぼす暇もなかったのだろう。もう午後一時半。午前中までの捜索結果を受け、自分にこの指示が来た成り行きか。

「三好さんは関係者の聞き取りをお願いします」

「一人で、ですか」

「ええ。人員がいません。日常業務もありますので。それに三好さんは供述から細かな点を分析する能力があると聞いていますから、うってつけかと」

ほう、と本上が声を上げる。三好は我が事ながら初耳だった。感じた経験もない。

「誰からの話ですか」

「かつて三好さんと組んだ検事からです」

伊勢は、続けて証拠メモを出し入れした証拠係、担当検事と事務官の名前、これまでの調査状況を告げてきた。なぜアンタが責任者となってやらない？　三好は言いたかった。十人がかりで一晩以上かけて探しても見つからないものが、簡単に出てくるわけがない。それを三日以内、いや正確に言えばあと二日と少し……。

そうか――。三好は、同期が地検を辞めていった五年前を想起した。その男は総務課員でありながらも、公判部や刑事部に頻繁に顔を出し、現業部門と管理部門との橋渡し役を自任していた。入庁当時から三好とは仲が良かった。

当時、湊川地検は求刑を大きく下回る判決――『問題判決』を連発されていた。その相手方はいつも、元裁判官のトップが約三十名の弁護士を率いる、県内最大の秋元法律事務所だった。そこで伊勢は、刑事部と公判部にも顔が利く件《くだん》の同期に特命調査を命じる。

――一ヵ月以内に、地検内にいる秋元の細胞を突き止めて下さい。口外無用です。

伊勢は検察側の捜査情報が秋元側に漏れている、と睨んだのだ。三好は、自分たち以外はいない夜中の庁舎廊下で、苦笑いを浮かべた同期に伊勢とのやり取りを明かされた。

――口外無用の特命なんだろ？　俺に話していいのか。

――三好は喋らないし、細胞じゃねえさ。愚痴を言う相手が一人くらいほしいんだよ。

期限の一ヵ月が経っても同期は細胞を洗い出せず、公判で秋元側に負け続ける状況も変わらなかった。同期は総務課から県西部の地検支部に異動になった。伊勢が、特命に失敗した同期を地検本庁から追放した、と三好は踏んだ。

が、それから秋元側に負ける件数が劇的に減った。三好は引っかかりを覚えた。伊勢は、件の同期が秋元の細胞だと目星をつけ、一ヵ月をかけて敵かどうか見極めたのではないのか、と。

ほどなく同期は退職する。最後の出勤日、地検本庁に挨拶回りに来た同期に三好は質した。

――お前が秋元の細胞だったのか。

——さて。じゃあな。

同期は現在、秋元法律事務所に勤めている。あれっきり音信不通だ。

伊勢が同期に特命を課した真意は定かでない。確かめられもしない。秘密裏の特命を話していたと知られれば、秋元の細胞だと勘繰《かんぐ》られかねないからだ。

三好はかえって覚悟が定まった。同期の時とは違い、こちらの立ち位置を量れる特命ではないが、伊勢の目的は同じだろう。失敗させて俺を追放するため、難しい業務を与えてきたのだ。

どうやら気づかれた。

俺が反伊勢派、それもエス——スパイだという事実に。

2

証拠係の白倉麻代《しろくらあさよ》は青白い顔をしていた。白倉は三好にとって二年先輩の事務官だ。目が大きくて鼻筋が通り、肌つやも良い細面を見る限り、普段はとても年上には思えない。しかし今日は違った。全身から疲労が滲み出ている。

倉庫の受付脇にある合板デスクセットで顔を合わせていた。

「どうして三好君が？」

「伊勢さんの指示ですよ」

ああ、と白倉が生返事をする。

証拠を管理する地下倉庫は、甘酸っぱい独特のニオイが立ち込めていた。三好は入庁当時の研修で、倉庫に眠る証拠の品々を見た。書類だけではなく、拳銃、日本刀、血痕のついた衣類、動物の剝製《はくせい》など様々だった。証拠は段ボール箱や紙袋、ジュラルミンケースに入れられているが、自然とそれらのニオイが混じり合う。

ここで保管されている証拠は優に三万点を超える。その出し入れを、たった三人の証拠係が行っている。専用パソコンで管理棚番号を調べ、事務官の要求に応じた証拠をその都度保管場所から取り出し、返却されたら同じ場所に戻す仕組みだ。

「もう何度も説明されたでしょうが、私にもいきさつを教えて下さい」

「警察の取り調べって、こんな風なんだろうね」

白倉が疲れきった声で言い、語り出した。三好は黙って聞きながら、話を要約していく。

二週間ほど前、特別刑事部の立会事務官が問題の証拠書類を取りにきて、定められた手順で白倉は渡し、当日の夕方に返却されたのだという。当該メモはA4用紙一枚で、関連性の高い書類とともに『証拠物甲0164076 5号』としてクリアファイルで一括保管されており、そのクリアファイルごとの受け渡しだったそうだ。

そして昨日の午後四時、同じ事務官が証拠を取りにきて、やはり白倉が渡した。すると、事務官が血相を変えて戻ってきて、計算式の書かれたメモだけがなくなっていると告げた。返却から昨日までの間、記録上では当該証拠は地下倉庫から出ていない。

「受け渡しの際、中身を確認しなかったんですか」

「本当はしなきゃいけないんだけど、そんな大事な証拠だなんて知らなかったし、一日に取り扱う量は多いし、今回の証拠は一式一組で管理しているから。第一、立会事務官が心して管理しているはずでしょ？　でも、あの子が立会事務官だったから気をつければ良かったのは確かね。仕事に来てんだか、なんだかって子だもん」

白倉が非難がましく眉を寄せる。三好は適当に頷き、当該メモの入った『証拠物甲０１６４０７６５号』の目録を見せてもらった。全五十四枚の書類との記載がある。

「地下倉庫は夜間休日、鍵がかかっていますよね」

何気なく口に出した自分の言葉に、三好はハッとした。伊勢は紛失と言っているが、盗まれた恐れもある。そうならば、吉村の息がかかった者の内部犯行だろう。辞めた同期の例もあるし、三代続く代議士の家系だ。検事を除いた地検職員約三百人の中に細胞がいても不思議ではない。

「もちろん、鍵はかかってるよ」

「鍵の管理はどうなっているんですか」

「証拠係のロッカーに預けてあって、ロッカーの鍵は係長管理になっているの。でもさ、盗まれたんじゃないよ。鍵がこじ開けられた跡も、倉庫が荒らされた跡もないから。もし誰かが盗もうとしたら、絶対に倉庫に痕跡が残るはずだし」

「なぜですか」

「どこにどんな証拠が保管されているかはデータ管理されているんだけど、そのデータにアクセスできる専用パソコンは証拠係しか知らない暗証番号とパスワードを入れないと起動しないし、入力記録が残るの。でも、その記録がないから。データにアクセスせず、何の手がかりもなく、こんな証拠の山から簡単に目的の物品が見つかるはずがないよ。私だってどこに何があるかなんて把握《はあく》してないもん。探した形跡がなきゃおかしいでしょ」

誰かが地下倉庫に忍び込み、証拠を持ち出したとの仮定は的外れなのか？……いや、白倉は保管場所を把握していないと言っているが、証拠係三人の誰かが、『証拠物甲０１６４０７６５号』の保管場所を憶えていて、管理データを見ずに持ち出した可能性は残る。証拠係三人の誰かが吉村側の細胞かもしれないのだ。あるいは、三人の誰かが細胞に利用された線もある。さらには細胞が倉庫の鍵を手にできる立場ならば、それとなく保管場所を三人の誰かから聞き出し、自ら持ち去った図式も考えられる。映像があれば一発で判明するが……。わざわざ地検内で犯罪を起こす者はいないとの見地から、庁内に防犯カメラは設置されていない。

ただね、と白倉が誰かの噂話でもする調子で続けた。先ほど見せた疲労感はいつの間にか顔や声から消えている。

「二週間前に担当事務官が証拠を持ってきた時、忙しかったのは確か。夕方ってその日に使われた証拠が一気に戻ってくるからさ。だから、担当検事は私が何らかの拍子に他の証拠と紛れさせてしまったんだろうって」

伊勢からも当該検事が強硬にそう主張していると聞いた。

「当日に扱った証拠を全てひっくり返したんですか」

「うん、それも夜通しでね。でも、見つかってないから、またやり直す羽目になりそうだけど」

むん、と地下倉庫独特のニオイが強まった気がした。

「三好君、伊勢さんは何か言っているの？」

「特に何も。探し出せと言うだけで」

白倉は、伊勢の鋭敏な頭脳に期待したのだろう。無駄な願いだ。伊勢もメモの在《あ》り処《か》に見当がつかないからこそ、邪魔者を追い払う手段に利用してきたに決まっている。

「どうしたの？　怖い顔して」

「いえ」

白倉にはわかるまい。地元資産家の娘で、夫も経営が盤石な地銀に勤める境遇なのだ。だからだろう。自分の持ち場で起きた非常事態なのに、疲労こそ認められるが、その態度からは焦った様子は申し訳程度しか窺えず、どこか他人事といった雰囲気さえある。

しかし、こちらは違う。

――正直に生きられれば、お金なんて問題じゃないの。正直が一番なんだよ。だからあなたを正一と名付けたの。

母の口癖が耳元で聞こえた。……それは間違っているんだ、母さん。いくら正直に生きようとも、世の中はままならない。金で苦しんだ現実があるじゃないか。

もう三十年前になる。会社員だった父が友人の連帯保証人となり、五千万円もの借金を抱えたまま、妻と一人息子を残して蒸発した。三好が小学四年の時だった。以来、父とは会っていない。どこで何をしているのかも知らない。

当時、何人もの強面《こわもて》の借金取りが毎日ウチのドアを手荒く叩き、『金返せッ、泥棒ッ』と近所にも響き渡る大声を張り上げた。湊川市内の古い平屋だった。ガラス戸は今にも割れんばかりにびりびりと震え、いつも閉め切った薄いカーテンも振動で揺れていた。狭くて暗い押し入れに逃げ込み、母と息を潜め続けた時間の恐怖は、いまだに脳の奥にこびりついている。彼らが帰ると、必ず母は真顔で諭してきた。

――父さんを恨んじゃだめだからね。父さんは友達を信用したの。自分の気持ちに正直に従っただけなんだよ。

しかしある日、叔父がきっぱりと言った。

――お前の父さんは、人が良すぎて騙《だま》されたんだよ。心根につけ入られたのさ。

母は一日中働いた。朝は新聞配達、昼は缶詰工場での仕分け、夜は居酒屋の店員。母の着飾った姿や、眠る姿を見た記憶はない。それでも貧しかった。

当然おもちゃなど買ってもらえず、テレビゲーム全盛の時代、同級生の話題についていけなかった。それは別に良かった。辛かったのは運動会や学芸会の時に持参する弁当だ。周りの弁当には唐揚げや卵焼き、ハンバーグなど様々なおかずが詰まっているが、自分は弁当箱一面の白飯にサケフレーク。うわっ、ひでえ弁当、三好ん家は貧乏だもんなあ。周囲は面白半分に茶化してきた。三好はこれみよがしに飯とサケフレークを口いっぱいに頬張り、噛み締め、黙って聞き流した。

——正一はサケフレークが好きだからね、でもごめんね、もっと色々と食べたいよね、本当にごめんね。

行事のたび、三好は朝、涙目の母に弁当を渡された。母は、父の失踪《しっそう》後は運動会にも学芸会にも来られなかった。土日だろうと、いつも仕事があったからだ。

——もう一度、正一が走ったり演技したりする姿を見たいんだけど……。

学校行事の終わった夜、いつも寂しそうに言っていた。

技術も資格もない母は、その会社の業績や景気が少しでも悪くなれば簡単に解雇されてしまい、パートを転々とせざるを得なかった。日本の社会構造は弱者に甘くない。そんな母の姿を見ていたため、自分は安定した職業、中でも法律関連の仕事に就こうと中学生の頃には決意していた。誰も法律関係者を騙そうとはしないはずだからだ。父の二の舞だけは避けたかった。とはいえ、弁護士は問題外だった。一度、父の借金の件で叔父が相談に出向いてくれた際、借金取り側の肩を持つ意見しか言わなか

った と聞いていた。そんな連中と同じ肩書を持ちたくない。だから検察事務官となった。検事になろうとは思わなかったし、本上にも伝えた通り、副検事、特任検事になる気もない。県外異動があるからだ。同じ理由で裁判官も論外だった。大学まで進ませてくれた母を一人息子として近くで支えたい。

——自分のために使いな。

息子の金を受け取らず、母は借金を三年前に一人で完済した。おかげで検察事務官は給与がさほど高くないのに、僅かながらも貯金ができ、安定した生活を送れている。……これからは違う。小学三年のひとり娘の成長につれ、金がかかる。その上。約一年前、脳梗塞《のうこうそく》で母が倒れた。退院後も左半身に重度の麻痺《まひ》が残る母を自宅に呼び寄せ、現在は妻が熱心に面倒を看てくれている。しかし今後娘にかかる費用を算出すると、妻も日中はパートに出ざるを得ず、母には施設に入ってもらわねばならない。もう一人ではトイレにも行けないのだ。糞尿垂れ流しの生活では、母がこれまで何のために生きてきたのかわからないではないか。

金がいる。伊勢が仕掛けてきただろう勝負に勝たないと……。

３

「また説明しなきゃいけないんですか」

あの子、と白倉が皮肉めかした渡部《わたべ》加奈子《かなこ》は、充血した目を尖らせた。『証拠物甲０１６４０７６５号』を持って担当検事室と地下倉庫を行き来した、特別刑事部の事務官だ。二十五歳と若く、顔立ちの良さも自覚しているのだろう。時折、上目遣いで独身の男性検事に媚《こ》びる姿も見かける。

三好は白倉の後、残り二人の証拠係にも事情を聞いたが、メモ発見に至りそうな情報も吉村側との繋がりを臭わせる発言もなかった。そして窓もなくスチールデスクだけの狭い会議室に渡部といた。

渡部が大げさなほど深い溜め息をついた。

「二週間前の夕方、八潮検事に渡されたクリアファイルを、八潮検事室から地下倉庫に持っていきました」

渡部が立会事務官としてコンビを組んだ八潮英介《えいすけ》は、三十歳という若さで特別刑事部に抜擢されていた。鳥の巣を彷彿させる天然パーマ頭に、いつも野暮ったい無地のネクタイという外見からは想像できないが、相当切れ者なのだろう。今回の独自案件では捜査実務を取り仕切る主任検事となり、最終的には吉村側の聴取を手掛ける予定だったという。

「次にファイルを見たのは昨日です。八潮検事が東京地検に応援派遣されたので、私は新しく青山《あおやま》検事の立会事務官になっていました。青山検事に言われ、地下倉庫に取りにいったんです」

十日前から八潮は東京地検特捜部に応援派遣されている。先方から指名があり、鳥海ら上層部も応じるしかなかったそうだ。同時に青山の立会事務官も応援派遣された。通常なら渡部が八潮に同行する流れだが、実力不足と判断されたのだろう。結果的に青山と渡部が新たに組む巡り合わせとなった。青山は、鳥海のお気に入りだ。八潮の後を受けて独自案件の主任検事となり、ヤミ献金した側とされるマル湊建設社長の聴取も引き継いでいる。

「青山検事室に戻ってファイルを渡したら、計算式を書いたメモがないと言われ、紛失が発覚したんです」

「二週間前にしろ、昨日にしろ、君はクリアファイルに証拠書類が全て揃っているかを確認していないのか」

「ええ。私の仕事じゃありませんので」

「ファイルを廊下で落としたり、どこかに置いて別の仕事をしたりとかは？」

「ありません」

憤然と渡部は唇を引き締めた。自分のせいじゃないと態度が声高に言っている。こうして感情がストレートに見えるあたりは若さというより、個人の資質の問題だ。

「計算式が書かれたメモが重要証拠だとは知っていたのか」

「はい、八潮検事も真相解明の鍵になると仰っていましたから」

三好は先ほど保管係に質した内容を思い返した。地下倉庫の鍵を夜間休日に保管するロッカーについてだ。すでに伊勢から聞いていたが、自分でも洗い直すべきだった。ロッカーの鍵は、開閉記録が残る指紋認証式のセキュリティキャビネットに収納されており、限られた指紋登録者五人の記録にも不自然な点はなかった。しかし、この五人が吉村側の細胞で、証拠係の誰かから『証拠物甲０１６４０７６５号』の保管場所を巧みに聞き出し、運び去った図式は捨てきれない。

また、証拠物が地下倉庫の外にあるタイミングで、誰かが持ち去った線も検討せねばならない。

渡部ならできる。廊下で一人になった時に計算式の書かれたメモだけを抜き取り、折り畳んでポケットにでも入れてしまえばいい。これまで何度も証拠を持ち運びしているのだから、返却時に白倉が中身を点検しない点も知っている。

突然、勢いよく会議室のドアが開いた。

長い足を強調せんばかりに大股で入ってきたのは、検事の青山だった。ひと目で高級とわかるダークスーツにぴかぴかの黒革靴、三十三歳という若さが映える端正な顔立ちに整えられた髪。ネクタイは八潮と同じ無地だが、生地の質の違いからか、こちらは引き締まって見える。アパレルショップの店員のような容貌だ。

「総務サンが、うちの渡部に何の用ですか」

言葉つきは丁寧でも、語調は鋭い。三好は形ばかりの目礼をした。

「メモ紛失の聞き取りを行っております」

青山は呆れた様子で首を大げさに振り、聞こえよがしに長々と息を吐いた。

「渡部に落ち度はありませんよ。どうせ地底人が紛失したんです。見当違いな聞き取りに時間をとって、私たちの仕事を止めないで下さいよ」

地底人。地下で働く事務官の蔑称だ。同じ事務官にそれを言うか？　だいたい頭から証拠係のミスと決めつけているが、聴取でもこんな調子なのだろうか。

「渡部さんに落ち度がないと仰る根拠は何でしょうか」

「彼女は、ただ運ぶだけの仕事でミスする人間じゃありませんからね」

言い切る青山を、渡部がうっとり見ている。そうか……。少し前に二人が付き合い出したという噂を聞いた。どうやら本当らしい。驚きより、ある種の哀しみを覚える。一ヵ月ほど前まで、渡部が八潮に熱を上げていたのを湊川地検の事務官で知らぬ者はいない。渡部は検事と結婚するべく事務官になったとも吹聴している。青山も渡部の目当てやこれまでの言動を知っているはずだ。気の多い身近な女に手を出したのが本音か。……どうでもいい。三好は青山に視線を戻した。

「証拠係のミスだと断定できる要素はありませんよ」

青山は鼻で笑った。

「それなら、渡部が意図的に抜いたとでも言いたいんですか」

「確かめるべき点です」

「バカらしい。だって動機がないじゃないですか」

確かに現段階では漠としている。吉村側の手が渡部に伸びていたとしても、どうやって背後関係を探ればいいのか。……ここで簡単に答えが出る問題ではない。

それで、と三好はひとまず話を転じた。「渡部さんが最後に計算式のメモを見たのは？」

「三週間くらい前になります。八潮検事がメモを前に何時間も難しい顔をしていらっしゃったので、よく憶えています」

「じゃあ、二週間前の地下倉庫に運んだ日には見ていない？」

「ええ。八潮検事に言われ、後任検事への引き継ぎ資料などを作っていました。その時はまだ後任検事がどなたになるのか決まっていなかったので。口頭では説明できない細かい資料を作る必要もありましたし。そちらにかかり切りでした」

「八潮検事はすぐ応援に出るのに、後任が決まっていなかった？」

「私は聞いていませんでした」

僕もですよ、と青山もすかさず如才なく言い、渡部と目を合わせる。青山が笑いかけると、渡部の頰が緩んだ。……バカかこいつらは、職場だぞ。

「渡部さん。引き継ぎ資料に記した、メモに対する八潮検事の見解は？」

二人の意識を現実に戻して、これが重要な聞き取りだと認識させるための質問だった。

「そんなのありません。八潮検事も何も仰ってませんでしたし」

解《げ》せない。八潮は当該メモを前に何時間も考え込んでいたのだ。何らかの方針を見出したにせよ、お手上げ状態だったにせよ、普通はその旨に言及する。予断を排するために、あえて触れなかったのか。

「どうせ八潮は、東京に自分を売り込む計画で頭が一杯だったんですよ」

青山が投げ捨てるように言った。

「というと？」

「ここだけの話ですよ」青山が自慢げに口元を緩める。「僕と八潮は特捜部異動を争ってるんです。鳥海部長はどっちかを推薦する腹らしくてね。応援派遣で一歩前に出たつもりでしょうが、ぬか喜びですよ。独自案件を立件すれば、僕の方が大きくリードするんですから」

元々、八潮の方が分は悪いだろう。青山は鳥海の子飼いだ。子飼いと争える時点で八潮が優秀だと認められるし、東京での仕事ぶり如何《いかん》で、不利な形勢を逆転できる望みはあるが。……逆転。

三好は頭の芯が冷えた。渡部の顔色も変わっている。三好が目顔で頷きかけると、渡部はあるかなきかに首を縦に振った。『後で』という合図は通じたらしい。

総務サン、と青山は居丈高に言った。

「ま、僕がきっちり事件を仕上げますよ。鳥海部長も『俺が主任検事となって名を残したいくらい簡単なヤマだ』なんて発破をかけてくるんです。確かにお膳立ては調っているから、あとは起訴するだけですからね。自白もあるし、物品購入費や出張費についての書類はあります。傍証だってあるんです。バッジの秘書とマル湊建設の社長が何度も会っている場面を見た証人までいるんですから。計算式メモの紛失には驚きましたけど、何とかなりますよ」

青山が主任検事で本当に大丈夫なのだろうか。見た目だけでなく、口も軽い。同じ地検で働いているとはいえ、独自案件の捜査に携わっていない職員に秘書の目撃情報を話す必要はない。どこから話が洩れるかわからないのだ。

青山が外国人よろしく両方の手の平を天井に向け、肩をそびやかした。

「八潮は馬鹿な奴ですよ。言われた通りの起訴方針を取れば良かったんです。社会人なんて上の引き立てが第一じゃないですか。それなのに何度も上司と怒鳴り合うなんてね。おかげで僕は実績を簡単に得られるから、感謝しなきゃいけないんでしょうけど」

こんな男が特別刑事部の検事？　……ここは聞き取りを進めよう。

「検事が最後にメモを現認したのはいつですか」

「んなもん、一度も見てませんよ」

「マル湊建設社長を聴取されていたのに、メモの原本に当たっていなかったのです

いった。

「必要がなかったんですよ。渡部が作った、しっかりした引き継ぎ資料があるんで」

それから青山にも話を聞いたが、特に情報はなかった。二人は並んで会議室を出ていった。

一分も経たずに渡部だけが戻ってきた。まだ顔色は青い。渡部は先ほどと同じ席に、膝から崩れるように座った。三好はワンクッション置くため、当たり障りのない問いかけをした。

「青山検事には何と言って戻ってきたんだ？」

「忘れ物をした、と」

案外、声はしっかりしている。本題に入っても大丈夫そうだ。

「そうか。続きを話そう。青山検事が特捜部の話題を出した際、君は何に気づいたんだ？」

「気づいたというか」渡部が顎を引いた。「思い出したんです。八潮検事に、今後どんな検事生活を送りたいのか尋ねた時の返事を」

「教えてくれ」

「特捜部で大きな仕事をしたい、という強い希望をお持ちでした。その後、どんな人が特捜部に入るべきか否かに話が及んだんです。名指しはされませんでしたけど、特捜部に相応《ふさわ》しくない方の特徴が青山検事に該当するものばかりでした」

「それが今回のメモ紛失とどう結びつく?」

「私が思案すべき問題じゃありません」

返事が早すぎる。顔色といい、自分と同じ疑念を抱いたのは間違いない。

八潮は特捜部入りを実現するため、自身の対抗馬である青山が独自案件を立件できぬよう、メモを持ち出したのではないのか——。

決して空論ではない。検事の世界は競争が熾烈《しれつ》で、本上と鳥海がその典型例だ。最終的に立件されるか否かは別として、現に一つの効果として、本上が起訴に反対する論拠にはなっている。

「最後にメモを地下倉庫から出した二週間前、八潮検事が自分の後任を知っていた節は?」

告げられていれば、青山に大きく水をあけられてしまう危機だと見通せる。異動は、縁やタイミングも重要だ。この一度きりかもしれないチャンスを、誰だって逃したくない。知っていたのに立会事務官に言わなかったのは、計画を実行した際、疑念を招かないためだったとも睨める。

「私には見受けられませんでした」

疑念通りだとすれば、それも当たり前か。

「その日、八潮検事だけが検事室にいる状況はあったか」

「はい」

八潮は容易にメモを持ち出せた。渡部がいない間に、鞄にでも入れてしまえばいい。あとはそこまで踏み込む性格なのかどうかだ。露見した場合は証拠隠滅の咎《とが》で、懲戒《ちょうかい》免職もありうる。

「八潮検事は自分の希望を叶えるためには、なりふり構わないタイプなのか」

「正直、答えられません。その特捜部の件を除けば、胸中を口にされたことがないので。私には八潮検事が何を考えているのかさっぱりで」

「それでも、八潮検事の印象くらいは言えるだろ?」

「ええ、それくらいなら。自分の世界を持っていて、周囲に流されない方でした」

「そうか」三好は腕を組んだ。「俺が合図を送ったとはいえ、なぜさっき言わなかった? 話し方次第では八潮検事を追い落として、青山検事がより特捜部に近づく一助になったのに」

「そこまで無神経じゃありません。八潮検事も悪い人ではないですし」

「立ち入った質問になるが、八潮検事と君は恋人同士だったのか」

「プライベートについてお答えするいわれはないかと。……ただ八潮検事が恋愛を含め、他の事柄より仕事を重視される方なのは確かです」

「それで乗り換えたのか」

「身も蓋《ふた》もない言い方ですね」

渡部は哀しそうに微笑んだ。

「無粋《ぶすい》なんでな。この件は他言無用だ」

「それくらい承知しています」

渡部が去ると、三好は正面の無機質な壁を見つめた。メモが今日中に発見できなければ、故意犯の仕業と踏んでいい。八潮の線は捨ておけない。

吉村の細胞の仕業か否かも追う必要がある。この場合、細胞は、メモか倉庫の鍵に接触できた数人の中にいる、あるいは彼らを操ったとみるべきだ。短時間で、どう探る？　……待て。

他に故意犯になりうる者はいないのか。ポイントとなるのは動機だ。事件の動機は憎悪と金に大別される。三好はまず金の線に思考を進めた。金だとしても、払うのは吉村側だろう。実行者は、実質的には吉村の細胞と言える。

では、憎悪の線はどうか。

メモ紛失が最も応《こた》えるのは、主任検事の青山だ。憎悪の線では渡部の犯行はありえない。あの様子では、青山を困らせる真似はすまい。証拠係三人にしても、青山が自分たちを小馬鹿にする発言を耳にしたところで、ここまでの大事《おおごと》を引き起こすわけがない。この線では、倉庫の鍵保管用キャビネット指紋登録者五人に至っては問題外だ。今回、憎悪の線は検討対象から除ける。

故意犯なら、やはり八潮か吉村の細胞だろう。……探索を命じられた初日にして、残り時間は僅か。八潮のほかは直接にしろ間接にしろ、吉村と通じていることが疑いの前提だ。その洗い出しに時間を割く方がベターな選択か。しかし、洗い出し方法を案じるだけで時間を消費し、結局細胞に至れない危険性も高い。ここで八潮に時間を使う価値は十二分にある。三好は腹を括った。

余り顔を合わせたくないが、今回は仕方あるまい。即座に会議室から内線を入れ、用件を簡潔に告げた。『いま忙しんだよ。午後七時に来い』とあっさり叩き切られた。

三好は受話器を置くと、八潮の件以外に打つべき手をしばし練った。

午後五時半、三好は四方をコンクリートに囲まれた総務課の小さな会議室で、伊勢と幅広のミーティングテーブルを挟んで座っていた。伊勢が六時には庁舎を出る必要があるというので、少し早いが報告の段となった。

青山と渡部の聞き取り後、まず各所を捜索した十人の事務官にも手早く話を聞いた。彼らの捜索に穴はなかった。これで見つからなければ、その場所にはないのだ。その後、証拠保管倉庫の鍵を管理するキャビネットの指紋登録者五人にも話を聞いたが、興味をひかれる話は皆無だった。

三好は、これまでの聞き取りを報告した。伊勢は端然とし、気を揉む様子も落胆の色も垣間見《かいまみ》せない。やはり今回の特命は伊勢の仕掛けか。この態度の裏には、むしろ見つからなくていい、という底意があるんじゃないのか。本上や鳥海と違い、マル湊建設社長が起訴されようがされまいが、伊勢の人事には影響もない。

「今の話を聞く限り、青山検事はやる気十分ですね」

「鳥海部長の発破も効いているようです」

「案外、鳥海部長は本心かもしれません」伊勢が呟く調子で言い、数秒の沈黙があった。「それで三好さん、次はどうされる予定です？」

「八潮検事の聞き取りはされましたか」

していれば、指示を出す際に伝えてきたはずだが、伊勢が意図的に伏せた疑いもある。

「いえ。聞くまでもなく見つかる場合もありえた上、渡部さんにファイルを渡した経緯は確かですから。東京地検での仕事を邪魔したくもないですし」

「八潮検事の邪魔になろうとも、私は東京に行きたいと思います」

電話では顔を見られないからだ。聴取相手の顔色に注意を払うのは鉄則。これまで立会事務官として、被告人や参考人の表情が真相を物語る場面を何度も目撃した。相手がそんなのは百も承知の検事だからこそ、鉄則は守るべきだ。

「そうですか。では、お願いします」

伊勢は平坦な口調だった。所詮は無駄な悪足掻きと腹で嗤っているのか？　癪に障るが、三好には頼むべき件があった。打つべき手は打たねばならない。

「私が東京にいる間、白倉さんや渡部さんたちの通話通信記録を照会して頂けませんか」

三好は、メモ紛失に吉村の細胞が関わっているとの筋読みもできる、と告げた。

「照会はやめておきましょう」伊勢はにべもなかった。「記録を手に入れても、通話通信相手の誰がバッジ側かどうやって把握するんですか。悠長《ゆうちょう》にそんな作業に費やす時間はありません。もはや三好さんが直接的に聞き出すしかない段階なんです」

「ですが……」

「それにいずれ役立つとしても、職員の誰が細胞なのかという情報は今回使えません。危険だからです。運よく短時間で細胞を割り出せ、事の真相に至ったとします。するとその細胞はこの事態をバッジ側に告げるでしょう。すると、その細胞が口封じされるリスクが生まれます」

口封じ？　そんな世迷言《よまいごと》を平然と使う以上、この件で伊勢の協力は得られそうにない。

「では、せめて伊勢さんから八潮検事に連絡をお願いできないでしょうか」

天下の東京地検特捜部への応援派遣だ。人と会う時間もないだろうが、伊勢の要請となれば、八潮も断るのは難しい。伊勢の後ろには次席の本上がいる上、歴代次席の影もちらついている。

「こちらは承知しました」

これで八潮に会う段取りはついた。会う以上は、様々な角度から質問をぶつけたいが、顔を見知る程度の間柄だ。あらかじめ八潮の情報を仕入れておくか。人間は、ある日突然その行動をとるんじゃない。無意識だろうと意識的だろうと、これまでの経験や性格から行動を選んでいる。野心の線以外にもメモを持ち出すような要因を導き出せるかもしれない。

若くして特別刑事部に入ったエリート検事。特刑の検事は周囲から鳥海派と目されているが、それなら怒鳴り合いにはならないだろう。いくら周囲に流されないといっても、鳥海の心象を害する行為で、特捜部異動も遠ざかりかねない。

八潮がどんな人間なのか読めない。

4

特別刑事部長室のドアをそっと閉めると、室内は森閑となった。午後七時過ぎだった。三好が執務机の前に立つと、鳥海は黒革の椅子にどっかり寄り掛かったまま、眼玉だけを動かした。

「お前とはなるべく会いたくない。内線なんかしてくんじゃねえよ」

「承知しておりますが、今回は仕方ありません。私も特刑の独自案件絡みで動いていますので。紛失した書類を探しているのに、部長と顔を合わさない方が妙です」

「まあ、座れ」

鳥海は顎を振って執務机から少し離れたソファーセットを示し、のっそりと立ち上がった。

三好は鳥海の正面に座った。鳥海は大きな腹を突き出し、背もたれにだらしなく両腕をかけ、ふんぞりかえる。

「それで、メモは見つかりそうなのか」

「目下努力中です。明日は東京で八潮検事と会うので、どんな方か教えて頂けないでしょうか」

「優秀は優秀だ。あとは知らん」ぞんざいに言うと、鳥海は顎を上げて横柄に続けた。「聞きたいのはそれだけか」

何もかもが自分本位の鳥海なら、たとえ八潮が鳥海派だろうと興味がなくても当然か。八潮の人間性を鳥海から掘り下げられそうもない。だが、他に問うべき事実関係がある。

「例の独自案件ですが、青山検事の主任検事就任は、いつ決定したのでしょうか」

「あ？　二週間くらい前だな。八潮の応援派遣を決めた時に、俺が選んだ」

「日付は？」

「いちいち憶えてねえよ」

「応援派遣を伝える際、八潮検事には、青山検事が主任になるとお伝えを？」

「うるせえな、細かいことなんか憶えてねえよ。こんなつまらん話が聞きたかったのか」

つまらん話……？　記録上、当該メモは二週間前から地下倉庫を出ていない。二週間以上前に八潮が自分の後任を青山と聞いていれば、八潮の線が濃くなるのだ。腹立たしいが、はい、と丁重に応じた。

「まあ、適当にやってくれ。メモが見つからなくても起訴はする」

「大丈夫なんですか」

「ああ？　事務官風情が生意気な口叩くんじゃねえ」

鳥海が激しい剣幕でぴしゃりと言った。三好は居住まいを正す。

「失礼しました」

「ったく」派手な舌打ちが挟まれた。「で、誰の指示で三好が動く流れになった？」

「Sです」

S——伊勢の符牒を考案したのは鳥海だった。

「となると、本上も絡んでんだな」

「ええ。次席の部屋で命を受けました」

三好はその際の話をした。鳥海が口の端だけで笑った。

「取り調べは問題のない範囲だ。暴行も暴言もない。あれくらいの聴取を気にするとは、本上もだいぶ焦ってきてるようだな。で、まだSを咬《か》めないのか」

金、女、何でもいいから伊勢を洗って暗部を探せ――。

鳥海から指示を受けたのは昨年の八月だった。話を持ちかけられた時、本上と伊勢にまつわる光景がパッと脳内で再生された。本上は次席として赴任してきた日、伊勢の席にやってきた。これが例の『お伊勢参り』か、と三好は眺めていた。新たに赴任した次席が伊勢の席を訪れるサマを、事務官の間ではそう呼んでいる。すると、本上の低い声が聞くともなしに聞こえてきた。

――例の懸案は引き継いでいる。

何の話かは不明だが、歴代の次席と伊勢には未解決の課題があるらしいと知った。だからだろう。鳥海の思惑は速やかに理解できた。もしも伊勢の汚れた急所を突いて追い落とせれば、側近の暗部を見抜けなかった本上を糾弾できる。その上、伊勢を使い続けてきた歴代次席への交渉カードにもなる。

ただ自分にしてみれば、いわば上司に対するスパイ行為だ。伊勢には何の恨みもない。なぜ私に声を？　尋ねると、鳥海は愛想の欠片もない口調で言った。

――伊勢に近く、金が必要で、人事の評価も高い。だからお前に話を持ちかけたんだよ。

鳥海は母が倒れたことも知っていた。指示を完遂できれば数年後にかなりの金を得られる算段がつき、引き受けた。鳥海は特捜部長を経験した後、検察を辞めて弁護士事務所を開く意向だ。司法の世界で元特捜部長という経歴は金看板になる。その事務長として、現在の給与の倍で雇って貰う約束を交わしたのだ。鳥海は東京に事務所を構えるのだろう。家族とは離れなければならないが、状況は変わった。今は金を優先すべき時。地検で役職が上がっても、たかが知れている。

三好はこの一年、伊勢を注意深く見てきた。忘年会や歓送迎会には顔を出しても、伊勢が個人的に誰かと飲みに行く機会はなく、同僚事務官と親しげに話す姿もなかった。

尾行もした。伊勢を追い始めた日は、のっけから冷や汗をかいた。当時、伊勢は県議会のドンだった石毛の逮捕にあたり、所轄署との調整役だったので神経を尖らせていたのだろう。人で溢れた駅前で唐突に振り返ってきた。――見られたか。三好が心中で素早く適当な言い訳を取り繕っていると、伊勢の視線は素通りし、駅に入っていった。

伊勢は、革新系県議と中華料理店の個室で月に一度会ったり、インターネットカフェに出入りしたりした。県警職員や、友人とは思えない老人や若者と街中で話す姿も目撃した。

二十四時間営業の大型ショッピングセンターに午後九時、午後十一時、午前一時、午前三時と時間をずらして通う時期もあった。伊勢はいつも何も買わず、視線を散らしてセンター内を歩くだけだった。後日、その意味が見えた気がした。特別刑事部の先輩事務官から聞いた話の背景にぴったり合ったのだ。女性の下着を盗んだ元小学校校長が保釈中にまた女性用の下着を万引きして再逮捕された件に伊勢が関わっている、という噂なのだが、その再逮捕現場こそ、伊勢が通ったショッピングセンターだった。

元校長がインターネットの裏掲示板で万引きしやすい場所の情報を交換していたのは、新聞各紙でも報じられている。伊勢はショッピングセンターの時間ごとの客入りを調査し、その情報を万引きの誘い水とすべく、ネットカフェで掲示板に書き込んだのではないのか。時期も合致するし、三好が知る限り、伊勢は以後ネットカフェにもショッピングセンターにも行っていない。ただし憶測でしかないので、鳥海には報告できなかった。

また、その特別刑事部の先輩事務官からは、無罪になった男が強盗未遂で逮捕され、振り込め詐欺グループの一員と判明した件にも伊勢が関与したとの噂を聞いたが、三好は関連を疑わせる行動を現認していない。少し気になるのは事件の前後、伊勢が何度か「ヤメ検」の弁護士と会っていた件だ。しかし、突けばヤメ検弁護士が不審を抱き、こちらの動きを伊勢に流すかもしれず、あえて触らなかった。刑事部や公判部にそれとなく探りも入れたが、空振りに終わっている。

地検のデータベースなどを使って、噂にまつわる二人の受刑者をこっそり洗ってもみた。元校長は県教委や教員組合の顔役で、振り込め詐欺犯は違法カジノ店に出入りしていた事実も明らかにされていたが、両者とも伊勢との関係性は窺えなかった。

「まさか、お前」鳥海が声にどすをきかせた。「勝手に止めたんじゃねえだろうな」

誰しも他人に秘する面が一つや二つはある。相手が直属の上司で動き方が難しいとはいえ、いまだ何の弱みも握れていない。もうすぐ指示から一年。鳥海もしびれを切らす頃合いだろう。

「いえ。しかし、Sは私に探られていると見抜き、今回の命に至ったのかもしれません」

「だとしても、お前自身が何とかするしかねえな」

三好は急に喉の渇きを覚えた。……俺が追放されても、鳥海にダメージは及ばない。伊勢内偵の指示が表に出ても、知らぬ存ぜぬで通せばいい。事柄の性質上、文書は交わしていないのだ。

「Sの野郎が怖いなら、解決方法は一つだぞ」鳥海は冷ややかな眼をしていた。「早く俺の期待に応えろ。さもないと、事務長の話もなくなる」

三好は庁舎地下一階のだだっ広い食堂に入った。特別刑事部で相川晶子検事の事務官を務める久保がぽつんと壁際の席にいて、瓶の牛乳を飲んでいる。『短い時間でいいので、少しお会いできませんか』と三好が呼び出していた。君は高校の後輩になるからさ、と入庁当時に久保から話しかけてくれ、以後、たびたび飲みにも出かけている。伊勢の噂を聞いたのも久保からだ。

「独自案件でお忙しいところ、すみません」

「いや、大丈夫だよ」久保は公家っぽい薄い顔をほころばせる。「人間には休憩も必要だからね。相川検事もちょうど休憩の頃合いだったし。で、どうしたの？」

「八潮検事の性格などを伺いたいな、と」

「なんでまた？」

「例のメモ紛失の件で明日、東京に行ってお目にかかるんですが、お話ししたことがないので」

特別刑事部にいれば、八潮について少しは知っているはずだ。

「そう言われてもなあ。別に立会事務官でもないし」

「相川検事は何か仰っていませんでしたか」

「骨がある人、とは言っていたかな。理由は知らないけど」

「いわゆる鳥海派ではないんですか」

「どうだろうね。特刑の検事だからって全員が鳥海派じゃないし」

それから約五分話を聞いたが、さほど八潮の情報を得られなかった。

「相川検事にも話を伺いたいんですが、お時間はありそうですか」

「ううん、ちょっと今日はもう無理かな。休憩後も仕事が山盛りでさ。特刑の検事は全員そうだろうね。明日なら何とかいける余地はあるけど」

相川がメモ紛失の犯人候補なら食い下がるところだが、ここは仕方ない。

中央区内の自宅マンションに帰宅したのは、午前零時過ぎだった。全身に疲労がこびりついている。三好は午後十一時半まで庁舎内での当該メモ探しに加わった。どこを探しても見つからなかった。捜索に慣れている事務官が時間をかけ、十センチ単位で隅々まで調べても発見できないのだから、故意犯の線が確実になったと言える。

2DKのマンションは廊下も部屋も暗かった。妻も娘もとっくに寝ている。廊下の電灯をつけると薄明りが落ちてきた。三好は入ってすぐの、いつも扉を開けている六畳間を見た。

大きめのベッドには、襟元の擦り切れたTシャツを着た母が寝ている。規則正しい寝息が聞こえていた。見るたびに胸が締めつけられる。いつ母の体はこんなに縮こまったのだろうか、と。

これまでの苦労が一気に母にのし掛かってきたとしか思えない。借金を返済した直後、階段から転げ落ちて足を骨折した。歩けなくなった時間が全身の筋力を奪って体を弱くし、寝たきりになり、内臓にもいくつか疾患が見つかった。挙げ句、脳梗塞だ。いつからか老人特有のニオイが部屋に籠もり出している。

母は父の借金返済のために生き、死んでいくのか。

ベッド脇の置時計が薄闇に浮かんで見える。金メッキが周囲に施された安物だが、父との旅行で買った思い出の品らしい。父が苦労の根源だというのに、母はあの置時計だけは手放さなかった。よほど思い入れが強いのだろう。他人には不可解でも、誰にだって譲れないものがある。そんな母の影響なのか、譲らない何かを持つ人が嫌いではない。むしろ好ましく感じる。せめて人生の締め括りくらいは人並にしてあげたい。

水を飲もうと暗いキッチンに入ると、食卓にラップのかかった大盛のカレーが用意されていた。チンして下さい、と妻が書いた紙が脇にある。

母のカレーもうまかったな、としみじみ思った。

5

午後零時の強い陽射しが、大きな嵌め殺しの窓から射しこんでいた。気象庁の発表はまだないが、すでに梅雨は全国的に明けたのだろう。窓から見える皇居や日比谷《ひびや》公園の緑は深く、生命力を漲《みなぎ》らせて輝いている。東京も蒸し暑い。もう夏なのだ。

霞《かすみ》ヶ関《せき》の検察庁庁舎に東京地検は入っている。その九階の会議室で対座する八潮の顔は、外の活き活きした緑とは裏腹に疲労感で満ちていた。こうして面と向かうのは初めてだ。遠目で見知る顔とはまるで違う。天然パーマの張りも心なしか、ない。

この一見風采のあがらぬ男が、証拠メモを持ち去ったのか……？

なるほど。小粒ながらも目は茫洋とし、摑みどころがない。何を考えているのかさっぱり、と渡部が言ったのも頷ける。

昨日、伊勢に連絡を入れてもらい、正午頃なら十五分ほど面会出来ると八潮から指定があり、三好は上り新幹線でやってきた。ほとんど八潮の情報を集められなかったが、やるしかない。

当該メモが紛失した件を伝えると、少しばかりの間があった。

「私がメモを最後に見たのは、渡部さんにファイルを渡す数時間前でした」八潮は、はっきりと言った。「三好さんは、青山検事がメモを最後に見たのがいつかご存じですか」

「一度も見てないそうです」

「なるほど。あの人なら、ありえます」

やはり青山の力量を見切っているのだろう。冷房の風音が会議室に満ちていく。

「三好さんがこうして本上次席と伊勢さんの指示で動いている以上、メモがなくても鳥海部長は起訴する方針なんですね」

さすがに鋭い。

「八潮検事は起訴に反対ですか」

「ええ。万全を期すべきです。あの社長には違法カジノ店通いの情報もありますし、まだ潰すべき事柄が多い段階です。それに例のバッジの息がかかっているのなら、相手弁護人は相応の人が出てくるでしょうから」

「後任の青山検事は鳥海部長と同意見のようでしたが」

「青山さんならそうでしょうね」

八潮はあっさりしていた。その顔つき、態度、口調から青山への対抗心は微塵も汲み取れない。

「バッジ側の聴取も、主任は青山検事かもしれませんね」と水を向けた。

「どうでしょうね。まあ、相川さんではないでしょうが」

今度も八潮は素っ気ない。……特捜部への意欲、青山への競争心が原因で八潮がメモを持ち出した現実味が薄れていく。いや、簡単に腹を見せるわけがない。

「ところで特捜部はいかがですか。やっぱり将来は特捜部でバリバリ仕事されたいんですよね」

「ええ」

意気込みは認められた。まだ脈はある。

「ここで名を売れば、特捜部異動がぐっと近づきますね。各地検のライバルに競り勝てますよ」

「他の検事は関係ありません。異動は縁と運なんで。自分の役目を粛々と果たすだけです」

落ち着いた声色は本音にしか聞こえない。焦りが腹の底で蠢《うごめ》いた。核心を当てて見定めるか。

「青山検事の主任検事就任は、いつお知りに?」

「ううん、いつでしたか。そうだ。東京に出発する前日でした」

嘘の気配はない。……くそッ。これで八潮が、野心や青山への競争心で証拠を持ち去った線が消える。他の角度で切り込もうにも、手がかりとなる情報がない。

それから、八潮が最後にメモを見た日の、渡部との証拠のやりとり状況などを半ば義務的に聞いた。これまで以上の情報は出てこなかった。

ドアが穏やかにノックされ、どうぞ、と八潮が柔らかく応じる。ドアが開き、お時間です、と若い事務官が慇懃《いんぎん》に言った。もう十五分が過ぎたらしい。

「お忙しいようですね」

「私はブツ読み班なんですけど、量がもの凄いんです」八潮は年相応の茶目っ気ある笑みを浮かべた。「さすが、東京地検特捜部。人使いの荒さは湊川以上ですよ」

「あの、最後に何かお心当たりや見当はつきませんか」

八潮の顔から表情がすうっと引き、記憶を吟味するような間があいた。

「すいません、お役に立てずに」

八潮がちょこっと頭を下げ、会議室を出ていった。三好は頬杖をついた。わざわざ東京に来たのは裏目に出たらしい……。早く湊川に戻って、職員の誰が吉村側かを調べねばならない。そう思うも、落胆からしばらく動けなかった。すると、ノックもなくドアが開いた。

「三好、久しぶりだな」

十年ほど前、湊川地検刑事部で組んだ曽我《そが》だった。湊川から高松《たかまつ》地検に行き、現在は東京地検特捜部の副部長となっている。歳は曽我が十も上だが、三好はこれまで立会事務官として組んだ検事のうち、最も公私ともに気心を通じ合えた仲だと思っていた。

「東京に来たって聞いてな。どうだ、一緒に昼飯でも？　お前に食わせたいもんがある」

「お供します」

間髪を容れずに応じていた。時間はないが、少し頭も心も解《ほぐ》す必要がある。このまま新幹線に乗っても、吉村側の細胞を割り出すいいアイデアは浮かびそうもない。

検察庁舎前の道路を渡り、日比谷公園を抜けると、三毛猫がゆったりと歩く裏路地を進み、曽我の行きつけだという狭い定食屋に入った。木製のカウンターにはびっしりと十人ほどが隙間なく並び、五つあるテーブル席も四つが埋まっている。どの席でも会社員たちが忙しげに定食をかきこんでいた。いつもの二つ、と曽我はカウンターの向こうに慣れた口調で注文した。

年季の入った飴色のテーブル席に座ると、曽我がかつて同様、おしぼりで顔を丹念に拭き始めた。額、鼻筋、頬、顎の順だ。三好にとっては馴染み深い仕草だった。

「娘さんは何歳になったんだっけ」

「もう小学三年です」

「ってことは九歳か。本当に時間ってのは経つのが早いなあ。俺が湊川から高松に出た時、娘さんは一歳になるかならないかの頃だったんだから」

三好は胸が疼いた。初めて娘を抱きかかえた時の戸惑いは今でも憶えている。余りの柔らかさに、腕の中でほろりと崩れてしまうのではないかと怖くもあった。娘もこちらの不安を察したのか、小さな手で右手人さし指をぎゅうっと握り締めてきた。これが赤ん坊かと驚くほど、力強かった。この子には不要な苦労をさせない、俺のようにやり場のない怒りを抱えた子供時代を過ごさせたくない——。あの時、そう誓いを立てたのだ。もう生意気な少女になりつつあるが、それはそれで嬉しく、不憫な思いをさせたくないという感情は一層強まっている。

娘についてしばらく話していると、カツ煮定食がきた。懐かしかった。曽我の好物で、湊川でも一緒に食べ歩いた。だから食べさせたいと誘ってくれたのだろう。

「ここのカツ煮は絶品だ。全国で食ってきた俺が言うんだから、間違いない」

曽我がどんと胸を叩いた。三好は早速カツを口に運んだ。衣に染みた出汁《だし》と分厚い豚肉から出る肉汁が口内に一気に広がっていく。卵の風味とタマネギの甘さも抜群だ。そう感想を述べると、満足そうに曽我も食べ始めた。

「だろ？　でも不思議だよな。カツ煮なんてどこも作り方は同じだろうに、高松では高松の、湊川では湊川の味がする。全国で味が違うんだ。カレーとか天丼とかも同じなんだろうな」

「ここは東京の味というわけですね」

「いやいや、ごちゃまぜだよ。卵は千葉《ちば》産、豚肉は北海道産、タマネギは淡路《あわじ》産。おまけに料理人は金沢《かなざわ》出身。所詮、東京なんてごった煮の街だよ」

曽我は台東《たいとう》区出身だ。自分では悪く言っても、他人が東京を悪く言うと気分を害する。

「じゃあ、金沢の味かもしれませんよ。料理って人が作るものじゃないですか」

「おっ、深いねえ」曽我は感心した面持ちだった。「まあ、法律の世界もそうだな。人が作り、人のために、人が運用する。うん、なんだか名言っぽいな」

大口を開け、声を上げて笑い合った。この人は変わっていない。三好は、長い間こんな風に屈託《くったく》なく笑っていなかった気がした。

「それはそうと、次の人事で三好も課長クラスに昇進だな」

「どうでしょうか。人事は自分では決められませんから」

「もっと貪欲になれ。昇進すりゃあ、ちっとは給与も上がる。お母さんの件もあるんだろ」

曽我にも母の状態を話していた。ここで鳥海の密命を明かしたら、曽我はどんな顔をするだろうか。じくり、と体の奥底が痛んだ。

「伊勢も後継者を作りたいと言っているそうだしさ」

初めて聞く話だった。

「どうしてそんな話を曽我さんが？」

「東京には湊川の次席経験者が何人もいんだよ。東京に湊川会ってのがあってな」

「なんか、字面がヤクザの組名っぽいですね」

「同感だ。ま、名前はさておき、湊川地検経験者の集まりさ。たまに飲むと、そんな話も出る」

ある種の派閥《はばつ》か。検事の世界には東大閥や私大閥、関西閥といったものもある。かつて所属した地検の派閥ができても不思議ではない。

三好はカツを白飯に載せ、出汁を染み込ませるとカツを皿に戻し、色の変わった白飯だけを食った。自分で飯の味を調整できるからカツ丼よりカツ煮だよ、起訴するかしないかを決められる検事の立場に通じるだろ――かつて曽我は笑って言っていた。

曽我の箸がぴたりと止まる。

「いいか、地検にとって総務課長ってのは肝だ、馬鹿じゃ務まらん。かといって能力があるだけでもダメだ。そういった意味じゃ、伊勢も単にアタマが切れるだけじゃない。色々と身に降りかかった末に、今がある。誰かと似ているよな」

色々？　暗部や弱みに関する話だろうか。緊張を悟られないよう、三好は喉の力を抜いた。

「伊勢さんの身に何が降りかかってきたんですか」

「伊勢が三好に話していないのなら、俺が言うべきじゃない。本人に聞けよ」

「いきなり聞けませんよ。そんな話にもならないでしょうに」

「だろうな。けど、ダメなもんはダメだ」

ここで引き下がれるか。

「他に知っている人はいるんですか」

「小野さんかな。ヤメ検の。ほら、湊川地検では悪名高いだろ？」

三好は体が反応しそうになるのを堪えた。

「お、こいつは食い応えがありそうだな」と曽我がこの話は終わりとばかりに、大き目のカツを一口で頰張った。

三好は伊勢の暗躍めいた噂に絡んで、小野に近づきたいと思い続けていた。例の振り込み詐欺グループの男が逮捕される前後、伊勢が会っていた「ヤメ検弁護士」こそ小野だ。おまけに男が逮捕されたひったくり未遂事件の被害者は、小野法律事務所の女性弁護士。きな臭さはまだある。男が逮捕前に被告人だった事件の弁護人も当の女性弁護士だった。もっとも、きな臭いだけに不用意な接触はできない。こちらの動きを伊勢に伝えられる危険性がある。その上、もともと近づきにくい相手なのだ。だから曽我は、小野に聞くはずもないと踏み、教えてくれたのだろう。

検事の間では、小野は相対したくない弁護士だと言われている。湊川地検特別刑事部のエース検事だった十年以上前に検察を辞め、現在は湊川市内で弁護士事務所を開いている。検察に残っていれば、今頃はそれこそ東京地検の特捜部長候補だったのではないのか。三好は何度か遠目に見かけた程度で、話したこともない。

小野が検事を辞めた当時、三好は県北部にある地検支部にいた。支部といっても扱う案件は非常に多いのに職員が少なかったため、帰宅はいつも午前零時を過ぎ、テレビや新聞をチェックする時間もなかった。当時も全国各地で大事件大事故が起きていたのだろうが、ほとんど記憶にない。湊川地検に戻って曽我の立会事務官になった時、そんな支部当時の生活を話した。まあ、自分が嵐の渦中にいると他の事案を気にする余裕なんてなくなるからな、と曽我は理解を示してくれたが、釘も刺された。俺の立会になった以上は新聞くらい目を通せ、と。曽我の言いつけは習慣となり、今も毎朝どんなに忙しくとも新聞各紙に目を通している。

「そうそう湊川と言えばさ」曽我は嬉しそうに言った。「応援に来た八潮だけど、ありゃいいな。できるし、ちゃんと背骨がある。かなり助かってるよ。ウチで主任検事をやらせたいくらいだ」

「あの若さで湊川の特刑でも中心選手ですから」

主任検事の第一候補だったのだ、中心と言っていいだろう。

「へえ。俺はてっきり、相川あたりが応援に来んだろうって予想してたんだよ」

「相川検事をご存じなんですか」

「アイツが新米検事の頃、横浜《よこはま》で一緒だったんだ。相川は今でも毎年欠かさず年賀状をくれる律義者だよ。当時は飽きもせず、上司の愚痴を言い合ったもんさ。今じゃ、俺が部下に色々言われてんだろうよ。因果応報ってやつだな」

曽我が軽快に笑い飛ばし、出汁の染みた白飯を口に放り込むのを眺めつつ、三好は話を継いだ。

「八潮検事については、特捜部から応援指名があったと聞いています」

「じゃあ」と曽我が飯を咀嚼《そしやく》しながら、器用に口を動かす。「鳥海さんの売り込みかな。あの人と仲がいい人が東京地検の上にいるんだ。そっから特捜部長に降りてきたんだろうな。にしても、よくそんな人材を出してくれたな。湊川は告訴も多いのに、いま暇なのか?」

ふと脳裏に疑念の影が落ちてきた。特別刑事部は市民や企業が持ち込んできた告訴案件も扱っている。捜査するかどうかの検討も含め、取りさばく量は年間二百件近くに上る。しかも例の独自案件があり、暇なわけがない。

黙していると、曽我が次のカツを箸でつまんだ。

「湊川の特刑には優秀な人材が多いってアピールしたいのかもな。ほら、鳥海さんは特捜部長になりたい人だからさ。こんな優秀な人材を育てていますよって」

曽我の口調には多少非難めいた響きがあった。かつて組んでいたからこそ察せられる微妙な声音の変化だった。

三好の頭の中では疑念の影が火事場の黒煙のごとく膨らんでいた。バッジに至る人物の逮捕、起訴を前にした大事な時期に、主任に据える予定だった検事を、いくらアピールのためといっても応援に出すだろうか。

思えば、青山の発言もある。

八潮と鳥海が何度も怒鳴り合っていた、と。八潮は鳥海の方針に反対した結果、体よく追い払われたのでは？　鳥海は特捜部時代の失敗を取り返す実績を残すべく、自分の意図通りの結果を出さない部下を強く叱責し、慎重論を唱える部下は追放するらしい。だとすると八潮の応援派遣は、鳥海にとってみれば厄介払いできると同時に、東京地検に自分の指導力を主張できる一石二鳥の一手だ。鳥海は、八潮の実力を認めていた。

裏返せば、鳥海は特捜部長就任のために猛アピールが必要だとなる。三好のこめかみの辺りが強烈に引き攣った。金のために鳥海の密命を引き受けた前提には、鳥海の特捜部長就任がある。

「鳥海さんは特捜部長になれそうなんですか」

「さて。色々と耳にするのは確かだな。ほんと、敵が多い人だよ」

敵。鳥海の捜査指揮の拙さを批判する上層部を言っているのだろう。それが先ほどの曽我の声に微妙な変化を与えたのか。敵といえば――。

鳥海の目下の敵は本上になる。本上も鳥海の敵意を認識している。それなのにメモを探せと命じた大元は本上。メモさえあれば、鳥海の大きな実績となる見込みが高まるにもかかわらずだ。メモが見つかれば起訴は決定的で、起訴されれば、公判では滅《めっ》多《た》な事情がない限り、勝てる。『特刑の独自案件である以上、確信のない立件はしない』とのバイアスが裁判官にかかるはずだからだ。メモ探索を指示した席での本上は、公判に不安を抱く素振りを見せていたが、メモ発見――起訴――勝利の流れはお見通しだろう。

では、本上はメモが見つかるとは思っていない、もっと言えば、見つからないと知っているのではないのか。すると。

本上次席派の仕業……？

動機は十分だ。ここで鳥海が吉村立件という手柄を得れば、本上の面目は潰れる。

メモがなくとも検事正が起訴賛成に回るとの見立ては、あくまでも本上の表立った意見でしかない。検事正は否定に回る、と腹の底では読んでいるのかもしれない。しかし、いくら敵対しているからといって、自分の立つ瀬を守るために事件を潰すような真似を次席検事がするだろうか。裏金を生み出す計算式のメモは重要な物証だ。折を見てどこかで発見させるつもりなのか。どうやって誰が本上派なのかを割り出せばいい？

はたと三好は宙を見据えた。……この見立てには傍証も添えられる。伊勢なら本上派の筋書きを当然知っている。まだメモを発見させる段階ではないので、俺を潰すのに利用した――。

「どうした？　箸が止まってんぞ」

慌てて箸を動かした。カツ煮の味がしなくなっている。曽我の話を聞きつつ、三好は能《あた》う限り考えを巡らせた。機械的に箸を動かし、飯やカツを口に運んでいく。曽我と食事にきて良かった。八潮の野心説が消えた代わりに、自分一人では見えなかった新たな着想を得たのだ。

一つだけ東京で確認すべき事柄を思いついた。

「曽我さん、八潮検事に聞き忘れていた点がありました。少しだけ時間を割いてもらえるよう、お力添えを頂けませんか」

霞ヶ関の庁舎に戻ると、曽我の計らいですぐに八潮に会えた。互いに立ったまま、改めて軽く頭を下げ合った。三好は身長がほぼ同じ相手を直視する。

「一点、追加で伺わせて下さい。八潮検事は伊勢課長の噂を耳にされていますか。小学校の元校長や振り込め詐欺犯についての噂です」

ええ、と短く応じた八潮の目が、微かに尖りを帯びた感がある。……どちらの尖りだ？　嫌悪なのか、痛い所を突かれたのを隠すためなのか。

「いかが思われますか」

三好が捻り出したリトマス試験紙だった。八潮は鳥海の方針に反対している。だったら本上派に乗ってもおかしくない。本上派の策謀に関与するくらいなら、伊勢についても大目に見るはずだ。八潮は腹を据えたのか、まじろぎもしない。

「確かめたわけではありませんので、何とも言えません」

当たり障りのない返答だ。逃がすか。

「もし噂が本当なら、伊勢課長の行為は何のため、誰のためなのでしょうか」

「さあ、私は伊勢さんではありませんので。でも、どうしてそんな質問を？」

「三十歳で特刑に抜擢された方なら、どう読むのかなと」

「そうですか」八潮は茫洋とした眼を僅かに狭めた。「行動の目的はわかりません。でも、誰のための行為かは推測できます。誰かのためにと思った行動も、結局は自分本位の行為なのが人間じゃないでしょうか。『家族のために』という行動だって、思ったのは自分ですから、究極は自分のための行動だと言えます。検事という仕事のために覚悟して働いています」

禅問答さながらだった。なおも八潮は動きをぴたりと止めている。

……この男、本上派でも鳥海派でもない。これまで培《つちか》った己の眼力を信じるしかなかった。

6

「ええ。私は当該メモに目を通しています。ブツ読み班の時に。でも、紛失については何も事情を知りませんよ」

相川は穏やかな口調だった。三好は頷きかけた。

「それでも一応、特刑の方全員に話を伺いたいので」

特別刑事部の相川検事室には、斜めになり始めても強い陽が射し込んでいる。久保には席を外してもらい、三好は執務机前に置かれたパイプ椅子に座っていた。メモはまだ見つかっていない。

東京から戻る間、二つの問題に思考を費やした。一つはメモ紛失が吉村側の策謀だったとして、彼らと内通する地検職員を洗い出すには、どうすればいいのかだ。しかし、その方法の糸口すら見出せなかった。そしてもう一つは——。

メモ紛失が本上派の仕業だった場合、では誰が本上派なのか。

たちどころに浮かんだのが相川だった。吉村側の聴取主任を誰が務めるのかと三好が切り出した会話で、八潮は相川ではないだろうと言った。特別刑事部は総じて鳥海派と目されているが、相川が違うことからくる発言だったのではないのか。以前、久保も特別刑事部の検事が全員鳥海派ではないと言っている。当該メモを持ち去ったのが相川だとしたら、どうやってファイルから抜いたのかは定かでないが、疑うに足る人物かどうかは探るべきだろう。

「ところで相川検事、当該メモがなくても逮捕、起訴できるのでしょうか」

「鳥海部長も主任の青山検事もその気です」

「相川検事のご意見は？」

「私の意見なんて関係ありませんよ。主任検事でもありませんし」

言い方で反対なのだと察せられる。意見だけなら、本上派か。

「本上次席は取り調べの録画を気にしているようでしたが」

「次席だけじゃありませんよ。でも、冷たい言い方になりますが、敗戦が一番響くのは主任ですから、最後は主任検事が判断するしかありません。もし危うさを感じているなら、上司と正面切って意見を闘わせるべきですし、十分だと思うなら、起案すればいいんです」

「聴取では、どんなやり取りがあったのでしょうか」

「捜査の中身については、ここでは何も言えません」

柔らかだが、きっぱりとした口調だった。青山とは百八十度違い、検事の太い性根が伝わってくる。地検職員ではあるが、こちらは捜査の部外者なのだ。

「では、内容はともかく、取り調べでの僅かな瑕疵《かし》から相手に論破される恐れがあるのですか」

「どの公判もそうですが、特に今回は一パーセントでも論破される隙があっては駄目なんです。例のバッジが後ろ盾に入るとなれば、かなりのやり手が相手弁護人になる公算は大きいので」

「ヤメ検の小野さんとか」

「ああ、あの人はバッジ系の弁護にタッチしない人なんで違います。秋元法律事務所系ですよ」

質問を続けたが、特に情報は得られず、八潮の時と同じく伊勢の噂について尋ねた。

「ええ。耳には入っています」

相川は変わらず穏やかな口調で言った。表情も柔和なままだ。

「いかがお考えですか」

「噂が真実なら、一般的な正義には反していても、人としては正しい行為なのかもしれません」

擁護《ようご》した……。本上派で決まりか？

「あと、どうして私の耳に入ったんだろうと、不思議でなりません」

「不思議と言いますと？」

「伊勢さんなら噂が立たないよう動けるはずです。それに噂が真実だった場合、他の事件でも裏で色々と動いているとみるべきでしょう。でも万引き校長と振り込め詐欺犯以外、私は伊勢さんの暗躍じみた話を耳にしていません」

頭になかった視点だ。相川の言う通りだとすると、伊勢はあえて二件について噂が立つように仕向けたとなる。なぜ……。待て。

「暗躍めいた動きをみせたのが、本当にこの二件だけかもしれません」

「それはないでしょう」

相川は即答した。どうして言い切れる？　途端、三好はアッと瞬きを止めた。この一年伊勢を見続けてきた自分は、そう明言できる場面に遭遇できなかったが――。

「何かお心当たりが？」

いいえ、と相川は短く言った。蓋をした。そんな口調だった。

それからいくつか質問を投げたが、相川の蓋は開かず、三好は礼を言い、相川検事室を後にするしかなかった。

メモ紛失が吉村側の陰謀だとしても、あるいは本上派の仕業にしても、次の一手が全然思い浮かばない。三好は知らず、立ち止まっていた。廊下に連なる嵌め殺しの窓はどれも濁っており、梅雨時の風雨による水滴や埃が汚れとなって付着している。それでも強い陽射しが降り注ぎ、鳥が飛んでいるのが見える。しばらく外を眺めていると、陽射しが分厚い雲で翳った。

五階に戻ると、廊下の向こうから先輩事務官が慌てた様子で走り寄ってきた。

「三好、探したぞ。特刑の鳥海部長がお呼びだ」

五分後、三好は特別刑事部長室で不機嫌さが全身から滲み出る鳥海の前に立っていた。鳥海は重厚な執務机に身を乗り出した。眼はいつも以上に冷たく、頬も強張っている。

「漏らしたのか」

「何の件ですか」

鳥海がぎろりと眼を剝く。

「ウチの独自案件だよ」

「いえ、私は誰にも」

「じゃあ、なんで東京が口を挟んでくるんだ」

地を這うかのごとく低い声に、破裂寸前の怒りが内包されていた。三好は戸惑った。東京地検が湊川地検の独自案件に待ったをかけた？　それも俺が東京に出向いた直後に？

「お前、東京で誰と会った？」

「八潮検事と以前お世話になった曽我さんです」

「あァ？　曽我だと？」

鳥海が黒革の椅子から荒々しく跳ね起きる。巨体を揺らし、猛然と執務机を回って三好の前に詰め寄ってきた。胸倉をむんずと摑まれる。

「曽我に話したのか」

「いえ」

睨み返す心持ちで、三好は視線に力を込めた。徐々に鳥海の眼圧が強まっていく。

「口を割ってないと証明できんのか」

……特刑部長ともあろう男が何を言ってんだ、証明できるわけないだろ。そう喉元まで出かかったが、かろうじて呑み込み、一呼吸置いてから尋ねた。

「私を疑う理由をお聞かせ下さい」

「検事正が突然、例のメモがないと逮捕はできないと言い出したんだよ。直前に東京地検の次席から電話が入ったらしい。東京の次席はウチの検事正にとって直系の先輩にあたる。それに湊川経験者という厄介な側面もある。横槍が入ったんだ」

鳥海のこめかみには青筋が浮き、ねめつけてくる眼は血走り、鼻息も荒い。余裕綽々《しやくしやく》だった昨日までの面影はない。

「元々、東京も吉村議員を狙っています。一年ほど前の県警による石毛県議逮捕の際は、次席が東京と調整したと聞いています。今回は捜査情報を共有していないのですか？　もしそうなら、そこから漏れたのではないでしょうか」

「バカか。あれは県警レベルの話だから、東京とも調整したんだ。今回は共有するわけねえだろうが。手柄を奪われるだけじゃねえか」

確かにそうだ。端緒を得たのも湊川地検の案件だ。伝える義理もない。

「では、高検筋から漏れた可能性は？」

大阪地検特捜部の証拠改竄事件を契機に、地検の独自捜査は高検の承諾を得なければならなくなっている。

「何も決まってねえ段階だ、まだ上に話を持っていってねえ。で、メモは見つかりそうなのか」

「いえ。鋭意努力しておりますが」

「努力？　んなもんは小学生までしか意味ねえんだよッ」

鳥海は気色ばんだ。にわかに胸倉を摑む力も強まり、醜悪に歪んだ顔の間近まで三好はぐいと引き寄せられた。

「探せ。さもないと、てめえの裏切り行為は地検で誰の耳にも入る具合になる」

「ですから、誰にも話していません」

「黙れ」重たい声だった。「てめえしかいねえんだよ。本上がこの手を使うなら、もっと早くに仕掛けてくる。八潮も言うわけねえんだ。検事がわざわざ自分の手がけた案件を潰す真似はしねえ。このタイミングでの横槍だ。仮に八潮だったとすれば、もっと前、自分が外された段階で漏らしてる。第一、奴は応援だ。東京地検の次席とは接触しねえ。けど、曽我は違う。特捜の副部長だ。次席ともしょっちゅう会う」

曽我……。まさか相川が密告を？　二人は今でも年賀状で連絡をとりあう間柄。しかし、検事の性根を持つ相川が掟破《おきて》りの手法で捜査を頓挫《とんざ》させようとするだろうか。

そうか。三好は息が詰まった。相川じゃない。

伊勢だ――。

もとはといえば紛失メモ探しは、伊勢が仕掛けてきた罠だと疑える。ここでの漏洩も計算にあったに違いない。このタイミングで伊勢が培ってきた手蔓を使って東京地検にリークすれば、東京から戻ったばかりの人間が怪しまれるのは自明の理。鳥海が怒りに任せて制裁に突っ走るなりゆきも読める。自分の周囲を嗅ぎまわるスパイが潰れていく、と伊勢はほくそ笑んでいやがるのか。

三好は手の平がじっとりと汗ばむのを感じた。俺が漏洩《ろうえい》犯……。現状ではこれ以上の説明も解明も難しい。メモが見つからなければ、鳥海が通告通りに噂を流すのは必至。このままだと、鳥海が開く法律事務所に入る話が立ち消えるどころの問題ではない。地検職員から白い眼で見られ、そして……。

くそ、追い詰められた。

——正直に生きられれば、お金なんて問題じゃないの。正直が一番なんだよ。

なぜか母の声が耳元で蘇った。うるさいッ。三好は叫び出しそうになった。

自席に戻るなり、三好は急き込むようにパソコンのスリープ状態を解除した。検事の在籍時記録を調べるためだ。

すでに午後六時を過ぎている。まだ地下倉庫では白倉らがメモを探しているが、発見の連絡はない。伊勢に設定された期限は明日。見つかる確率は限りなくゼロに近い。

メモが見つからなければ、まずは組織人として要職に就く望みが消える。人事権を握るのは伊勢だ。さらには鳥海に裏切り者との噂を流され、湊川地検に居場所がなくなる。情報を漏らしていない以上、周囲から白眼視されても堂々としていればいいと思う一方、辞めるしかないことも悟っている。つまらない仕事を回されるのが嫌なのではない。それは金のためだと割り切れる。

問題は、伊勢だ。

辞めなければ、ここぞとばかりにどんな手を打って退職――追い出しを謀ってくるのかわからない。自分に対する圧力だけなら耐えられるが、近所や娘の学校に誹謗《ひぼう》中傷を流され、家族を傷つける形での転居を余儀なくされる恐れだってある。元小学校校長を嵌めた件、今回の東京地検への時機を見計らったリークを鑑みれば、平気でそれくらいの策略を仕掛けてくるはずだ。絶対に家族は傷つけたくない。それでは失踪した父親と同じになってしまう。三好は右手の人さし指を見た。この指をぎゅうっと握り締めてきた娘に誓った決意を破りたくない。

司法の世界は狭い。転職するにも法律関係の職業は難しいだろう。信用が大前提の世界で、それを失うのだ。かといって、もう四十歳。これという特技もセールスポイントもないのに他業界への転身は不可能に近い。

たった一つだけ危機脱出の打開策がある。伊勢の弱みを握り、それと引き換えに鳥海の口を止めるのだ。もはや組織人、司法業界で細々とでも生きる途を確保する他ない。

曽我の話が頭にあった。小野が伊勢の泣き所に関する何かを知っていれば……。もう他に手繰るべき線もない。それに振り込み詐欺グループだった男の件がある。ぶつける——。伊勢に伝えられても、構わない。どうせ瀬戸際にいる。

弁護士と地検は近い存在のようで敵という面もあり、会話の糸口や接ぎ穂になる材料もいる。小野の検事時代最後の事件は、もっともらしいネタになるだろう。

三好は、小野の名でキーボードを素早く叩いた。検索結果がたちまち表示される。

小野が主任検事として扱った最後の事件は、十二年前の告訴事案だった。記述に目を通そうとした時、視線が止まった。欄外に付記がある。告訴事案後、もう一件関わった案件があるらしい。

——同席事案、交通死亡事故。

妙だった。当時の小野は特別刑事部、それもエース検事だ。交通死亡事故は概して交通部か刑事部の若手や副検事が扱う。だいたい同席事案とは何だ？　初めて目にする単語だ。事件番号を入力し、記録を呼び出した。

親子三人が死亡した交通事故で、大型トラックを運転していた五十四歳の男が危険運転致死傷で逮捕、起訴された事案だった。相手弁護士の所属は秋元法律事務所とある。

被害者は会社員の斑目《まだらめ》和也《かずや》（三二）、妻の久美子《くみこ》（二八）、長女の愛《あい》（四）。午後七時頃、帰宅途中の斑目親子が住んでいたマンション近くの市道で撥ねられていた。被告人の男は建設現場へ資材を搬入する途中だったという。そういえば、当時いた支部の検事たちが酷い事故だと話していた気もする。……ん？　三好は胸の内で首を捻った。午後七時ならば、普通の建設現場の作業は終わっている時間だ。記録を読み進めていく。

建設されていたのは、湊川市の中心駅からモノレールと県道で結ばれた埋立地の大型娯楽商業施設だった。夜間も地下工事が行われていたらしい。今では県外からも多くの人が訪れる施設だ。誘致は吉村家と長い付き合いのあった県知事肝煎《きもい》りで、陰で大きな金が動いたとも言われている。地検でも特刑を中心に探ってみたが、噂が真実だとの証拠は見つからなかったと聞いている。

目を疑った。被告人は無罪……。裁判所は、「被告人は長期間の超過勤務で心神耗《こう》弱《じゃく》状態となり、正常な運転ができなかった」と指摘し、「責任能力がなかった」と結論づけている。検察側は控訴してもいない。

眉根を揉んだ。「同席」の意味は不明だが、記録が残る以上、小野が携わったのは確かだ。ならば手痛い過去だろう。話の端緒には相応しくない。それでも。

三好は画面を消し、さっと席を立った。事務所が閉まっていないのを願った。

7

幸い、事務所はまだ営業していた。最寄り駅から駆けてきたために乱れた息を、三好は二度の深呼吸で無理矢理に抑え込んだ。……よし。

趣深い木製ドアを引き開けると、受付と待合室を兼ねた広い部屋だった。観葉植物に挟まれる形で設置された、アンティーク品だろうカウンター机の奥にはソファーセットがある。

カウンター机に座った顔がおもむろに上がってきた。

「三好君？　まあ、随分と立派になって」

かつて湊川地検で事務官を務めていた高橋良子だった。親しい仲ではないが、顔は互いに見知っている。

「なんか親戚のおばさんっぽいですよ」

高橋の背後、ソファーセットから柔らかな声が飛んできた。声の主は若い女性で、ジャケットの襟元には弁護士バッジが見える。小野の事務所に所属する弁護士は本人を含めて二人だけだ。あれがひったくりにあった弁護士の別府直美。何か引き出せないか……。三好はいささか頭を下げ、声をかけてみた。

「少し前に怖いご経験をされたと耳にしました。大変でしたね」

「でも、これからの弁護士人生に大きな栄養になりそうです」

別府は毅然とし、そこに情報を引き出せる気配はなかった。

「で、今日はどうしたの？」

高橋がのんびりした声で言った。

小野法律事務所にはアポイントを取らず、いきなり出向いてきた。アポを取ろうにも、本来は訪れる用件などない。三好は用向きには触れずに小野と会いたいとだけ告げ、地検近くの和菓子店、梅林庵の紙袋を渡した。普段は午後二時には売り切れているのに、辛くも残っていた豆大福四つが入っている。小野の事務所も開いていたのだ。まだ運は尽きていない。

「ありがと、これおいしいのよね」

高橋が口元を緩めた。

書類が山積みされた狭い廊下を進み、応接室に通された。三好は一人になると、出された冷たい麦茶を一息に飲んだ。冷房が効いているが、汗は一向に引かない。午後六時を回っていた。メモが発見されれば、直ちに一報がくる手筈を整えてきたが、携帯に連絡はない。まさに刻一刻と崖っぷちに追い詰められている……。

無造作にドアが開いた。記憶していた小野より、体は大きくて圧迫感があった。横幅は鳥海の方があるが、身長は圧倒的に小野の方が高い。

「おう、三好。久しぶりだな。いま何やってんだ？」

自分を知っているとは意外だった。接点はないし、話したこともない。小野が正面のソファーに体を放り投げるように座った。三好は名刺を渡した。

「総務課ねえ。伊勢の子分だな」小野の迫力に満ちた顔が上がってくる。「悪いが、あんまり時間がないんだ。何の用だ？」

曽我に言われた件が気になって——とまずは正面から尋ねるしかない。事実であり、話しても曽我との仲が壊れる恐れもないだろう。その通りに述べると、小野は小首を傾げた。

「伊勢本人には聞いたのか」

「いえ。聞いても教えて頂けないでしょうから」

相手は腕っこきの弁護士だ。機先を制して、主導権を握れ——。

「実は」三好は声音を落とした。「地検内で伊勢さんがある事件を仕立て上げた噂があります。その事件の前後、小野さんが何度か伊勢さんと会われたのを、私は見ています」

「ふうん」

……くそ、からきし手応えがない。見当違いだったのか？

それで、と小野は動じた気配もなく言った。

「伊勢の身に何が起きたかを知ってどうする？」

「どうもしません」

「興味本位で他人の過去をほじくり返すってのは、行儀がいいとは言えないな」

「承知の上です。自分との距離を測りたいんです」

口から言葉がこぼれ出ていた。意識した覚えもない感情だった。

小野が口元だけで笑った。

「そんなもん、測る必要なんてねえよ。伊勢は伊勢だし、三好は三好だ」

「仰る通りですが、もう機会がないんじゃないかと。地検を辞めざるを得ないかもしれなくて」

お前は何を話しているんだ？　もう一人の自分が尋ねてくるが、小野を前にした自分は疑問を背中で弾き返している。小野の口元から笑みが消えた。

「家庭の事情か？」

「もとをただせば」

「ま、人生ってのは色々あるわな。俺にもお前にも」小野が眼をやや狭めた。「せっかく来たんだ。伊勢の話じゃねえが、俺の話をしてやる。俺が検事を辞めた理由だ」

なんだ、唐突に？　……今はこのまま聞くしかない。

「で」小野がぶっきらぼうに言う。「俺が湊川の特刑にいたのは知ってんな？」

はい、と応じた。

「あの頃、特刑でバッジを狙っていた。標的ありきの見込み捜査じゃないぞ。噂があり、それを掘ってみる必要があったからだ。まあ、今でも狙ってんだろうよ。悪い噂には事欠かない男だからな。二十五年以上前にはその先代も捜査されてる。先代を狙ったのは、俺にとっては検事の師匠とも言える人だった。初任地の広島《ひろしま》で公私ともに、かなり世話になった人でな。オヤジと呼ばせてもらっていた。つまりはオヤジの意志を継いだ闘いでもあったわけだ」

小野の話す標的が、いまも特別刑事部が狙っている吉村としか思えなかった。

「オヤジの時は、捜査の中止を迫る色々な嫌がらせや妨害だけでなく、暴力的な脅しもあったと聞いていた。ヤクザが家に押しかけて来たり、鞄を奪われたり、家族が襲われたり」

「家族が襲われる？」

「ああ。自分が襲われるより身近な人間を傷つけられる方が、人間は精神的にきつい。そこを狙ってきやがったんだ」

三好も懸念したばかりだった。伊勢に家族を傷つけられかねない、と。小野の言う通りだ。誰だって自分のせいで身内を責められたくない。

「いや、襲われた確証はないんだ。ただし、オヤジは捜査当時、奥さんを交通事故で失ってる。バッジ関係者を調べている最中にな。結局、奥さんの件は通常の死亡事故として処理され、肝心なバッジの捜査でも事件の骨格を支える証拠も証人も見つからず、上層部が諦めたらしい」

窓を風が叩いている。小野の眼が尖りを帯びた。

「俺たちが内偵捜査を始めて一ヵ月ほど経った頃、その交通事故に似た事故が起きた。そりゃあ事故なんて四六時中起きてるが、俺には関連性が読めたんだよ」

「なぜですか」

「被害者がオヤジの娘夫婦と孫だったからさ。だから俺は独自案件捜査と兼務で、その交通事故の捜査も公判も手掛けられるよう次席や公判部長、特刑部長にねじ込もうとした」

これが交通死亡事故の同席事案か……。しかし。

「ちょっと待って下さい。相手が捜査妨害を狙ったとしても、どうして小野さんの師匠の家族が対象になったんですか。とっくに異動されているはずでは」

「ああ。奥さんの事故から三ヵ月も経たずに退官して、弁護士にもならずに出身の佐賀《さ が》県に引っ込んでいた。奥さんを失ったのが相当応えたようだ。その代わり、オヤジの息子が地検職員で捜査に従事してたんだよ。相手は他の検事や事務官の周辺を調べる手間を省き、オヤジの息子への圧力を狙ったんだろう。不幸な具合に、妹夫婦は旦那の仕事の都合で湊川に住んでいた」

息子……、誰だ？

それでな、と小野が低く抑えつけた声で話を続ける。

「結局、俺は公判も捜査も担当できなかった。当時の検事正はオヤジの後輩だったのに、『特例はならん』の一点張りさ。ようやく認められたのは、公判検事が冒頭陳述から論告まで組み立てた論旨構成の検討役だった。実質的には後追い確認さ」

記録にあった「同席」という記述の意味なのだろう。地検には通常捜査を行う刑事部、交通事件を扱う交通部、公判を担う公判部がある。地検だってお役所だ。強烈なセクショナリズムが存在する。特別刑事部のエース検事といっても、彼らの領域を侵せないのだ。

三好は記憶を引っ張り出した。被害者の苗字は斑目。斑目なんて珍しい名の職員は湊川地検にいない。いや、娘夫婦だから異なる苗字なのか。十二年前といえば、当時の事務官もまだ残っている。自分もいた。職員の身内が捜査に関連した疑惑死を迎えたという話は聞いた憶えがない。湊川地検にいた検事の身内でもあるのに、箝口令《かんこうれい》が敷かれたのだろうか。もっとも、小野の師匠が湊川地検にいたのはそれより十年以上前だ。誰も関連性に気づかなかっただけとも考えられる。そもそも検事の身内が職員にいる話だって耳にしていないが……。

「俺はまず被告人調書の精査に取り掛かった。見た途端にマズイと頭を抱えた。公判でひっくり返される危険性が高い、ってな」

小野の顔は引き締まり、声には先ほどまでなかった苦渋が滲み始めていた。強風が窓を叩き続けている。

「被告人は事故の瞬間、疲労から居眠り運転していたと調書にあった。警察でも捜査検事にもそう供述している。その供述を裏付ける形で、被告人は事故の一ヵ月前から急に仕事が増えだしていて、事故の二週間前からは様子がおかしいと仲間内でも言われていた。視点を変えりゃ、被告人にとって有利な裏付けでもある」

捜査が進行するにつれて被告人に不利な証拠が集まると同時に、有利な証拠も集まるものだ。両方の要素を含む証拠だってある。そういった数々の証拠をどう取捨選択し、補強し、筋を立て、起訴するのかが捜査検事の腕の見せ所であり、上層部の指導力を計る物差しにもなる。

「おい、何か臭わねえか？　被告人の素振りがおかしいと言われ出したのは、事故の二週間前だ。勤続三十年近い男なんだ。それがこのタイミングでだぞ」

「仕組まれた事故だと仰りたいので？　根拠はあるんですか」

「いいや、ない。けどな、そう推測させる要因はなにも被告人の勤務状況だけじゃない。弁護人に就いたのが、バッジと親交のある、秋元法律事務所だったんだよ」

いいか、と小野が前のめりになった。

「秋元のところに依頼すれば、平均的な刑事弁護料の倍以上はかかる。被告人はむろん、勤務先の運送会社も秋元においそれと頼める財産規模じゃない。社員のために県内で一番評判のいい事務所を選んだ、と社長は言ってたけどな」

小野が状況証拠だと解釈する心情はわかる。刑事弁護料の相場は、七十万円前後。その倍額ともなれば、中小企業にはきつすぎる出費だ。いくら勤続三十年の職員とはいえ、普通はそこまで面倒を見きれず、むしろ迷惑をかけられたと爪弾きにする例が多いだろう。

「被告人の精神鑑定は？」

三好は閲覧した公判記録で結果を知っているのに尋ねていた。

「逮捕時に警察は精神鑑定していなかったし、交通検事も指示を出さなかった。自白についていて、検察側に有利な面だけを重くみた結果さ。俺はひとまず起訴を取り下げ、もう一度、任意でいいから被告人を洗い直すべきだと提案した」

間があいた。時間にして数秒なのに、何時間も無言でいる気がした。小野が区切りをつける感じで肩を大きく上下させる。

「交通検事が起訴した以上、取り調べは十分で、勝てる。お前は穿《うが》ち過ぎだ。それに公判は公判部の仕事なんだから、黙ってみてろ。代わる代わる検事正や次席、特刑部長、交通部長なんかに言われるだけだった。唯一、刑事部長だけは支持してくれたが、所詮は多勢に無勢だ。確認役なんて意味がなかったんだよ。あの時、俺は組織ってもんの融通の利かなさを強く痛感した。目の前にでっかい穴があるのに、メンツや縄張り根性のせいで埋められないんだ。あんなもんは暴走さ。眼を瞑って走っているも同然だ」

捜査のやり直しは、起訴した検事の判断を傷つける。検察は狭い社会だ。噂はすぐさま広まり、当人だけではなく、承認した上層部の力量も問われる事態に陥る。捜査に完全な穴があるのならともかく、証拠の王様とされる自白も存在するのだ。捜査をやり直すはずがない。

失敗を招く不備を見つけながらも、検察の常識や慣習、保身、さらには組織の壁に妨げられ、解決案もあるのに手が届かないもどかしさ。当時の小野の心中は察するまでもない。悔しさはいかばかりか。事務官も検察組織の一員だ。検察の仕事、その正義とは何なのかと考えさせられる。それは煎じ詰めれば、市民の生活を遺漏なく底支えすることではないのか……。三好はそう信じ、その一助になろうと、立会事務官時代には臆さずに自分の意見を検事に述べた。総務課に異動してからは、検事や事務官が仕事に専念できるよう管理業務に努めてきた。『うちのお父さんの仕事は、私たちの毎日を守ることです』。授業参観で娘が作文を読み始めた時は、面映ゆさより自負と誇りが勝った。それらすべてが否定されたようだ。

小野は静かに上体をソファーの背にもたれさせた。

「結果、弁護側が証拠提出した被告人の精神鑑定書が決定打になって、無罪にされちまった。そりゃそうだ。俺自身、これじゃあ負けると歯噛みしてたんだ。もちろん出来る限りの手は打った。起訴を取りやめるよう上と掛け合ったし、公判検事にも交通検事にも上を説得しろと求めた。けど、誰も動かなかった。そんなんで勝てるほど、秋元は甘くない。敗北に上は慌てふためいたが、後の祭りだ。事故から時間が経っている以上、一審をひっくり返せる証拠が出てくる望みも薄く、控訴もできなかった。要するに相手の仕掛けに引っかかり、まんまと狙い通りにされちまったんだ。秋元は真相を闇に葬るべく、運転手にどう供述すればいいのかを詳細に指示したんだろう」

「闇？　指示？　狙い？　まさか一事不再理ですか」

知らず三好の声は上ずっていた。小野がいかめしく、そして歯痒そうに頷いた。

裁判には一事不再理という規定がある。一度、判決が確定すると被告人の不利益になる再審は認めない規定だ。三人の命を奪った交通事故で秋元弁護士事務所側がそれを狙い、仕掛けを？　法を扱う者として許されるのか？　だが……。

「どちらにしても精神鑑定していれば、最初から無罪の公算が大きかったのでは」

「否定はしない。ただ、対応した方針も立てられた。相手を無傷で野放しにはしなかったさ」小野が鼻から荒い息を吐いた。「独自案件も行き詰まり、立ち消えになった。当時の上層部が地検職員への事故が続くのを心配した結果とも言われている。だとすれば、弱い部分を狙って捜査の動きを封じようという、向こうの腐った狙いは成功したわけだ。それから少しして俺は検察を辞めた。オヤジの息子に申し訳なくてな。それに硬直した検察組織にも嫌気がさしたんだ。普通なら、俺の役割は記録には残らない。オヤジの息子に言い、無理矢理記録に残してもらったんだ」

本来、調書に名が残るのは担当検事だけだ。小野は責任の一端を背負いたかったのだろう。

「その息子さんはまだ地検に？」

「ああ。残った方が闘いやすい、と言ってな」

「どなたですか」

「当時、俺が交通事故の公判を扱うのを疑問に思った連中もいただろうが、この裏話を知ってんのは限られていた。お前と仲がいい曽我もその一人だが、いま湊川地検に残ってんのは当時特刑にいた二人、二人の事務官くらいだろう。俺は口止めされたし、彼らもそうだ。従うしかなかった。オヤジの息子も強く頼んできたんだ。今でも守っていると思うぜ」

三好の問いへの返事ではなかった。小野は粛然と続ける。

「俺が退官する日、オヤジの息子を見て驚いた。若白髪だったんだ。もう何年も染めていた事実を告げてきた。亡くなった妹と姪が生前、染めた方がいいと言っていたそうだ」

白髪——。

ぞくり、と背筋が疼いた。自分について話すといいながらも小野は……。

「来るべき日が来るまで髪は染めません。そいつは俺にきっぱりと言った。今も白髪のままだ。家族も持たず、独りでいる」

まだ強風が窓を叩きつけていた。小野は恐ろしさもあるが、静かな目をしている。ここではない、どこか遠くを見ている。……似ている。誰あろう伊勢の眼差しに。

「この一件の数年後から、湊川地検の次席には事件当時の刑事部長の流れを汲む人材が座るようになった。あの時の検事正が、法務省で人事に強く関わる地位に就いたのと無縁じゃないはずだ。刑事部長は、検事正ら上層部の責任を追及しない代わりに、このレールを敷かせたんだろう。権益やポストには無頓着な人だったから、完敗を忘れず、やり返す時機を計るためにな。検察だってお役所だ。慣習や前例はおいそれと変わらない。それを逆手に取ったのさ」

これが『お伊勢参り』の原点か。本上が着任日に伊勢の席にやってきた光景——。あれは歴代の次席が「話は引き継いでいる」と示す儀式だったのだ。

小野は太腿に手をつくと、物思わしげに立ち上がった。

「悪いが、もう時間だ。出なきゃならん」

三好は膝の力が抜けた。もし立っていたら、この場で崩れ落ちただろう。確かに秘話は聞けたが、これで伊勢の弱みを摑むという最後の望みも断たれた……。

8

午後八時、三好は抜け殻《がら》同然の心身を引きずり、昨日と同じ総務課の狭い会議室で、今日の結果を報告するために伊勢と対していた。八潮との件などを惰性で伝え、小野については省いた。

「そうですか、八潮検事は東京でご活躍でしたか。さすがです。周りに流されずにちゃんと事件を捉える方ですから、今後どこに異動されても活躍されるでしょうね」

伊勢は表情もなく、声も平らだが、八潮を買っているのはわかる。……八潮は本上派か？　だとすれば、完敗だ。八潮と面と向かったのに読み切れなかった。

「そういえば、夕方に地検を離れていたそうですね」

小野から話が入ったのだろうか。ええ、と簡潔に応じるに止めた。小野と会ったいきさつを聞かれれば、説明が面倒なだけだ。

「お母様の件ですか」

三好は息を呑んだ。事故、それも強い疑惑の残る事故で伊勢は母親と妹一家を失っている。このポーカーフェイスの下にどんな思いが隠されているのか。

来るべき日が来るまで髪は染めません――。

無表情だからといって、伊勢に感情がないわけではないのだ。

三好が帰宅したのは午前一時過ぎだった。午前零時まで白倉ら事務官とともに、地下倉庫を何度も調べ返した。見つかる望みは絶無に等しいが、やるしかなかった。

タイムリミットは明日の午後三時。しかし、紛失メモは発見できそうにない。実行犯も突き止められない。伊勢の弱みも握れない。諦めが致死性の毒と化して全身に広がっていく。

強い虚脱感に襲われつつ、暗い母の部屋によろりと入った。

今夜も規則的な寝息を立てている。黙って聞きながら、三好は己の内心を見つめた。

鳥海を恨む気はない。このまま地検職員を続けていっても、手に入る給与はたかが知れている。チャンスをくれたのだ。伊勢を恨む気も毛頭ない。伊勢だって負けられない立場にいる。湊川地検に残っての闘い……。どんな闘いかは知らないが、その遂行に邪魔者がいれば、弾き出そうとする心境は理解できる。

母の顔をまじまじと見た。優しげな目鼻立ちは変わらないが、いつの間にか皺だらけになっている。父が出て行って以来、母の人生で何か一つでも楽しい出来事、一秒でも心が弾む時間はあったのだろうか。

——正直に生きられれば、お金なんて問題じゃないの。正直が一番なんだよ。

母の口癖が耳の奥で響き、胸がきつく痛んだ。サケフレークが一面に敷かれた弁当が瞼の裏に蘇ってくる。母は苦しい生活でも常に精一杯のことをしてくれた。それなのに俺は。

つと込み上げてくる感情があった。誰にも見られていないのに、慌てて眼がしらを強く押さえた。何かが潰れるような音とともに、熱いものが眼の奥に染みていく。自分が情けなかった。恨みもない上司へのスパイ行為……とても正直に生きたとは言えない。正直だったのは金が欲しい気持ちだけだ。なのに目的の金は手に入れられそうもない。家族のためにと思って選んだ道。それが行き止まりにぶつかり、このザマだ。妻や娘、そして母に何と言えばいいのか。俺は、苦難から逃げ出した父親以下じゃないのか……。

と、頭に引っかかるものがあった。鉤針が脳に深く食い込み、ぐいと強い力で引っ張られているようだった。なんだ？　自然と思考を走らせていた。五分ほど過ぎ、三好は原因に行き着いた。

正直に——。

この言葉だ。なぜ正直という言葉が引っかかる？　二度、三度と深呼吸を繰り返した。鳥海の誘いに乗った結果、この現状に至った次第を反芻していたのだ。関連があるはず。ならばどういう関連なのか。

部屋では母の規則正しい寝息だけが聞こえている。薄闇に浮かぶ、父との思い出の品だという置時計の輪郭をぼんやり眺め、三好は昨日、今日の出来事を入念に点検していく。母の譲れない何かの象徴である置時計が時を刻んでいる。譲れない……。

カッと眼を見開いた。疲労が吹っ飛び、脳が目まぐるしく回転していく。三好は棒立ちになっていた。メモの在り処を知るのは——。

その一方、判然としない面がある。あの男の心模様も正直に受け止めていいのか？

9

秒針の音が聞こえていた。タイムリミットが迫ってくる。……秒針の音は幻だ。これまで一度も聞こえたためしはない。時間を意識し過ぎているだけだ。

三好は総務課の自席にいた。午後二時半だった。周囲では電話が鳴り、他の課員が平常通りパソコンや書類に向かっている。今日も午前七時から特別刑事部と証拠係の事務官が地下倉庫や検事室を調べているが、何も出てくるわけがない。

地検内にないのだから。

昨晩、誰が何のために計算式の書かれたメモを持ち出したのかに見当がついた。だが、伊勢には報告していない。一睡もせずに思案しても、報告すべきか判断がつかず、結論を持ち越したままでいる。三好は徹夜明け独特の熱が残る目で、午前中から一度もメモについて尋ねてこない伊勢をちらりと見た。七、八メートル離れた課長席で、普段通りの無表情で黙々と書類仕事をしている。

伊勢に目星を告げるべきか否か。もう一度検討してみるか。それも正直に、だ。三好は正面の何も映っていないパソコン画面を直視した。

一連の聞き取りによると、当該メモは二週間前、八潮から渡部に渡り、渡部は証拠係の白倉に預け、白倉が地下の証拠保管倉庫に収めたとされる。そして記録上、三日前に渡部が取り出すまで倉庫を出ていない。素直にその現実を踏まえると、吉村側の細胞及び本上派が誰であれ、紛失事由は三つしかない。

一つ目は、渡部が何らかの事情で検事室と地下倉庫の間で引き抜いたケース。

二つ目は、渡部や白倉の過失でどこかに消えたというケース。

三つ目は、ハナから八潮が渡部に渡したファイルに、メモを入れていなかったというケース。

倉庫の鍵を入れるキャビネットの指紋登録者五人の仕業、もしくは白倉ら証拠係三人の誰かが持ち去ったとの読みは論外だった。この八人は、吉村の細胞だとしても特別刑事部の捜査に参加していない。メモは経費や売上と見られる数字とともに、パッと見ではわからない記号を使って書かれた計算式だ。メモ持ち去りの指示を受ける際、いくらその内容の説明を聞いても、現物のコピーでもない限り、どこかで見かけた程度ではこれだと特定できない。経費や売上が記された資料なんて山ほどあるし、計算式の特殊性を考慮すればコピーは存在しないだろう。同じ論理で、細胞が白倉らを操ったとの見方も消去できる。

次に八人が本上派だった場合だが、彼らの犯行だと解くのは無理がある。八人は次席と接点のない部署だ。本上と意を通じたとしても、二、三年で異動する人間のために長年勤めねばならない地検職員が窃盗の危険を冒すまい。

……俺は、と三好は自戒する。気づけば簡単だが、吉村という大物相手の捜査とあって、事象を複雑に見過ぎていた。

三つの紛失事由を心新たに見つめ直すと――。

一つ目のケースについては、渡部は捜査情報を知る立場にいるが、その態度から除ける。彼女の感情が表に出やすい性格からして、吉村側の手先だとすれば、それと示す反応が窺えたに相違ないが、まったくなかった。本上派かどうかも同様だ。

二つ目は、事務官による庁舎内の徹底的な捜索で見つからない以上、潰せる。

三つ目も、八潮の特捜部志向から考えたが、その態度や後任が青山だと伝えられた時期から消した。……が。八潮には別の動機があった。昨晩、正直に現実を捉えると浮き上がってきた。

マル湊建設社長の逮捕、起訴を阻止する――。

東京地検の横槍が、この動機を裏づけている。鳥海は独自案件の捜査情報を東京地検と共有していないと言い、嘘をつく必要もない。伊勢がリークしたとの推定も見当違いだったのだ。……鳥海に追い詰められて冷静さを失い、見通せなかった。もし自分を陥れる罠の一環なら、と三好は思う。東京地検の次席と会わせ、誰もが『三好が漏洩者』と疑う堅い状況証拠を作る。伊勢ならこれくらい軽々と発想し、易々と実行できる。また、何らかの成り行きで以前から東京地検が知っていたのなら、もっと早い段階で口を挟んでくる。

かたや八潮は、マル湊建設社長の逮捕、起訴に異を唱え、だからこそ鳥海と怒鳴り合い、主任検事だった捜査から外されて東京地検への応援要員となったと見られる。東京で会った際も、八潮から物証が紛失しても鳥海の方針が変わらない点を聞いてきた。加えて、相手が同じ検察でも他庁に独自案件を勝手に明かすのはご法度で、発覚すれば検事人生が終わるほどの行為だが、その覚悟を仄めかしてもいた。

——私だって私のため、検事という仕事のために覚悟して働いています。

八潮が下した重い決断には、伊勢の姿が透けて見える。

——あの社長には違法カジノ店通いの情報もありますし。

八潮の言い方からして、社長の供述でも他の参考人の供述でもない。本人や参考人の供述だったら、裏金が違法カジノ店につぎ込まれたとの見方も生じる以上、特別刑事部は事実確認に動かねばならないのに、それが行われた気配はない。八潮が伝えても、鳥海は自白があることから言下に退けたのだ。

では、特別刑事部以外の誰がそんな情報を八潮に伝えられるのか。

伊勢しかいない。はっきり八潮とタッグを組んだのかどうかは定かでないが、伊勢がその逮捕の陰で動いたと言われる振り込め詐欺グループの男も、違法カジノ店通いが判明している。男の供述にマル湊建設社長への言及があれば、県警に太いパイプを持つ伊勢なら耳にする。あるいは、伊勢は常日頃から次席のために、地元政財界に絡むうろんな話を集めている。その収集した情報の一つが、マル湊建設社長の違法カジノ店通いだったのだろう。

この情報を伊勢が重視し、八潮に伝えた理由も明らかだ。小野から聞いた交通死亡事故を無罪に持ち込む連中のやり口を鑑みれば、法廷で「裏金は違法カジノで使った」と述べるための布石としか思えない。計算式が書かれたメモも、それで生み出された裏金がヤミ献金に使用された物証や自白がない限り、反証とはならない。

その上、マル湊建設の社長が、担当検事交代後に裏金とヤミ献金について供述した点にも企みが臭う。本上も問題を指摘する青山の取り調べの拙さを利用してきたのだ。「検事の意図に添う発言をすれば、苦痛から逃れられると思ったから」とでも裁判官に訴えれば、聴取の信用性を崩せる。

……八潮のメモ紛失への関与と背景、それに吉村側の画策についての筋読みには自信がある。伊勢に伝えれば、局面は変わる。が――。

内線電話が鳴った。

「三好君、ダメ、見つからない。どうしよう、もう時間がないよね？」

白倉からだった。白倉にも会議が午後三時から始まる旨を告げている。どこからも見つかりませんよ。告げたいが、口には出せない。

「もうひと踏ん張り、お願いします」

受話器を据え置き、伊勢を横目で見た。なおも書類作業にいそしんでいる。三好は正面に視線を戻した。机に肘をつき、手を組む。その手を一心に凝視する。

伊勢の発言からは、八潮を買っている節が嗅ぎ取れた。組織の都合や上司の意向をものともせず、自らの正義、信念で行動できる八潮の性根を見抜いているのだ。であれば、そんな人物だからこその動機が八潮に生じると読めるし、メモを持ち出す機会があった点も知っている。だいたい伊勢がメモを隠すよう八潮を促すか、示唆したとも推測できる。それなのに何も言及しない。

伊勢も失敗が目に見える逮捕、起訴を潰したいのだ。思いは誰よりも強いに決まっている。詳細を詰めずに逮捕、起訴した際の危うさが骨身に染みている上、母親、妹家族を死に追いやった因縁の連中を潰したいのだから。

――どっかでも似た話を聞いたな。

小野から過去の話を聞いた今、一昨日、家庭の事情で湊川市を離れないという話題に対する本上の言及は、伊勢についてだったとわかる。司法試験に楽々合格できる頭脳を持つ男が検事ではなく、東京でも大阪でもない湊川地検の職員を選んだ深意は、敵討ちのため……。

異動の多い検事では腰を据えられないし、好機を逃す恐れもある。周囲に火の粉が降りかかる危険を懸念し、伊勢は独身を貫き、地検職員とも必要以上に接しないのだ。尾行した時に見かけた、伊勢と会っていた県議や警官、友人とは思えない老人や若者らは作り上げた情報網なのだろう。

そしてついに闘いを始めた。三好は相川の指摘を嚙み締めた。伊勢なら噂が立たないよう動けるはず。その通りだ。では、あえて暗躍じみた噂を広げた意図は何か。

噂を見直すと想像がつく。吉村が次期民自党総裁候補と言われ出した頃と、元小学校校長の再逮捕時期は一致する。その元校長は県教委や教職員組合に強い発言力があり、票を取りまとめる力を持っていた。背後に吉村の濃厚な影が感じられる。さらに振り込め詐欺グループの陰にも吉村の存在がちらつく。振り込め詐欺グループを仕切った矢守組は、吉村家とかねてより黒い交際が囁かれている。つまり、伊勢の行動はいずれも吉村の力を削ぐ一手だ。しかし、吉村は首相にも手が届く強固な立場を築いており、元校長や詐欺犯を排除したところで、山の麓の土をほんの僅かに削った程度の微々たる影響しか及ぼさない。……狙いの本質は別にある。

伊勢は、自分の噂が吉村側の耳に入る面を重く見た。吉村の民自党総裁就任を阻止すべく、自らを餌に連中を動かし、生死を顧みずにその暗部を曝《さら》け出さんとしているのだ――。

吉村にしてみれば、実兄で県議会のドンだった石毛を含め、自分の周囲から短期間に何人も逮捕者が出た。自分が狙われていると察知し、地検の動きを探り始める。いずれ伊勢の存在に行き着き、何者かを調べ、潰そうとする。

一方、地検には伊勢の暗躍じみた噂を知る人間も多い。伊勢が傷つけば、八潮や相川辺りは噂と結び付け、裏を読む。振り返れば、石毛逮捕の際は伊勢が所轄との調整役だった。伊勢と吉村の対決構図が浮かぶのも時間の問題だ。いや、早々に本上が直接解明の指揮を執るのかもしれない。

伊勢が真実命懸けで事に当たっていると示す傍証もある。曽我が言っていた。伊勢は後継者を作ろうとしている、と。

――三好さんは優秀ですから。

三好は目を瞑った。……俺が後継者候補だと見られていた。小野も曽我も知っていたのだ。小野が伊勢の過去を教えてくれたのは、地検を辞める可能性を示唆した直後になる。辞めるな。そう言われた気がしてならない。

メモ探しを命じられた本当の訳も見えてくる。伊勢は紛失の真相を知っていたのだから、発見させるのが目的ではない。ましてや追い落としを謀ってきたのでもない。全てを見せ、俺の——三好正一の正義を試してきたのだ。

細部を詰め切れないまま逮捕、起訴した時の危うさをどう考えるのか。いったん逮捕、起訴すると不備が見えても止まれない検察。その暴走を止めようとする八潮をどう判じるのか。家族を殺された伊勢が八潮の決断を黙認している点を、どう思うのか。

むろん、伊勢には確かめていないし、確かめられもしない。伊勢は、ただ腹に収めておけるのかも計っている。『メモ紛失を巡る全体像は導き出したが、無視する』との趣旨で報告すれば、あたかも伊勢の意に沿え、能力も示せる形に思えるが、口にした時点で失格になる。万が一の危険性に思い至れない、と断ぜられるからだ。報告では八潮の名前を出さざるを得ないが、二人きりとなって声を潜めても、何かの拍子で誰かに聞かれてしまう恐れはある。そうなれば、八潮は破滅だ。

……伊勢の正義が求めることは読める。では、自分の、三好正一の正義が求めるものは——。

検察の正義は、市民の生活を遺漏なく底支えすることだ。その市民には、当然自分の家族も含まれる。検察組織の一員としても一個人としても、自分の正義の一歩目は娘の、妻の、母の生活を守ることだ、と三好は確信できる。

するど、黙したままでいるべきだ。伊勢と自分の正義は両立される。鳥海が『三好は裏切者』との噂を流しても、伊勢ならこちらの黙過に応える形で何か手を回してくれる。本上のフォローもある。本上は『三好は伊勢に試されている』と把握しているからだ。現段階での起訴の危うさを知る本上としてみれば、このままメモがない方が会議で反論しやすいのに、探索を指示してきた事実がそれを物語っている。

しかし、もしも全てを読み違えていれば——。

三好は眼を開けた。午後二時四十分。思考を遮るように内線が鳴った。

「どうなってんだッ」

いきなり鳥海の怒号だった。三好は受話器を握り締める。

「捜索中です」

他に言いようがない。電話の向こうで空気の硬度が増した。

「三好」鳥海の声が押し殺される。「お前はあと二十分で終わる。ったく、使えねえなァ」

受話器が叩きつけられる音が耳元でした。ツーツーツー。無機質な不通音を聞き、受話器を静かに置いた。あの男が率いる法律事務所の事務長就任……。三好は奥歯をぐっと噛み、雑念を頭から追い払った。

再び机に肘をついて手を組み、思考を戻す。

本当に口を噤んだままでいいのか。それで俺は家族を絶対に守れるのか？　八潮がメモを持ち出した確度が高いと告げればどうなる。

伊勢と本上は十数分後に迫った会議の延期を申し出て、メモの探索に乗り出すしかない。伊勢が八潮に因果を含める役回りか。そこで八潮が納得せずとも、メモはほどなく発見される。鳥海の指示によって関係先が徹底的に捜索されるのは明白だ。吉村側の供述次第で大きな武器となるメモを八潮が捨てるはずがなく、必ずどこかにある。

また、伊勢があくまでも八潮に意思を貫かせるべく、軽く尋ねるに止める線もありうるが、捜索が苛烈を極める点は変わりようがなく、メモは遠からず発見される。仮に伊勢が動かないとしても、職務怠慢を責める材料が手に入る。責任追及という点では、伊勢がどう動こうと、メモ捜索当初の段階で八潮に話を聞かなかった手落ちも突ける。

すなわち、伊勢に八潮犯人説を告げればメモ発見に至り、総務課長候補からは脱落しても、組織人としての安泰、家族の生活を確実に守れる。

……一方、肝心の事件は潰れる。

二重の仕掛けなどを勘案すれば、吉村側にはヤミ献金を用いた犯罪——贈収賄が隠れている疑いが濃い。まだ何の証拠も証言もないが、それでも功を急《せ》く鳥海の主張が容れられ、マル湊建設社長の逮捕、起訴の運びとなるだろう。本上が吉村側の意図を説明して反対しようとも、表面的には十分な証拠と自白がある以上、鳥海は撥ねつけられるし、検事正も計算式の書かれたメモがあれば賛成に回ると言っている。

その結果、吉村側は、実際には不十分な証拠や証言の不備を突く戦術で、公判で一事不再理を狙ってくる。その目論見が成就する確率は高い。

三好は唇を引き結んだ。吉村を何とかしない限り、いつか必ず伊勢の家族に起きた悲劇が繰り返される。それが自分の身、家族に起きないとは断言できない。……ならば吉村を利してしまう選択は、本当に娘を、家族を守ったと言えるのか。三十年前の父親同様、立ち向かうべき現実からの逃げではないのか。俺は今後、胸を張って娘と対せるのか。

三好は全身の血流が激しくなるのを感じた。我知らず、組んだ手に力が入る。

個人的には秋元法律事務所による法律の使い方は許せない。汚いやり口を厭わない吉村が与党党首になれば、日本は——。

いや。政治家なんて古今東西そんなものだし、所詮、検察事務官は検事を補佐する役目に過ぎない。検察の正義や小難しい問題は検事に任せ、言明できない吉村絡みの危険性など無視し、とりあえず自分に、家族にとって得になる行動だけを考えればいいのではないのか。伊勢の思惑が推測通りとも限らないのだ。かといって……。

自分の心がせめぎ合っている。五分、十分と過ぎていく。胃が重い。全身が熱い。勝手に息が荒くなっていく。こんな時に限って時間の流れがやたら速かった。

正しさなんて一つじゃないと痛感する。世の中にはいくつもの正しさがある。四十年生きてくれば、法律に反しない行為だけが正しい行いではないとも知っている。法律にだって限界はある。折々、己の、人としての在り様で判断するしかない。

二時五十五分になった。そろそろ伊勢は会議室に移動する。どちらにしろ、何か報告をしなければならない。正直に決めろ——。

三好はふと笑みが込み上げてきた。

正直が一番だから、名前が正一。

イニシャルにすれば、俺も伊勢の符牒《ふちよう》と同じで『S』じゃないか。全身に思い切り力を入れ、抜いた。……決めた。

三好はすっくと立ち上がった。背を伸ばし、課長席へと向かう。課員の話し声やキーボードを叩く音が遠ざかっていく。あと五歩、三歩、一歩。

課長席の前に立った。不思議と気持ちは落ち着いている。

「伊勢さん、いま少しお時間をいいでしょうか」

書類に目を落としていた伊勢の顔が、ゆっくりと上がってきた。三好は向き合う眼をしっかりと見つめた。

本書は二〇一八年二月、小社より単行本として刊行されました。

|著者|伊兼源太郎　1978年東京都生まれ。上智大学法学部卒業。新聞社勤務などを経て、2013年に『見えざる網』で第33回横溝正史ミステリ大賞を受賞しデビュー。2015年に『事故調』、2021年に「警視庁監察ファイル」シリーズの『密告はうたう』がドラマ化され話題に。本作は地方検察庁を舞台としたミステリ「地検のS」シリーズの１作目にあたり、シリーズは『地検のＳ　Ｓが泣いた日』『地検のＳ　Ｓの幕引き』と続く。他の著作に、『巨悪』『金庫番の娘』『事件持ち』『ぼくらはアン』『祈りも涙も忘れていた』などがある。

地検《ちけん》のＳ《エス》
伊兼源太郎《いがねげんたろう》

2020年６月11日第１刷発行
2023年３月30日第２刷発行

発行者――鈴木章一
発行所――株式会社　講談社
東京都文京区音羽2-12-21　〒112-8001
電話　出版（03）5395-3510
　　　販売（03）5395-5817
　　　業務（03）5395-3615

Printed in Japan

講談社文庫
定価はカバーに
表示してあります

KODANSHA

デザイン―菊地信義
本文データ制作―講談社デジタル製作
印刷―――株式会社KPSプロダクツ
製本―――株式会社KPSプロダクツ

ISBN978-4-06-519664-9

講談社文庫刊行の辞

二十一世紀の到来を目睫に望みながら、われわれはいま、人類史上かつて例を見ない巨大な転換期をむかえようとしている。

世界も、日本も、激動の予兆に対する期待とおののきを内に蔵して、未知の時代に歩み入ろうとしている。このときにあたり、創業の人野間清治の「ナショナル・エデュケイター」への志を現代に甦らせようと意図して、われわれはここに古今の文芸作品はいうまでもなく、ひろく人文・社会・自然の諸科学から東西の名著を網羅する、新しい綜合文庫の発刊を決意した。

激動の転換期はまた断絶の時代である。われわれは戦後二十五年間の出版文化のありかたへの深い反省をこめて、この断絶の時代にあえて人間的な持続を求めようとする。いたずらに浮薄な商業主義のあだ花を追い求めることなく、長期にわたって良書に生命をあたえようとつとめるところにしか、今後の出版文化の真の繁栄はあり得ないと信じるからである。

同時にわれわれはこの綜合文庫の刊行を通じて、人文・社会・自然の諸科学が、結局人間の学にほかならないことを立証しようと願っている。かつて知識とは、「汝自身を知る」ことにつきていた。現代社会の瑣末な情報の氾濫のなかから、力強い知識の源泉を掘り起し、技術文明のただなかに、生きた人間の姿を復活させること。それこそわれわれの切なる希求である。

われわれは権威に盲従せず、俗流に媚びることなく、渾然一体となって日本の「草の根」をかたちづくる若く新しい世代の人々に、心をこめてこの新しい綜合文庫をおくり届けたい。それは知識の泉であるとともに感受性のふるさとであり、もっとも有機的に組織され、社会に開かれた万人のための大学をめざしている。大方の支援と協力を衷心より切望してやまない。

一九七一年七月

野間省一

石田衣良　てのひらの迷路
石田衣良　40《フォーティ》　翼ふたたび
石田衣良　s　e　x
石田衣良　逆《さか》島《しま》断《たつ》雄《お》〈進駐官養成高校の決闘編1〉
石田衣良　逆島断雄〈進駐官養成高校の決闘編2〉
石田衣良　逆島断雄〈本土最終防衛決戦編1〉
石田衣良　逆島断雄〈本土最終防衛決戦編2〉
石田衣良　初めて彼を買った日
井上荒野　ひどい感じ―父・井上光晴
稲葉稔　椋鳥の影〈八丁堀手控え帖〉
伊坂幸太郎　チルドレン
伊坂幸太郎　魔王
伊坂幸太郎　モダンタイムス(上)(下)
伊坂幸太郎　P　K
伊坂幸太郎　サブマリン
絲山秋子　袋小路の男
石黒耀　死都日本
石黒耀　忠臣蔵異聞〈家老　大野九郎兵衛の長い仇討ち〉
犬飼六岐　筋違い半介

犬飼六岐　吉岡清三郎貸腕帳
石川大我　ボクの彼氏はどこにいる?
石松宏章　マジでガチなボランティア
伊東潤　国を蹴った男
伊東潤　峠越え
伊東潤　黎明に起《た》つ
伊東潤　池田屋乱刃
石飛幸三　「平穏死」のすすめ〈口から食べられなくなったらどうしますか〉
伊藤理佐　女のはしょり道
伊藤理佐　また!　女のはしょり道
伊藤理佐　みたび!　女のはしょり道
石黒正数　外《げ》天《てん》楼《ろう》
伊与原新　ルカの方《はこ》舟《ぶね》
伊与原新　コンタミ　科学汚染
稲葉圭《よし》昭《あき》　恥さらし〈北海道警　悪徳刑事の告白〉
稲葉博《ひろ》一《いち》　忍者烈伝
稲葉博一　忍者烈伝ノ続
稲葉博一　忍者烈伝ノ乱〈天之巻〉〈地之巻〉
伊岡瞬　桜の花が散る前に

石川智健　エウレカの確率〈経済学捜査と殺人の効用〉
石川智健　60《ロクジユウ》〈誤判対策室〉
石川智健　20《ニジユウ》〈誤判対策室〉
石川智健　第三者隠蔽機関
石川智健　いたずらにモテる刑事の捜査報告書
井上真《ま》偽《ぎ》　その可能性はすでに考えた
井上真偽　聖女の毒杯〈その可能性はすでに考えた〉
井上真偽　恋と禁忌の述語論理《プレディケット》
泉ゆたか　お師匠さま、整いました!
泉ゆたか　お江戸けもの医　毛玉堂
泉ゆたか　玉《たま》の輿《こし》猫〈お江戸けもの医　毛玉堂〉
伊兼源太郎　地検のS
伊兼源太郎　Sが泣いた日〈地検のS〉
伊兼源太郎　Sの幕引き〈地検のS〉
伊兼源太郎　巨悪
伊兼源太郎　金庫番の娘
逸木裕　電気じかけのクジラは歌う
今村翔吾　イクサガミ　天
入月英一　信長と征《ゆ》く　1・2〈転生商人の天下取り〉

講談社文庫 目録

- 磯田道史　歴史とは靴である
- 石原慎太郎　湘南夫人
- 井戸川射子　ここはとても速い川
- 内田康夫　シーラカンス殺人事件
- 内田康夫　パソコン探偵の名推理
- 内田康夫　「横山大観」殺人事件
- 内田康夫　江田島殺人事件
- 内田康夫　琵琶湖周航殺人歌
- 内田康夫　夏泊殺人岬
- 内田康夫　「信濃の国」殺人事件
- 内田康夫　風葬の城
- 内田康夫　透明な遺書
- 内田康夫　鞆《とも》の浦《うら》殺人事件
- 内田康夫　終幕《フィナーレ》のない殺人
- 内田康夫　御堂筋殺人事件
- 内田康夫　記憶の中の殺人
- 内田康夫　北国街道殺人事件
- 内田康夫　「紅藍《くれない》の女《ひと》」殺人事件
- 内田康夫　「紫《むらさき》の女《ひと》」殺人事件
- 内田康夫　藍色回廊殺人事件
- 内田康夫　明日香の皇子
- 内田康夫　華の下にて
- 内田康夫　黄金の石橋
- 内田康夫　靖国への帰還
- 内田康夫　不等辺三角形
- 内田康夫　ぼくが探偵だった夏
- 内田康夫　逃げろ光彦〈内田康夫と5人の女たち〉
- 内田康夫　悪魔の種子
- 内田康夫　戸隠伝説殺人事件
- 内田康夫　新装版 死者の木霊
- 内田康夫　新装版 漂泊の楽人
- 内田康夫　新装版 平城山《ならやま》を越えた女
- 内田康夫　秋田殺人事件
- 内田康夫　孤道
- 和久井清水　孤道 完結編〈金色の眠り〉
- 内田康夫　イーハトーブの幽霊
- 歌野晶午　死体を買う男
- 歌野晶午　安達ヶ原の鬼密室
- 歌野晶午　新装版 長い家の殺人
- 歌野晶午　新装版 白い家の殺人
- 歌野晶午　新装版 動く家の殺人
- 歌野晶午　密室殺人ゲーム王手飛車取り
- 歌野晶午　新装版 ROMMY 越境者の夢
- 歌野晶午　増補版 放浪探偵と七つの殺人
- 歌野晶午　新装版 正月十一日、鏡殺し
- 歌野晶午　密室殺人ゲーム2.0
- 歌野晶午　密室殺人ゲーム・マニアックス
- 歌野晶午　魔王城殺人事件
- 内館牧子　終わった人
- 内館牧子　別れてよかった〈新装版〉
- 内館牧子　すぐ死ぬんだから
- 内田洋子　皿の中に、イタリア
- 宇江佐真理　泣きの銀次
- 宇江佐真理　晩鐘〈続・泣きの銀次〉
- 宇江佐真理　虚ろ舟〈泣きの銀次参之章〉
- 宇江佐真理　室の梅〈おろく医者覚え帖〉
- 宇江佐真理　涙堂〈琴女癸《ことじょき》酉日記《ゆうにっき》〉

講談社文庫 目録

宇江佐真理 あやめ横丁の人々
宇江佐真理 卵のふわふわ 八丁堀喰い物草紙・江戸前でもなし
宇江佐真理 日本橋本石町やさぐれ長屋
浦賀和宏 眠りの牢獄
上野哲也 五五五文字の巡礼〈魏志倭人伝トーク 地理篇〉
魚住昭 渡邉恒雄 メディアと権力
魚住昭 野中広務 差別と権力
魚住直子 非・バランス
魚住直子 未・フレンズ
魚住直子 ピンクの神様
上田秀人 密封〈奥右筆秘帳〉
上田秀人 国禁〈奥右筆秘帳〉
上田秀人 侵蝕〈奥右筆秘帳〉
上田秀人 継承〈奥右筆秘帳〉
上田秀人 簒《さん》奪《だつ》〈奥右筆秘帳〉
上田秀人 秘闘〈奥右筆秘帳〉
上田秀人 隠密〈奥右筆秘帳〉
上田秀人 刃傷〈奥右筆秘帳〉
上田秀人 召《めし》抱《かかえ》〈奥右筆秘帳〉

上田秀人 墨《ぼっ》痕《こん》〈奥右筆秘帳〉
上田秀人 天下〈奥右筆秘帳〉
上田秀人 決戦〈奥右筆秘帳〉
上田秀人 前夜〈奥右筆外伝〉
上田秀人 軍師の挑戦〈上田秀人初期作品集〉
上田秀人 天主信長〈表〉〈我こそ天下なり〉
上田秀人 天主信長〈裏〉〈天を望むなかれ〉
上田秀人 波乱〈百万石の留守居役(一)〉
上田秀人 思惑〈百万石の留守居役(二)〉
上田秀人 新参〈百万石の留守居役(三)〉
上田秀人 遺臣〈百万石の留守居役(四)〉
上田秀人 密約〈百万石の留守居役(五)〉
上田秀人 使者〈百万石の留守居役(六)〉
上田秀人 貸借〈百万石の留守居役(七)〉
上田秀人 参勤〈百万石の留守居役(八)〉
上田秀人 因果〈百万石の留守居役(九)〉
上田秀人 忖《そん》度《たく》〈百万石の留守居役(十)〉
上田秀人 騒動〈百万石の留守居役(十一)〉
上田秀人 分断〈百万石の留守居役(十二)〉

上田秀人 舌戦〈百万石の留守居役(十三)〉
上田秀人 愚劣〈百万石の留守居役(十四)〉
上田秀人 布石〈百万石の留守居役(十五)〉
上田秀人 乱麻〈百万石の留守居役(十六)〉
上田秀人 要《よう》訣《けつ》〈百万石の留守居役(十七)〉
上田秀人 梟《ふくろう》の系譜〈宇喜多四代〉
上田秀人 竜は動かず 奥羽越列藩同盟顛末 (上)万里波濤編 (下)帰郷奔走編
上田秀人 戦端〈武商繚乱記(一)〉
内田樹 下流志向〈学ばない子どもたち 働かない若者たち〉
内田樹 釈徹宗 現代霊性論
上橋菜穂子 獣の奏者 I闘蛇編
上橋菜穂子 獣の奏者 II王獣編
上橋菜穂子 獣の奏者 III探求編
上橋菜穂子 獣の奏者 IV完結編
上橋菜穂子 獣の奏者〈外伝 刹那〉
上橋菜穂子 物語ること、生きること
上橋菜穂子 明日は、いずこの空の下
上野誠 万葉学者、墓をしまい母を送る
海猫沢めろん 愛についての感じ

講談社文庫　目録